如果文字是造梦者的媒介，愿我们梦醒心中犹有余温。

北流

新浪微博 @一条小河向北流

北流 著

北风知我意

天津出版传媒集团

天津人民出版社

目 录 ———— Contents

1. 碰撞

八月二十五。

外头正是烈日炎炎，滨江国际机场里冷气却开得充足，一个晒得黑瘦的年轻男人，脖子上挂着炮筒般的相机，盘着腿在机场的角落里静坐着，双眼炯炯有神地盯着一处。他周围"复制粘贴"了十几个同类，乍一看像是什么教众在聚集，机场警卫已经三番五次地佯装路过，手里的警棍紧握，时刻警惕着准备随时出手。

这时，机场出口又出来一批旅客，一众目光新鲜、四处打量的外地游客当中，几个步履如风的年轻人格外打眼，当中一个反戴着棒球帽的男孩儿嗷嗷叫着当先窜了出来。

"快让我吸一口滨江的空气——啊，爽！"

随着这声狼嚎，瞬间，角落里这群人像是突然间活过来一样，争先恐后向着出口奔去，劲风带起他们臂下的报纸糊了警卫一脸，警卫揭下来，反射性地低头一看。

《滨江日报》上，头版头条就是《我市滨江大学游泳队勇夺大运会金牌，斩获三连冠》的消息。

标题底下有一张巨幅配图，几个风华正茂的男孩儿站在领奖台上，捧起一个奖杯，边上一个笑得露齿的正是不远处猴儿一样窜出来的那个人……

眼见熟悉的单反像机、话筒一涌而来，吉大利迅捷地将棒球帽檐转回来压低，麻利地退了回去，挨到一个黑运动套装的男孩儿身边，显出一副忧心忡忡的样子。

"北哥坏了。"

一旁的楚流英俊却猥琐地笑了，眼神瞟向某人，"北哥怎么可能坏，北哥身体好着呢。"

于是这群不知死活的"禽兽们"眼神邪邪地笑了起来。

他们当中唯一没笑的那个人，身材高挑清瘦，利落的短发下，鼻梁高挺着，与倔强的薄唇一同呼应着他硬朗的下颌弧线，此刻正明明白白地流露出不耐烦。

"不是告诉你们回来低调点儿么，谁透给媒体咱们坐这趟航班？飘了？"

邓北开了口，那语气要多刻薄就有多刻薄，只差把"我帅但是我此刻很不爽"几个大字刻在脸上。

没人回答，那群记者已经冲到了面前，几个人做好了准备，齐齐露出商业化的微笑，唯有"邓独秀"单手插兜，一脸漠然地别开头，只露出被天使吻过的侧脸，显出一股子与众不同的偶像气质来。

记者们蜂拥来到几人面前，又视若无睹地转了个弯，绕开了他们，奔向后面刚刚出闸的两个人。

短暂的尴尬过后，楚流阴阳怪调地叹了口气，"哟。"

"哟。"

"不给咱北哥面子。"

"不给咱北哥面子就是不给咱们这些北哥身后的男人们面子。"

"……"

邓北短暂地露出了一个"关爱智障们"的表情权做回应，收敛了神色后，望向记者围堵的中心。

"别挤别挤。"

一个拉着行李箱的中年女人娴熟地伸开手拦着人群，给她身后的女孩儿腾出了一个空间。

那些记者也很懂事，仿佛是为了拍照美观，话筒低低地伸到女孩儿身前，生怕挡了脸，根本就没有从前对他们这些糙汉子进行采访时，恨不得将话筒怼进他们鼻孔里的架势。

"胡璇，听说你解除了跟省队的合约，是因为不想走艺术体操这条路吗？"

"胡璇，请问你会参加三个月后的青运会吗？"

耳边嘈杂，闪光灯接连亮起，人群中心的女孩儿穿着裙装，五官精致得紧，仿佛是工笔画里梢头最鲜嫩的一朵桃红，她抿着秀气的红唇，直挺着腰板儿站在那，下颌谦逊地敛着，像是习惯了这样的阵仗，一派羞怯中有种老到的从容镇定，在记者们的连声叠问中，面上的表情也仿佛笼上了一层影影绰绰的轻纱。

邓北忍不住眯了眯眼——这算是他第二次见到她了。

旁边那几个已经开启了宅男看片模式，啧啧称奇只差口水横流了。

"这姑娘怕不是自带美颜相机吧。"

"跟着北哥的日子天天都是绝地求生的，这一下子过渡到校园浪漫爱情我还有点不习惯。"

邓北的目光从女孩儿纤细的腰肢上扫过，分体式的裙子，腰间露出一截白得腻人的皮肤，目测一手就能揽住，他眉头皱得更深，一本正经地开口。

"你们满脑子都是什么思想？"

啥？

那一边，不知道自己被"肖想"了多少遍的胡璇还在一板一眼地回答着记者的提问。

"不是的，我不会放弃艺术体操，只是我觉得，我首先是一个学生。"

"青运会……到时候会考虑，看情况吧。"

"没有，我父母很支持我的决定，能被滨江大学录取是我的荣幸。"

窃听到这儿，吉大利激动起来，"哎哟，我们学校的？"

黄书觉摸了摸下巴，"胡璇……我好像在哪听过这个名字——啊，今年大学生运动会艺术体操的冠军不就叫胡璇吗？"

邓北不语，视线收回来，耳朵却关不上，那姑娘的声音柔和，却意外地有着穿透力，像是钢琴中一个半高不高的音阶，毫不尖锐，却抓在人的心上，跟猫挠似的。

惯是个会装的。

联想起大运会比赛那天的所见，邓北面上一晒，低低地"喊"了一声，随手拨弄了一下细碎的刘海儿，转身带着一群男人们，大摇大摆地走了。

好不容易摆脱了那群记者，舒清坐上副驾驶的时候忍不住让司机加大冷风，手不停地挥着扇风。

后座上一只纤细的手伸了过来，手指间捏着一张纸巾，"舒阿姨，擦擦吧。"

舒清接过，眉宇间依旧有化不开的恼怒，"我本来只联系了两家媒体，解释一下你从省队退出的原因就好了，这些记者哪来的风声，怎么一窝蜂都堵到机场来了。"

胡璇眉眼弯弯，"没事的，过一段时间大运会的热度退了，就没有人记得我了。"

舒清在意的却不是这个。

"你突然间就跑来上大学了，谁知道记者回去会怎么写，这件事处理不好我对你母亲没法交代，不过你放心，退队过来念书也是暂时的，毕竟——"

舒清顿了一下，又说，"等过一段时间我联系几场表演赛，虽然你退出省队，但是曝光不能降下来……"

舒清一直在喋喋不休，胡璇没有再搭话，她侧过头，从窗外向外望去，汽车飞驰而过，目之所及的变换令她应接不暇，胡璇依旧看得很认真，这是她出生的地方，但对她来说却依旧是一个陌生的城市。

胡璇上的是滨江大学的体育新闻专业，也算是多少跟体育沾点边，办好了入学手续，舒清执意要跟着胡璇去寝室楼，她挑剔地审视着住宿环境，记下了所有胡璇可能会用到的日用品让人去采买，又打电话让人送来了一整套的床品，再三叮嘱胡璇手机要保持时刻畅通，这才在胡璇的坚持下略带不舍地走了。

舒清走后，胡璇卸下了一身的疲惫，终于在椅子上坐了下来，还没来得及松一口气，就对上三双好奇的大眼睛。

胡璇连忙站起来，一个气质优雅的站姿还没有摆出来，脑袋就被一只手按了下来，一时间她坐回椅子上茫然地眨了眨眼。

"我叫陈词，以后大家就是室友了，你这么客套，我们也不自在。"

陈词个子高挑，短发，言谈间有股男孩子的利落劲儿，还有两个人一个叫刘圆圆一个叫肖妩的，看起来都是好相处的性子。

"我……我是……"

肖妩笑了笑接话，"你是胡璇，艺体界的明星嘛，我们都听说过的。"

这些都是日后要朝夕相处的伙伴，胡璇的紧张感更甚，面对"镜头", 她双手不自觉地并排放在膝盖上, 冲她们露出了一个乖巧的笑容。

"真神奇啊, 酒窝的刻度都好像是量好的。" 陈词说着上前伸出手指轻轻捅了捅, 随意地打趣。

旁边"咔咔"啃着苹果的刘圆圆也禁不住上前透过厚厚的眼镜片仔细打量, 陈词及时按住她的脑门儿让她不至于撞到胡璇身上, 故作叹息地摇摇头。

"别看见小璇漂亮就耍流氓啊圆圆。"

还略微生疏的气氛随着陈词的动作瞬间消弭。

胡璇悄悄地松了口气。

胡璇对外是体育特招进的滨江大学, 许多流程跟正规的统招生不一样, 大一新生的开学典礼之前, 她又被叫到校长室补签了一份协议书——大意就是, 作为享受分数优惠进来的学生, 一定要更重视学校的荣誉, 就比如这次大运会, 她得的金牌就会算在学校成绩中。

等胡璇被"忽悠"得晕晕乎乎出来的时候, 才想起来自己的分数线应该是统招达标了的……

还没来得及委屈, 陈词的电话就打了过来。

"我们在体育馆给你占了位置, 你快点过来, 马上就开始了。"

放下电话, 胡璇脚步匆匆地就往体育馆跑。

滨江大学的建筑风格很有个性, 光体育馆就有很大的占地面积, 胡璇远远瞥见到正门还要拐好几个弯, 正巧旁边有一个洞开的侧门, 她没多想就拐了进去, 走了半天也没有想象中豁然开朗的礼堂, 她不由得有些焦急, 用力地推开手边一扇厚重的门——

这是一个没有窗的房间, 里面一片漆黑, 脚步落下的声音都带着空旷, 她正要退出来, 对面突然传出了一阵淌淌唧唧的脚步声, 胡璇莫名地一慌, 去拉门把手的手落了空。

一个男声透着不正经地抱怨着，"咱们学校的泳池就不能修一个露天窗吗？"

昏暗中，有人从鼻子里挤出"哼"一声，极为低沉，又极为不耐地说，"别废话了，大利你赶紧把灯打开。"

"知道了。"

"啪"的一声——

灯光亮起的一瞬间，黑暗中忐忑的女孩儿霍然扭头，头发梢在空中划出了一道略显惊慌的弧度，落入了这群人的眼。

邓北听见自己心里突然"咯噔"一声。

吉大利还维持着开灯的姿势，表情有些怪异，"胡璇？老黄，你帮我看看，我的心是不是掉地上了，我怎么感觉不到它的跳动了？"

黄书觉慢悠悠地白了他一眼，"没掉，但是我可以帮你把它挖出来。"

楚流摇摇头，"又不是第一回看见胡璇了，你这看见漂亮姑娘就动不了的毛病什么时候能改改。"

他们极为熟络的口吻令胡璇忍不住怀疑自己的记忆，她完全不懂这帮人怎么就好像跟她熟得不得了，但是现在更为关键的是——面对满目鲜活的俊男，她觉得自己要长针眼了……

胡璇低下头盯着自己的脚尖，露出一截白皙的天鹅颈，在泳池顶灯的照射下泛着柔光。

吉大利扭曲着一张脸，两条粗重的眉毛拼成一个内八，硬凹出一个和善的表情。

"小妹妹，别害怕，我们不是坏人。"

这句台词极有杀伤力，胡璇默不作声往后退了一步。

黄书觉见势不妙，急忙解释道，"我们是滨江大学泳队的，咱们同一航班从京都飞回来，我们还看见你在机场接受采访。"

原来是今年大学生运动会团体摘金的滨江大学游泳队，胡璇露出了一个恍然大悟的表情，戒备的神情稍稍松懈下来。

邓北分开几人走出来，他手里随意地拿着一条白浴巾，一身紧实的腱子肉大大咧咧地暴露在灯光下，紧噙住她的目光令她别过头去，只敢用余光瞟他。

"不去参加开学典礼，你来这儿干什么？"

楚流上前打圆场，"胡璇学妹，你是不是要去体育馆参加开学典礼？你走错路了，来我告诉你……"

楚流亲切又热心地引了胡璇出去，胡璇一边听一边连连点头，出门前还不忘回身鞠了个躬，眼神刻意避开了令她格外不舒服的邓北，"各位师哥，我先走了。"

泳池里又剩下一群糙老爷们儿。

邓北突然觉得哪里卸了一口气，有什么"嗷呜"一下咬住了他的心尖儿，令他骨头软绵绵的没有力气。

他索然无味地将浴巾往肩上一披，决定给自己找点乐趣。

"泳池一周没清扫了吧……3000米自由泳定胜负？"

空旷的泳池里瞬间传来一片哀号。

胡璇赶到体育场的时候，典礼刚刚开始，她们专业的位置就在主席台前，胡璇顶着院长压迫性的目光坐了下来，偷偷跟陈词几个打了招呼，还没等她喘口气，一个院长旁边的老师不知道对他说了什么，院长横眉倒竖，音量突增，吓了胡璇一跳。

"泳队这几个小兔崽子，开学典礼都不出席，一会儿让邓北来我办公室，他不是队长么？我还就不信治不了他们了。"

游泳队……邓北？是那个人吧。

想到那个人责问她为什么没参加开学典礼那一本正经的模样，胡璇忍不住撇了撇嘴。

漫长又枯燥的典礼过后，胡璇几个人跟着拥挤的人群慢腾腾地往礼堂正门挪动，肖妩念叨着要去校园附近的步行街逛一逛，刘圆圆附议，胡璇跟陈词也无不可地应了，正商量着要买点什么东西的时候，正门旁突然传来了一个男人清亮的声音。

"璇璇。"

肖妩先听到，手碰了碰胡璇，"那边那个，找你的？"

胡璇望过去，正看见秦佑白穿着衬衫西裤，站在门边冲她笑着。

胡璇冲着室友露出一个歉意的表情，"是我的学长，今天恐怕不能一起逛街了。"

刘圆圆急忙摆手，"没事儿没事儿，帅哥重要，逛街我们有的是时间，你快去吧！"

胡璇穿过人群走了过去，仰着脸冲着秦佑白说了句什么，秦佑白极为自然地伸手拿过她的包，笑着回应了几句，两人冲着校门的方向走了。

男人身型俊逸，行走间手微微护在胡璇腰后，以免被人群挤到，头低着听女孩儿讲话，露出温润的侧脸，即便看不清表情也能感受得到那股温润与专注。

优渥的家境，年少成名的光环，芝兰玉树的竹马，还有明朗灿烂的未来，胡璇大概生下来就是为了被人羡慕的吧，肖妩看着两人相偕离去的背影，忍不住啧啧称叹，"胡璇真是人生赢家啊。"

陈词拍拍她的肩，"走吧，别感叹了，你不是还要逛街？"

邓北是被教务处老师亲自从泳池提溜到院长办公室的，头发还没干，额前几撮碎发桀骜不驯地支棱起来，一甩头，水珠"啪嗒"溅在院长办公桌上，让端坐的院长眼皮一跳。

"邓北，你知不知道，你缺勤太多了，要不是你有几个奖项顶着，去年就该留级了！"

邓北低着头，脚上雪白的运动鞋因为走得急不知道在哪儿蹭了一道灰，他皱着眉头想着能不能擦干净，嘴上车轱辘话说得却溜，"感谢学校领导给我比赛的机会，我一定为学校争光。"

院长一拍桌子，"你别在这儿跟我咬文嚼字，你游泳再厉害，也是个学生！"

邓北没再吭声，眼皮子都没掀一下。

他有那种庸俗的"像扇子一样的睫毛"，垂下眼睛的时候，偶尔忽闪几下，平添了几分无辜的意味，一旁的教务处老师是个有孩子的女同志，看见邓北这副模样，忍不住爱怜心大起，连忙上前打圆场。

"这几个孩子确实是比赛多，有时候兼顾不了课业也正常，不过幸好这学期他们的课程也不多，不如就让他们多参加一些校内活动，也不至于跟学校脱节，正好，最近新生入学，我看让邓北做个辅导员挺好的。"

院长还没发话，邓北便没有丝毫犹豫地摇头摇头再摇头，全身心透着抗拒，"学期中还有青运会，我们得训练。"

教导处老师苦口婆心，"没不让你训练，咱们体院总共没几个专业，辅导员也不止你一个，用不了你多少时间，统计统计学籍，解答解答新生疑惑，做个合格的学长不是挺好的吗？"

"我不——"邓北还要挣扎。

"就这么定了，"院长一锤定音——邓北是学校的门面，总不能真让他留级，只是小惩大戒还是很必要的，"今年体院来了不少好苗子，你记着以身作则。"

体育学院……今年的，好苗子？

想到什么，邓北突然抬起头，眼睛里莫名的光一闪而过，嘴角也跟着上扬。

"院长，您确定？"

院长被他问得莫名其妙，从桌上拿起一厚摞学籍卡资料往他怀里一塞，"别废话，走吧。"

2. 胡萝卜啊你

从礼堂出来，秦佑白开车载着胡璇去了一家咖啡馆，绿植掩映，钢琴曲缓缓流泻。

两人在角落坐了下来，胡璇睁大了眼睛问他，"佑白哥，你来找我有什么事？"

秦佑白一边挽着衬衫的袖子，一边笑着看她，"还没恭喜你获得大运会艺术体操金牌，开学那天我就想去找你的，但是当时家里有点事，没及时返校，都安顿好了吗？"

胡璇点点头，"舒阿姨送我来的，一切都安排得很周全，放心吧。"

胡璇从小就认识秦佑白，两家一直来往颇多，后来，秦父的公司又成了胡璇最大的赞助商，胡璇和秦佑白的来往更加密切，很多赛程和商业活动，除了她妈妈请来的经纪人舒清，就属秦佑白最清楚。

服务员送上两杯饮品，秦佑白那杯无糖的红茶搁在她面前，看着她小口小口地喝。

隔了好一会儿，秦佑白才说，"之前阿姨托我找的医生，有消息了。"

胡璇手上一顿，小勺子不由得叩在了杯壁上。

"是那个美国医生吗？"

秦佑白点头，目光在她白净的脸上扫过，"那位医生下周有一台重要的手术，等他做完，我就让人请他过来，看看你的脚腕。"

胡璇低着头没说话，秦佑白以为她心情失落，不由开口劝慰，"别担心，你的脚伤一定可以治好，我相信你一定可以站上那个最高的领奖台的。"

胡璇抬头，他目光中的关切快要满溢出来，她犹豫了一刻，突然想要将内心的想法告诉他，"佑白哥，其实我——"

秦佑白的电话在这时响了起来，胡璇咬了咬唇，终是将话咽下——其实，我的脚腕治不好也没关系的。

秦佑白看着电话屏幕上的名字，手指摩擦了几下，才接了起来。

"喂，馨然……对，我回学校了……没有，我在外面的咖啡馆，和璇璇一起……好，我晚点去接你。"

挂断电话，秦佑白将手机揣回兜里，问她，"你刚才想说什么？"

胡璇压下心头的那丝冲动，笑着摇了摇头，"没事……那医生的事就要麻烦佑白哥多操心了。"

面前的女孩儿半弯着双眼看着他，日光倾斜给她加持了一圈朦胧的光晕，她唇边有几丝头发挂在了嘴角，秦佑白手指微动，最终只是规矩地放在身前，视线也缓缓垂了下去。

第二天一早，班长就给胡璇打了电话，通知胡璇她的档案不完整，需要提交一份学籍档案，让她送到导办去。

吃过午饭，室友们回寝室，胡璇一个人拿着资料找到了体育学院的导办，门是虚掩着的，办公室里只有一个男人，背对着她坐着，坐姿懒散，手里拿着一个牛皮纸袋，偶尔扇两下风，悠闲得快要睡着了。

她敲了敲门，那人没应，胡璇只好走进去。

"老师好，我是来交学籍档案的……"

那人终于回过神来看她，胡璇觉得脑海中有什么"叮"地响了一声——这人有点眼熟。

看着胡璇怔愣的模样，邓北笑了一下，向后一倚，舌尖抵了抵后槽牙，"是你啊，什么事？"

"我是来替换学籍档案的，老师不在吗？"

"不用找了，给我就行。"邓北扬了扬手。

不知是巧合还是特意，他手里的那份档案正是她的，看着慢条斯理地拆着档案，胡璇忽然有种不好的预感。

"你这档案缺得也太多了吧，是没怎么上过学吧……哟，小学还改了个名儿啊。"

胡璇感觉自己的名字被他咬在舌尖上，碾了好几次，才舍得一个字一个字地吐出来。

"胡——萝——蓓？"

胡璇脑袋"轰——"了一声，险些炸开。

"嗯？"他的鼻腔音极其性感，胡璇却感到一阵汹涌澎湃的羞耻。

"胡萝蓓"这个名字是胡璇的爸爸取的，配着她巴掌大的小脸儿和葡萄样的眼睛，小时候叫着十分可爱，只是随着她长大开始暴露在闪光灯下，她妈妈嫌弃这个名字听起来软绵有余，精巧不足，总不能被人胡萝卜胡萝卜的叫，就不顾爸爸的劝阻给她换了"胡璇"这个名字。

胡璇使劲儿捏了捏手指，在想象中压下自己耳根的热度，扬起精致的下巴，力图云淡风轻。

"那是以前的名字了，你现在不是知道我叫胡璇吗？"

本地新闻上，报纸上，铺天盖地的校园横幅上，都印着她的夺冠场景和名字，她自然有这个自信。

邓北勾了勾嘴角，"我知道没有用啊，你这学籍卡上写得很明白，被滨江大学录取的人叫胡萝蓓，和你递给我的资料名称不符。"

胡璇觉得这人是在故意刁难她，忍不住瞪圆了眼睛，冲着邓北说的话多了几分怒气，"那是因为我一直在各地比赛，根本没时间填，你改过来就是了。"

倒真不是这姑娘特意恃美行凶，只是她生起气来，眼睛都比往日晶亮，仿佛骄傲得理直气壮，骄傲得浑然天成。

邓北一时之间也没话说，胡璇趁机将自己手里的资料文件塞到他怀里，扭头走了。

门"啪"地被关上，邓北看着手里略显褶皱的文件，一时间也搞不懂自己刚才那种欠儿劲到底是哪来的——好像不过就是想听听这根水嫩嫩的"胡萝卜"说点软话。

这时候，门又开了，其他几个去吃午饭的辅导员回来了，看见邓北手里拿着档案袋，神色复杂地站着。

"怎么了邓北，你拿的那份档案有什么问题吗？"

邓北摇摇头，避开人将新的资料替换上去，妥帖地压在一堆档案的最下面，哼哼笑了两声，万一被人取笑了，她怕不是要挠他。

他将那堆档案袋往柜子里一搁，拍拍手大摇大摆地往外走去，一个学长急忙叫住他，"邓北，你干吗去？"

邓北头都没回，一挥手，"事做完了，训练去。"

课前十分钟，邓北夹着一个点名册晃晃悠悠就进了阶梯教室，刚在前面站定，底下一票女孩儿不由自主地"哇——"了起来，胡璇沉着脸不懂她们有什么可"哇"的。

"各位同学，我是你们的辅导员，体院大三的邓北。"

"学长好——"有胆子大的女同学已经喊了起来。

邓北目光一扫，在胡璇身上转了一圈又收回来，"你们呢，都是成年人了，有事情要学着自己解决，别总找我……"

邓北推卸了责任后，照本宣科读了一大通规则，极为不走心，底下细碎的交谈声突然一停——院长不知道什么时候站在门外，负着手黑着脸。

"邓北，来一趟我办公室。"

胡璇脸从书中抬起来，正对上邓北好整以暇的目光，后者唇角一扬，头上翘起的一撮毛仿佛都在冲她招手，喊着……胡萝卜……

邓北觉得自己这段时间经常被叫到院长办公室进行"爱的教育"，倒霉透了。

倒霉的事不止这一桩，两天后，办公室里，泳队教练和所有队员齐聚一堂。

院长倒了杯茶，"这学期期中正好赶上青运会，我拿到了参赛资格名单，邓北、楚流、黄书觉，你们几个都有参赛资格，你们不光代表着滨江，还代表着滨江大学，学校希望你们能拿出成绩，我跟你们教练商量过了，这一次咱们联合京都体大来一次联合训练，京都体大的游泳队也是首屈一指的游泳队，你们这次要好好跟人家学习……"

邓北抿着唇低头不语。

这段话信息量有点大，沉默了一会儿，楚流才犹豫地问道，"吉大利呢？"

院长叹了口气，含糊地说，"省队说他个人成绩不是很稳定……下次有机会的吧。"

楚流欲言又止，他们已经是百里千里挑一的游泳运动员了，现在才不过一个青运会，若是连参赛资格都没有取得的话，更不要谈日后的国家队选拔了。

气氛有一瞬间的凝重。

从院长办公室出来，看着他们几个垂头丧气的样子，教练卷着文件，轮番在他们脑袋上敲了一遍，"想那么多干什么，训练都不许给我偷懒，包括你，吉大利，别以为不参加青运会你就不用训练了，让我抓住偷懒我饶不了你。"

吉大利点头哈腰地恭送走了教练，一回头看见忧郁的队友们，"嗨"了一声，"不就是个青运会嘛，你们没看见大运会接力决赛时我那纵身一跃吗？那就是独家秘籍，正好我这段时间还能没什么负担地练练，你们不用担心我。"

邓北终于撩起眼皮看了他一眼，"你参不参加，冠军也只有一个，那就是我……我有什么可担心的。"

短暂的安静后，三人活动着手关节向他靠拢，面对着群情激愤，邓北丝毫不慌。

"吃烧烤去不？"

于是队里几个人立刻摒弃前嫌，异常兴奋地架了邓北就往校门口的烧烤店跑——北哥有钱北哥请客啊！

还没出校门，邓北经过一处教学楼窗外停住了脚，又倒退了几步，貌似不经意地说："你们先去，我稍后就到。"

"这……不好吧，队内活动，少您一个……"

邓北冲着吉大利迎面甩过去一个钱包，"赶紧走！"

空荡荡的教室里，胡璇一边摞着书一边听着两个女生的抱怨。

"我们一会儿还有选修课，这些搬不完怎么办啊，真是倒霉。"

"就是，谁让我们俩这么巧就被老赵看到了呢。"

一个姑娘咬了咬嘴唇，有些为难地瞅了一眼胡璇，另一个姑娘也停下了手里的动作，转了转手腕。

"胡璇你真厉害，搬这么多书都没出汗。"

胡璇将两摞书叠到一起，"还好，以前训练的手上也会绑沙袋。"

"也是哦，体育生肯定比我们有力气吧。"

胡璇温和地笑了起来，仿佛没听到她的话，手下的动作不停，那两个人还在看她，胡璇低低地叹了口气，"你们要是赶时间就先走吧，我自己搬就可以了。"

"可以吗？那太谢谢你了。"

两个女孩儿相互拉扯着，挽着手臂走了。

胡璇的鬓角泛起了细密的汗珠，没向门口看一眼。

书说多也不多，她往返个四五次就可以了，刻意忽略手腕的酸痛，她弯下腰，想将书拢到胸前。

邓北抱着胸站在门边看了一会儿，女孩儿不知道在想什么竟没发现他的存在，直到他走进来特意发出一阵拖沓声，胡璇才偏头瞧见他。

"你们班男生呢？"

胡璇没吭声。

邓北走到她旁边，看着她有些汗嗒嗒的刘海儿，"被老赵撞见了？他惯会找人做苦力，可不管是不是女孩儿。"

他居高临下地睨着她，语调有股漫不经心的懒散，却没耽误他挽袖子的动作，"东西我搬过去，你走吧。"

胡璇低着头，捧着书不撒手，"不用了，学长不是说了么，我们是成年人，有事该自己解决。"

想到这阵子被队友挂在嘴上念叨的关于胡璇的形容词，邓北心里翻了个白眼儿，她温顺个啥，比石头还倔，倔强……又磨人，邓北忍不住考虑起连人带书都端起来的可能性。

日头斜斜地照着，邓北干脆利落地将书从她怀里抢出，顺便敲了她一记脑壳。

"我还有一条没说的，就是要听学长的话，知道了么……胡萝卜。"

邓北搬完东西赶到烧烤摊的时候，桌面上已经一片狼藉了，吉大利撑着凳子，觍着脸冲他打了一个悠长的饱嗝儿。

但是这种不道德的行为很快就得到了现世报。

大半夜，一个沉重的脚步声蹭到了邓北的床前，气若游丝地呼唤。

"北哥……"

邓北一下子警觉地睁开眼，黑暗中，是吉大利那张透着惨绿的脸，邓北心头一梗，差点没伸手打人。

"你干什么？"

"北哥，胃口疼……我有点撑不住。"

邓北低低地爆了一句粗口，噌地一下坐起来，一手扶好他，另一手飞快地取下了挂在墙上的外套，利落地穿好鞋，然后半蹲下来，将吉大利一下子背到身上。

"你先忍着，带你去医院。"

北哥的背真令人安心啊……吉大利感慨过后，安心地半昏过去……

不出意外的，急性肠胃炎，邓北冷着一张脸交款、取药、找护士，那种戾气和困糅合的英俊五官看得吉大利心惊胆战，识时务地闭眼假寐，也不知道是不是心里紧张，又吐了几回。

好不容易折腾到第二天早上，邓北扭了扭脖子，看着睡得呼呼的吉大利，轻手轻脚走出去准备活动活动。

路过门诊的走廊，邓北突然听见一个声音，他的脚步不自觉地慢了下来，从半开着的门往里望去。

哟，"胡萝卜"，还有一个年轻的男人和一个中年女人，那年轻的男人他认识，国商的秦佑白，也是个出名的人物。

胡璇坐在椅子上，低着头摆弄着手指。

秦佑白摸摸她的头，"璇璇，刚才米勒医生说了，你的脚腕配合复健，还是有复原的可能性的……阿姨，您也别太担心了。"

中年女人穿着优雅得体，闻言面上紧蹙的眉峰淡了些，点了点头，

"希望如此吧。"

想到了什么，女人又说，"对了，我这次回滨江来，还给璇璇联系了一场表演赛，多亏了秦氏集团赞助，佑白，替我谢谢你父亲。"

秦佑白摇摇头，"应该的，只是……璇璇的脚，米勒医生说，最好能再休息一段时间……"

中年女人叹了口气，"休息休息，我难道不想让她休息？可是她休息了，别人不会，已经有很多记者在挖她为什么突然跑来上大学了，要是被那帮人知道她是因伤才退队的，指不定要写成什么样子。"

她又看向胡璇，"这次是商业性质的表演赛，璇璇你也不用准备太难的表演，顾着点自己的脚。"

胡璇点头，"我知道了，妈。"

她从椅子上站起来，"我学校还有课，我想先回去了。"

女人点点头，"我和佑白还有点事，你自己可以回学校么，需不需要我让你舒阿姨来接你？"

"不用了，妈，佑白哥，再见。"

刚出医院大门，胡璇面前一黑，一个颀长的身影拦住了去路，邓北低头看着她，"这么巧。"

胡璇看见是他，点了点头，没什么交谈的心思，叫了声"学长好"便绕开继续走。

邓北跟上她，鬼使神差地问，"你的脚怎么了？"

他一面说着，眼神也随之下滑，落在了她纤细的脚踝上。

"是以前的旧伤，还是大运会上又受了伤？"

胡璇硬邦邦地回答，"不关你事。"

稀奇了，明明刚才面对她妈妈还有那个什么佑白哥时还那么乖。

邓北眯了一下眼，舌尖在腮上一抵，在胡璇走过他旁边的时候，他突然两只手伸出来，在她腰上一掐，将她整个人端了起来，搁到一旁的围栏上。

一下子悬空，胡璇险些惊叫起来。

栏杆很窄，她不得不一只手搭在邓北的肩上，下一秒，他弯下了腰，两只手指轻轻碰了她的脚踝。

"受伤了，而且还肿着，你走路不疼？"

邓北二十多岁的年纪却已经有一副肌腱发达男人的身体，胡璇正面刚不过他，只得别过头，气成一只河豚。

"受伤了又怎么样，哪有运动员身上没伤的？不会影响比赛就行了。"

"受伤了还要参加表演赛？这种没有价值的曝光度对你来说就这么重要？"

他心中有气，说出来的话就愈显得冷漠。

她转过头和他对视，一字一句地说，"有些事情，假如你不懂，就不要随意评价，这样很不礼貌。"

说完，她板着小脸，突然向后下腰，腰肢纤软在邓北掌中划过，令他神色猛地一缩，等邓北回过神，女孩已经成功地凭借一个艺术体操运动员的功夫，以一个后手翻转体360度的动作，翻到栏杆另一面去了。

邓北："……"

这一系列高难度操作登时就吸引了一票人的目光。

看着胡璇头也不回离开的身影，邓北缓了缓呼吸，握成拳的手逐渐松开，不怒反笑。

矫情还不讲道理，谁爱管谁管。

九月底，秋老虎肆虐，外头骄阳似火，游泳馆里面却因为开着空调，温度适宜。

泳池的赛道边上，几个全副武装的男生站在岸边做着伸展动作。

"预备——"

于教练手势上扬，随着哨声的响起，几个男生同时跃出，犹如离弦之箭一般扎进了泳池中，在泳池里溅起了一阵水花。

这是1500米混合泳的训练赛，教练和助教都严肃地看着泳池里的运动员们，手里偶尔记录着什么。

第三泳道明显领先最起码一个身位，他就像一只旗鱼破水而行，每一次划开水面，都能看到他坚毅的轮廓，紧抿的薄唇，仿佛蕴藏着无尽的力量，在一片浪花中沉默地前行。

几圈下来到了冲刺时刻，所有人齐齐加速。

第三泳道领先的距离越来越大，毫无意外率先触壁。

听到代表触壁的电子声，那人摘了泳镜，仰在池边，长长呼了口气，正要撑着岸站起来，就听见教练沉声喊他。

"邓北，你过来一下。"

邓北利落地上岸，摘了泳镜，拨了拨头发，于教练手里拿着记录册走过来，递给他一块毛巾。

"14分35秒32，比上次进步了。"

邓北点了点头，接过毛巾胡乱擦了一把脸，在肩上一搭就要往更衣室去。

"邓北。"教练又叫住了他，欲言又止。

邓北回头看他，表情平静，似乎已经猜到了他想要说什么。

于教练叹了口气，"我之前说的事情，你考虑得怎么样了？"

邓北没回答，只是微微挑了挑眉，于教练一见他露出这副讽刺的表情，就知道没戏。

"游泳项目有很多，长度也不同，你爆发力很强，100米、200米是很有优势的，你没必要在这儿死磕1500米。"

"可是我1500米自由泳同样优秀。"邓北直视着于教练，"教练，如果你现在能找出来一个自由泳1500米比我游得快的人，你可以直接换上他。"

教练感到自己的头开始疼，"可是，你——"

先后上岸的队友已经朝着这边走过来，邓北截住了他的后半句话，目光坚定。

"于教练，我不是在犹豫，我是在拒绝，我要游1500米。"

说完这句话，邓北就转身走了，他的身影颀长，步子也大，几步就消失在众人的视线里。

教练定定地看了一会儿，忍不住发出一声低低的叹息。

邓北快步走出游泳馆，头发丝儿还湿漉漉的，他不耐烦地拨了拨。

校园里头栽了许多银杏，这个季节，银杏叶子一大片一大片显出炫目的金黄，风一扫簌簌地摇曳，偶尔掉下两片打着旋儿地从经过树下的人身边落下，偶像剧滤镜浓重得就连邓北板着脸装扮寒冰射手，都有小学姐小学妹窃窃私语，报以爱慕的目光。

但这不包括低头疾走的胡璇。

胡璇抱着长方形的礼盒，里面是一件崭新的表演服，她脑海中还在寻思着表演动作，没留意前方的路上什么时候多了一个人。

邓北停下脚步，双手插兜，眉目舒展了少许，就那么杵在她必经的路前，优哉游哉地盯着女孩儿无知无觉地走向他。

"砰。"

突然撞上一个坚硬的胸膛，胡璇鼻子登时一酸，泪花沁了上来，一抬头，她突然就明白了"阴魂不散"这个成语的意思。

"邓北学长。"

"你干什么去？"

邓北面色严肃地看着她妆容精致的小脸，比日常略显浮夸，眼尾还粘着亮晶晶的碎片，在日光下变幻着光彩。

"我今天有个表演赛，不过出来的时间有点晚了。"

她特意抬了抬腕表假装瞅了一眼，以证明自己真的有点急，不能跟他闲扯了。

邓北不说话，胡璇就默认他懂自己的意思了，于是弯出一个礼貌的微笑，刚要点头道别，手腕就突然被他一把拉住，还没等胡璇反应过来，就被邓北拖着向前走去。

"你干什么呀。"

邓北的手炙热，紧紧地禁锢住她的手腕，胡璇的心狂跳起来，分不清是羞是恼，这番动静惹得很多人意味不明地看过来。

"胡璇？"

寝室的几个人路过正好看到这一幕。

肖妩忍不住蹙眉，"胡璇不是参加比赛去了么，怎么和邓北在一起？"

陈词也摇了摇头，捅了捅一旁双眼无神的刘圆圆，"你发什么呆？"

刘圆圆咬了咬嘴唇，"我就是觉得，他们之间气氛有点怪……"

陈词也望了过去，深以为然。

3. 靠我有点近

邓北腿长步子大，胡璇几乎是小跑着被他携在身边，他一言不发地拽着她穿过了操场，进到体育馆里七拐八拐进了一间储物室，反手就上了锁。

"你放开。"胡璇通红着脸，邓北怀疑她已经气缺氧了。

邓北刚一松手，胡璇就闷头往门口冲，又立刻被他拉了回来，邓北往门口一堵，封住了她离开的路线。

"你让开。"

"不让。"

胡璇气得睫毛乱颤，忍不住伸手推他，"你有毛病啊！"

推是肯定推不动的，任她怎么闹腾，北哥岿然不动。

片刻的静默之后，邓北无意识地舔了舔嘴唇，声音微微发着沙哑，"还跑吗？"

胡璇瞪他一眼，绷着小脸走回去，坐到了里面的一摞垫子上，深呼吸了几次，才找回正常的语调。

"你到底想要做什么啊，如果你再不让我走，我就赶不上比赛了。"

"不准去。"邓北言简意赅。

他走到她面前，高高大大的身影压迫性地罩下来，"对一个运动员来说，身体就是你的本钱……这可不是什么段子，为了点媒体的追捧，带伤表演，这是傻人才做的事。"

"你懂什么。"

为了显得有气势一点儿，胡璇噌一下站起来……结果还是得仰视他，"我上次就跟你说过了，你不懂的事就不要随意评价，我们不一样，正式比赛也好，表演赛也罢，我都得参加。"

她说着说着，泪意忍不住上涌。

邓北愣了一会儿，看着女孩眼眶里要掉不掉的眼泪，伸出手指碰了碰她的下睫毛，于是那泪珠就沾湿了他的指尖。

他缩回了手指，嗤笑一声，轻声说了一句，"你又懂什么？"

莫名地，胡璇更想哭了。

时间安静地流逝，储物室顶上有一小扇换气窗，日光投射，灰尘在狭小的光斑里飞舞。

"算我怕了你了。"他看着有些颓唐地抱膝坐着的胡璇，语调透着诱哄的意味，又低沉了两分，"只要你不说要出去参加表演赛，我就什么都答应你，好不好？"

胡璇抬头望着他，他眼底有细碎的光芒，一眨不眨地盯着她，眼底清楚地倒映出她的身影，她突然忘了言语。

手机铃突兀地响起，她手忙脚乱地翻出来一看，没接，而是站起来，从垫子上轻巧地跳了下来，裙角漾出一朵花边儿。

她盯着手机沉默了几秒钟，仿佛下定了什么决心，突然抬起头来。

"不让我去也可以……你知道你今天做错了吧。"

从迷途的小可怜儿到骄傲的艺体公主，胡璇整个转变不超过三秒钟。

手机铃声还在响，胡璇凑近邓北，眨巴着眼睛，明艳逼人，"做了错事就要承担对吧——这也是运动员精神。"

邓北心里想着，啥运动员精神，但看着她嚣张中夹着点小心翼翼的神情，他面上很诚恳地点了点头，干净利落地认错。

"是，我错了，我承担，你想对我干点什么……都行。"

胡璇怪异地瞅了他一眼，将手中还嗡嗡作响的电话往他手里一递，"接。"

来电显示上写着"佑白哥"三个字。

邓北挑了挑眉，"什么意思？"

"我被你限制了人身自由，当然接不了电话了。"

邓北立刻就明白了她的意思，嗤笑了一声，从她手上拿过了手机。

一接通，电话里头立刻传出了秦佑白略带焦急的声音，"璇璇，比赛要开始了，你怎么还没过来？"

胡璇敛着神色听着，睫毛上下扇动，这个时候，她倒知道乖巧下来了。

邓北一边看着她的小脸儿，一边懒散地开口，"让别人上吧。"

电话里的男声滞了一下，再开口声调降了几度。"你是谁？"

"体院邓北，胡璇今天和我在一起，她去不了了，就这样。"

根本不给秦佑白反攻机会，邓北挂了电话立刻关了机，胡璇伸手准备拿回手机，下一秒，邓北一个举高高，手机立刻离地两米以上。

胡璇："……"

没完没了了还！

邓北可没觉得自己是在欺负人，他抵了抵后槽牙，将俊脸凑到她眼前，笑得不怀好意。

"你自己本来就不想去这个表演赛吧，正巧碰上了我这个冤大头，这下你如愿，黑锅反倒全是我背了。"

胡璇垂下的手握了握，"我不知道你在说什么。"

他看着她情绪不明的双眼，自顾自地嘟囔了一句，"我第一次见你就知道你是个虚伪的小无赖，外头人真是眼瞎。"

没计较他的诽谤，胡璇皱皱眉头，疑惑地瞅着他，"第一次见面……

滨江国际机场？我怎么了？"

邓北往垫子上一坐，跷着二郎腿哼笑了一声，低头摆弄着手机，像是要把什么抓在手心里。

第一次见面，是一个月之前的大运会现场，他穿过体操比赛场馆准备去后台接受采访，在运动员通道的一间休息室里，他听到了她的声音。

"很快就到我上场了，有什么赛后再说吧。"

那个声音清丽、绵软，说出来的话却笃定，不容拒绝，邓北不由自主就慢下了脚步。

一个穿着运动服、年纪三十多岁的女人摇头，"胡旋，你的脚已经肿了，之前的伤就没好利索，你要是再硬撑着坚持上场……这个责任我真的担不起。"

邓北漫不经心地想着，一般这么谨慎的，就是运动员的理疗师了，他们怕运动员上不了场显得自己没有价值，却也害怕运动员带伤上场，伤势加重承担责任。

"不是打了封闭针嘛，没关系的，有一点儿疼我也忍得住。"

"不行，决赛你不能参加了，我现在就去找教练说。"

女孩儿坐在长凳上，看着理疗师一副不可商量的架势要往外走，也没着急，只是慢慢地说，"如果要你担责，你也不可能会留到现在。"

理疗师脚步一顿，回头看向女孩儿的表情有几分复杂，又糅合着紧张。

女孩儿没看她，盯着自己的脚尖。

"去年我的脚伤已经有复发迹象了，我母亲从京都高薪聘请了你，你当时说，我的脚没问题，你可以让我继续参加比赛……可是我自己的情况我知道的，和我一样伤势的运动员已经应该退役了，你也知道的，不是吗？"

理疗师顿时语塞。

胡璇扎紧了头发站起来，面上还带着软糯的笑，"放心吧，我自己的情况我知道的，这一次我可以的。"

从后台出来，不知道为什么，邓北没有走，他站在高高的观众台上，看着灯光亮起来，看着她在赛场中心起舞，听着周围掌声雷动，听着解说员兴奋地念出她的名字。

"第十三届大学生运动会艺术体操个人金牌得主——胡璇！"

就在这一瞬间，邓北的心，突然软得不可思议。

两个人不知在储物室待了多久，直到外面突然有人拉门，胡璇吓了一跳，警惕地看向门口，仿佛一只支棱着耳朵的小鹿，情况一有不对劲儿就准备随时逃跑——她也不想想，猎人的眼皮子底下，她能逃到哪去。

门外有人的对话声传来。

"哎，这门怎么锁了？"

"我也不知道，走吧，去找老师拿钥匙。"

外面的人嘀咕了两句，脚步声逐渐走远了，胡璇这才松了一口气。

邓北似笑非笑地睨了她一眼，"怎么，担心有人进来，觉得我对你怎么样了？"

胡璇瞪他一眼，理了理衣襟："出去吧，反正时间也差不多了。"

……真是利用完人之后立马翻脸无情，多一秒都不行。

邓北感到自己的太阳穴有点涨，明明是自己主动做了好事，现在却有一种被算计了的感觉，可是身前的女孩儿微微低垂着眼，样子要多纯良就有多纯良。

外面的阳光耀眼而炙热，两个人走在学校的林荫路上，胡璇始终一言不发地低着头。邓北眼风扫过去，眉头不易察觉地皱了起来。眼看就要走到分岔路，他正想要说些什么，忽然，一个不远不近的声音传来。

"胡璇？你怎么还在学校里？"

胡璇眼尖地看见了走过来的室友。

"陈词！"

小姑娘就像见到亲人一样，立刻飞奔到陈词身边——飞奔的姿态是多么的按捺不住！多么的慌不择路！

近身的热源消失，邓北的眉头皱得更深了。

陈词伸手，把她奔跑中糊到眼前的头发拿下来，才看了看她的身后，疑惑地问。

"你不是应该去比赛了吗？怎么会……跟邓北在一起？"陈词其实更想问，几个小时前，邓北为什么会熟稔地把她拉走，但看着胡璇有些手足无措的模样，还是换了这么一个委婉的问法。

胡璇支吾了几声不知道该怎么回答，又想到什么，踟蹰了片刻，跟陈词说了一句"你等我一下"，走回邓北的身边。

"那个，学长……谢谢你。"

"嗯。"邓北从鼻子里哼出一个音。

"我还，有件事想拜托你……"

胡璇才一开口，邓北就知道她想说什么。

"放心吧，我既然助人为乐，就没有背后嚼舌根的习惯。谁来问，都是我蛮横不讲理，硬拉着你不让你去参加比赛。"

果然，此话一出，胡璇的脸色肉眼可见地放松下来，连带看向他的眼神都友好了很多。

"那谢谢学长了，以后有机会请你吃饭。"

看着她又恢复了镇定自若，邓北意味不明地笑笑："会有机会的。"

他的语气莫名让胡璇有点后背发毛，她皱了皱眉，跟邓北道了别，头也不回地回到自己的室友身边。

"陈词我们走吧。"

陈词摸了摸她的脑袋，回头看向邓北已经离开的背影，若有所思。

邓北沿着林荫路默默走了一会儿，突然抬手看了一眼腕表，表情变得有些严肃，抓了抓自己额前的头发，认命地转了个弯朝某栋教学楼走过去。

吉大利像一只无头苍蝇一样在文体楼里转悠了好久，才发现悠悠走过来的邓北。

"北哥，你怎么才来啊，我等你好久了。你不会忘了这节课是理论课吧，'灭绝师太'的课你也敢逃？"

吉大利一边走一边埋怨，也知道邓北绝对不会反省，又接道。

"对了，青运会的报名表你填好了没有，填好了我帮你交上去，可别落下了。"

邓北脚步不停，睨他一眼："吉大利，你什么时候也学会这一套了？是于教练的意思吧，他想干什么？偷偷改了我的报名表？现在高考生的家长都不敢这么玩了。"

见吉大利的表情有些心虚，邓北又干脆利落地向他"捅了一刀"。

"让于教练死了这条心吧。"

由于很快就是青运会了，青运会的奖牌得主都被默认为，几乎半只脚迈进国家队了。这是为校争光的事儿，因此学校的体育场开始闭馆，只对预备参赛的学生开放，游泳馆这个时间段的泳道也都承包给了校队的大神们。

胡璇站在写着"此门不通"的场馆大门前，又一次迷失在了滨江大学奇葩的建筑风格里。

陈词和圆圆都告诉她，游泳馆是通向文体楼的捷径，她急着去导办交资料，也就没细问，可是她还是高估了自己的方向感……

胡璇认命地叹了口气，准备原路返回再绕道过去。

"那边那个女同学！"

愣神中，一声粗犷的男声突然在她身前响起，吓了胡璇一跳。

她循声望去，一个中年男人抱着一摞训练垫子冲她扬声喊着："对，我说的就是你！你给我过来。"

胡璇有些茫然，但还是乖乖走过去。刚站稳，冷不防怀里一沉，中年男人不容置疑的将垫子往她身上一塞，拍拍手说道，"你们这些女同学啊，不好好学习，天天跑这来看帅哥，真不懂那群毛头小子有什么好看的？"

"老师，我不——"胡璇想解释，可是这位老师没有给她这个机会。

"别说，老师都懂。行吧，别说老师没给你机会，你把这些垫子送进去，然后准你随意逛逛。"

冲胡璇挤挤眼睛，这位老师说完就摆摆手，潇洒地离场了。胡璇吃力地抱着半人高的软垫有些傻眼。

什么给机会，是您想抓个苦力吧……

胡璇望着某老师离开的矫健背影，叹了口气，认命地往游泳馆里走去。

游泳馆内此时有些空，只有五六个游泳专业的男生正在日常练习，泳道里翻出朵朵浪花。

触目尽是紧实的腱子肉，胡璇绷紧了神经，目不斜视地穿过泳道，将垫子卸到角落里，然后想找个偏门赶紧出去。

看准了一个门，胡璇推门进去——

"邓北，上次我们说的事情你考虑得怎么样了？"

一个男人的声音回荡在安全出口楼道里，胡璇止住了脚步，微微伸出脖子看过去——邓北和两个中年男人正在楼梯口攀谈。

邓北只穿着泳裤，脖子上搭着一条白毛巾，泳镜还在手里晃荡，像是刚游完泳，头发湿漉漉的，胡璇只看了一眼就连忙收回目光。

她正想悄无声息地退出去，可是下一秒，邓北的话令她止住了脚步。

男生漫不经心地笑了一声，语调懒洋洋的。

"青运会在即，你们过来挖角，不觉得有些不道德吗？"

"每个团队都需要实力强劲的队员，这是人之常情。"

另一个中年男人也跟着劝："是啊，你的处境我们都知道，你们教练不赞同你游1500米，他本身也更擅长教短道，你继续在滨江大学游泳队，进步空间有限。可是我们不一样，我们是专业的团队，可以为你量身打造训练计划，你的梦想不是进入国家队吗？我们可以帮你的。"

那两人苦口婆心，可是邓北的表情却难以捉摸，他站在那听着，既不像是敷衍，却又不见得有多上心。

"邓北，只要你有这个意愿，其他的一切问题都不是问题。"

"对对对，所有手续我们都会帮你办妥，你只需要提要求。"

"邓北是不会去的！"

——这掷地有声的话却不是出自邓北。

两个中年男人循声望过来，看见一个女孩儿俏生生地站在拐角处，抿着唇，小脸儿上一派严肃。

"这位是……"

邓北也望过来，目光落在胡璇脸上，颇有几分耐人寻味："她是我的……学妹。"

那两个人的表情显然在说：学妹有必要管这么宽吗？

胡璇的回答是：有。

她的表情板起来，倒是也挺唬人："你们赶紧走吧，他教练马上就来了。"

那两个人面面相觑，显然有所顾虑，留下一句"时间不多了，你好好考虑"就匆匆离开了。

寂静的楼梯间只剩下胡璇和邓北。

邓北按按太阳穴，轻嗤了一声："啧，多管闲事。"

他迈着大长腿几步从她身边走过，胡璇小跑着跟上。

"邓北学长，我不是要多管闲事，我只是觉得我应该提醒你，青运会在即，不管是从队伍的磨合期还是名声上考虑，你都不应该答应他们。"

邓北准备拉门把手的手一顿，将拉开了一条缝的门又重新关上，转过身，居高临下地面对着她，缓缓开口。

"就算我跟队伍没办法磨合好，就算我的名声有损，这跟你又有什么关系？"

"我只是——"

感应灯暗下来，楼梯口只一个小气窗，日光暗淡，他的表情也开始模糊。

"小学妹，你喜欢我啊？"

胡璇没讲完的话瞬间憋了回去，脸都憋了个通红。

"你……你瞎说什么呢？！"

他俯下身子，清俊的脸庞离她极近，呼吸清浅喷洒在她面前。

"说你喜欢我，我就拒绝他们，成交吗？"

"你神经病啊。"

"看你吓的，逗逗你别当真。"

惊吓过后，胡璇佯装镇定，一脸正气地说。

"反正……反正你要是私下接触别的俱乐部，我就、我就告诉你教练去！"

"啧，威胁我啊，那你还得再长两年。"

胡璇狠狠瞪了他一眼，转身跑了。

邓北站在泳道前，面无表情地做着准备活动。

几天都没碰见胡璇，那天楼梯口她羞愤的小脸儿却一直在他跟前挥之不去。也真是的，跟个姑娘计较什么呢，惹得自己也心神不宁的。

"预备——"

教练的喊声传来，邓北收回目光，将泳镜戴好，嘴唇抿了抿，不着痕迹地做了几个深呼吸。哨声响起，他一头扎进泳池里，像一支离弦的箭，游弋水底。

邓北憋着一口气，记不清几个折返，直到某一次他触壁后助教拼命地鼓起掌来，他才卸了劲儿。

"14分34秒57，又快了，不愧是邓北啊。"

邓北从水里出来，拿过毛巾擦了几下头，其余人才姗姗触壁。

楚流喘着粗气上岸，苦笑着看向邓北："北哥，你真是令人绝望啊。"

邓北笑了笑没说话，看向躲避着他的目光的于教练。

"教练，别忘了在我的报名表上签字啊，接力和1500米。"

见于教练板着脸装没听见，邓北上前用湿漉漉的手，在他肩膀上拍了拍："不然，我就答应别的俱乐部转过去。"

于教练当即跳脚："你敢！那几个俱乐部一来人我就知道了，我已经告诉门卫见到那几个人就轰出去了，挖角挖到我身上可没好果子吃！"

说罢，于教练洋洋得意地又说："威胁我啊，你再长两年吧！"

……这似曾相识的一句话。

邓北的脸色冷了下来，鼻子里不爽地"哼"了一声，也不看自己的成绩，扭头往外走去。

吉大利扬声问："北哥你去哪儿啊？"

"找个地儿睡会儿觉。"

于教练见不得他的张狂样，拿起一条满是水的毛巾就冲他砸过去。

"你个小兔崽子你给我回来！"

邓北像是后脑勺长了眼睛，敏捷地躲过教练的袭击，挥挥手扬长而去。

胡璇一边走一边跟秦佑白通电话。

秦佑白的语气有些歉意："馨然突然来滨江了，我刚才去接她现在刚往回走，可能会晚点到。"

"没事的佑白哥，反正离预约的时间还早。"胡璇抬头看了看周边，目光掠过一栋建筑："我去图书馆等你吧，你到了给我电话。"

秦佑白轻声笑了一下："好。"

撂下电话，胡璇拾级而上进了图书馆。

作为国家重点学府的知识门面担当，滨江大学的图书馆是一座亮亮堂堂的四方楼，只是除了自习室，借阅室平时来的人不多。

胡璇倒是很喜欢这里，穿行在成排的书架中满眼新奇，不一会儿，手里就捧了两本感兴趣的书，紧接着又发现了第三本。

只是最上层的书架对她来说，还是有点高。

胡璇咬了咬唇，使劲儿向上蹦跶了一下，裙摆漾出一朵花来。

可是还是差一点儿。

"你在干什么？"

一个沙哑的声音突然在她身后响起，胡璇反射性地回头看去。

一个男生从逆光中走来，胡璇看不真切，只觉得他浑身都是光芒围绕——靠近了才看清，是睡眼惺忪的邓北。

邓北皱着眉头看她。

她踮着脚，本来及膝的裙子因为高高地伸出手去，显得有些短了。

邓北清了清嗓子，表情更加僵硬了几分。

经过上次那个过分的"玩笑"，胡璇看他有点鼻子不是鼻子，眼睛不是眼睛的，也顾不得什么外在"人设"，当即想也不想就出言讽刺。

"在图书馆睡觉就像样子了？也不知邓北学长是逃了课还是逃了训练。"

火药味儿起得莫名其妙，两个人不约而同就愣住了。

还是邓北先妥协："……要我帮你拿书吗？"

胡璇想了想，伸手指了指书架最上一排的一本书："那麻烦你帮我把那本书拿下来吧。"

"哪本？"

他挨过来。

邓北身上带着刚洗完澡之后的清爽气息，此刻猝不及防地靠近，她整个身子都被罩在他的阴影里，胡璇禁不住呼吸一滞。

前面是书，后面是他的胸膛，她腰板挺得笔直，生怕一不留神就会靠进他怀里。

胡璇忍不住在心里腹诽，拿书就好好拿书，靠那么近干什么！

邓北眼角睨着她，甚至不用垫脚，伸手轻飘飘抽出了被人束之高阁的书。

胡璇伸手去接，一下没抽动，她拧着眉看了他一眼，邓北这才松了手。

"谢谢。"

两个字她说得心不甘情不愿的，邓北心口有点堵，退了一步，面色浅淡。

"不是说过要请我吃饭？正好我饿了，就今天吧。"

……好像是有这么一茬，只是上次见面太尴尬，胡璇几乎忘了。

胡璇的表情有些为难，她摇了摇头："对不起，今天不大方便。"

为什么不大方便？不用他问，邓北很快就知道为什么了。

秦佑白一身休闲西装走近他们，看见胡璇身边的年轻男人，目光带了两分讶异：

"邓北？"

胡璇也有些惊讶："佑白哥，你们认识？"

4. 滨江之光

秦佑白笑着点点头："邓北可是我们学校的风云人物，自然见过几面。"

邓北一言未发，自从秦佑白出现之后，他的状态就有些奇怪，像是在跟谁生闷气。

胡璇跟他道了别却没有得到回应，忍不住在心底腹诽几句，才跟着秦佑白往外走。

她抱着书走了几步，突然想起什么，停下脚步，懊恼地敲了敲自己的脑门儿。

"怎么了？"

秦佑白关切地看向她。

胡璇有些不好意思地捋了捋头发："佑白哥，你带没带学生卡？"

秦佑白也愣了一下，苦笑着摇摇头，他已经大四了，如果不是因为胡璇今年入学，他可能很少回学校。

胡璇不舍地看看自己精挑细选出来的几本书，有些舍不得。

"那就——"

"咳咳。"

忽然，两人身后传来了几声刻意的咳嗽声。胡璇回头，就看见不知什么时候跟在他们身后的邓北，手从兜里掏出一张白色卡片，夹在食指和中指之间，冲她摇了摇。

片刻后，学生卡在机器上刷出"嘀"的一声。

看着管理员老爷爷笑眯眯地将书递给她的样子，邓北根本懒得问，没有学生卡她是怎么进来的了。

胡璇一身纯白色娃娃领的连衣裙，干干净净的小皮鞋，还背着一个碎花纹路的挎包，乖巧的不像样子，没有人会比她更像是学生了，怎么会有人想查她的学生卡呢。

胡璇拿人手短，收好了书，冲他憋出了一个微笑。

尽管没那么真心诚意，可奈何女孩儿实在生得太好，此刻眼睛眯眯，还是显出几分羞赧

："邓北学长，你的学生卡——"

邓北一摆手："放你那吧，还完书再给我。"

"哦，好……可是我要怎么联系你？"

邓北的舌尖舔了舔上槽牙："那你记一下我手机号。"

"哦，好。"

胡璇愣愣地站在原地看他，她的眼睛大而水润，邓北心底仿佛有个小钩子一直抓挠着他，他皱了皱眉。

"你不拿手机出来记，背得住？"

"哦，对。"

胡璇又掏出手机，邓北走近她，身子俯下来，两人头碰头交换了联系方式。她这才美滋滋地抱着自己的书离开了。

邓北又回到那块他午休的专用角落，阳光依旧暖融融，可是他却无论如何都睡不着了。

"见鬼。"

邓北低低地骂了一句，换了个姿势。

不知道过了多久，吉大利熟门熟路地找过来，推了推正在闭目养神的

邓北：

"北哥，去食堂吃饭啊。"

邓北睁开眼，将他的"蹄子"撂下来，起身伸了个悠长的懒腰："成，但是你请，我刷不了学生卡。"

"你学生卡呢？"

邓北一脸无辜："……忘带了。"

暮色四合，天边的流云飞逝着卷走了秋日的燥意。

胡璇趴在理疗床上，眉头紧紧地皱着，下颌枕着自己的手臂，望着窗外一株高大的桂树，一个穿着白大褂的外国医生在她身边，用力地按着她脚踝处的某个穴位。

秦佑白站在不远处，目光中流露着淡淡的心疼："璇璇，很快就结束了，忍着点。"

胡璇满头是汗，却强笑着摇了摇头："我不要紧。"

两个多小时的治疗结束，胡璇坐起来的时候，几乎觉得自己小死了一遭，脚腕连绵的酸痛不见了，取而代之的是感受不到双腿存在的麻木。

秦佑白蹲下身，认真地帮她将鞋子穿回去。

胡璇不大自在地缩了缩身子："佑白哥，我自己来吧。"

秦佑白没有松手，只是安抚地轻轻拍了拍她的膝盖："你现在不方便，坐着就好。"

看着秦佑白在她面前低下的头，胡璇有些出神。

秦佑白似乎一直都这么温柔，两家的大人是世交，胡璇自小就认识秦佑白，这么多年来，他爱护她、照顾她，替她的生活、事业操心，似乎都是再自然不过的事了，可是……

胡璇抿了抿唇。

"佑白哥，馨然姐不是来了吗？你不陪她不要紧的吗？"

　　秦佑白系好了她的鞋带才直起身，温和地笑着。

　　"我把馨然接到我住的地方了，她刚下飞机有些累，想要休息。"

　　胡璇点了点头："嗯，那改天叫上馨然姐，我请你们俩一起吃饭。"

　　"好。"

　　正准备离开，秦佑白的手机响了起来。他低头看了一眼。

　　"是裴阿姨打来的电话。"

　　"我妈？"胡璇立刻紧张起来，坐直了身子。

　　裴青打来电话倒没什么重要的事情，关心了几句胡璇的治疗情况，得到秦佑白肯定的回应之后，裴青也松了一口气，又叮嘱胡璇："青运会好好表现知道了吗？我已经联系了国家体操队的教练，届时观看你的比赛。"

　　胡璇冲着电话乖乖地点头："知道了妈妈……我会尽力的。"

　　裴青的语调柔和了一些："璇璇，你也别怪妈妈给你压力，你从小就开始练艺术体操，要不是因为脚伤，你现在也不至于要去上学。你的训练和复健一定不能落下，否则你还怎么进国家队……"

　　裴青的这番话胡璇闭着眼睛都能倒背如流，但是她的脸上一丝不耐烦也没有，只是安静地听着，仅仅有时候突然走神，不知道在想什么。

　　秦佑白看着她，忍不住悄悄地叹了一口气。

　　胡璇回到学校的时候已经九点多了，秦佑白的侧脸在寝室楼灯光的映衬下愈发显得白皙，他看着胡璇不大敢着地的左脚蹙起眉头。

　　"我送你上去？"

　　胡璇摇摇头："不要紧，我慢慢走上去就好。"

　　秦佑白没坚持，目送着胡璇的背影逐渐消失。

　　胡璇一瘸一拐回到了寝室，把室友们吓了一跳。

　　陈词连忙走过来，把她扶到椅子上坐好："怎么了这是？"

胡璇不欲让室友们知晓她的脚伤，随便找了个借口只说有点扭到了就急急岔开话题。

"帮我把我的包拿过来可以吗？"

陈词提着她的包带过来，包斜着，一张学生卡从里面掉了出来。

肖妩上前一步捡起来，无意中看了一眼，当即就愣住了。

"小璇，邓北的学生卡怎么会在你这里？"

肖妩话音一落，三双眼睛唰唰唰地扫向胡璇。

胡璇也有点蒙。

"你们……都认识邓北啊。"

陈词拎了个凳子，往胡璇床前一坐，替胡璇解惑。

"大三的邓北，滨江大学泳队之光，谁没听说过，知名度不比你低。听说他天分很高，身体素质也很好，高中时期的训练成绩已经可以媲美国家队队员了。"

胡璇刚想抬头，一听到"身体素质很好"这样的话，不知道联想到了什么，干脆又将头深深地埋在膝盖上。

陈词消息还挺灵通，又继续说："听说他经常缺席训练，即便就这样，成绩还能晃荡在国家队选拔标准线上，他们的教练没少为这发牢骚，说他心思都不知道用在哪了。还经常有小姑娘晃荡到游泳馆偷看他，璇璇，你眼光倒是不错。"

陈词拍了拍胡璇的大腿，点头称赞。

胡璇急忙将手摆成了电风扇："误会了误会了，我跟他……我们之间才不是那种关系。"

说完，烫手似的，她把邓北的学生卡往旁边一扔。

陈词目光深沉地落在她头上，将胡璇低垂的头压得更低了。

"所以……上次看见你们俩走在一起我就想问了，你们到底是什么关系？"

肖妩也目光炯炯地盯着她。

刘圆圆"咔嚓"一声咬了一大口苹果。

胡璇："……"

她伸手指天："我们真的没有什么关系，他找我是个巧合，仅仅是因为比赛的事情。他学生卡的事，也是个巧合。"

胡璇费尽心机撇清嫌疑的当口，她的手机响了，四个人几乎同时看见了来电显示上明晃晃的两个大字。

迷之沉默中，陈词的目光有些一言难尽："我相信你们没有关系，但是……你要不要先接一下邓北的电话？"

胡璇握住手机穿过室友们的包围圈直奔阳台而去，腰不酸了，背不痛了，脚也不疼了。

"啪"地将门关上，将目光如炬的注视挡在外面，胡璇这才松了一口气。

可是……她跑出来了，不就更显得心虚了？

胡璇忍不住敲了敲自己的头。

她正沉浸在自怨自艾中，忽然，电话里传来了邓北的声音："胡璇？"

邓北的声线十分有磁性，不是那种低音炮般的挠耳，而是要更清越，却更重一些，仿佛要顺着她的耳朵一直往她的身体里钻进去。

胡璇握住手机的手不由得缩了缩："邓北学长，有什么事吗？"

"学妹，我的学生卡什么时候还我？我已经几天没吃饱饭了。"

他的语调认真且冷冰冰，一丝一毫也没有玩笑的成分，胡璇的内心立刻就被愧疚感充满了。

"对不起啊学长，我忘记了，你定一个地方吧，我明天就给你送过去。"

干脆利落的道歉加上积极的补救，很得体的处理方法了，可是电话对面的男生仿佛并不满意，憋了好半天，才从喉咙缝里挤出来一个"嗯"字。

"……"

"……"

一阵令人窒息的沉默过后，胡璇终是忍不住翻了个白眼儿："所以你倒是说我去哪儿找你啊。"

"……明天上午，来游泳馆。"

胡璇想也不想地拒绝："上午我有课。"

那边被噎了一下，再开口时，语调已崩不住先前的冷硬，妥协了许多："……那就中午，来游泳馆。"

"中午那阵我有训练。"

"……那就……下午？"

不知道是不是胡璇的错觉，这四个字竟然隐隐有了卑微试探的意味。她甩甩头，将这不切实际的想法甩出脑袋。

"行，下午我训练完了就去游泳馆找你。"

"好。"——这一回答倒是快。

放下电话，胡璇一回头，就看见三个以古古怪怪的姿势贴在玻璃上的人影，她突然一阵心虚……

第二天下午，游泳馆里，吉大利等几个泳队的人已经在游泳馆里泡了一天，皮肤都被水泡蔫儿了，却还是在泳池里疯狂加训，这一切源头都指向第一泳道里的那个男生……

吉大利好不容易游完了一个200米，趴在泳道边上拿毛巾胡乱地擦了一遍脸，气喘吁吁地说："我又不能去参加青运会，还得陪你们训练，谁有我惨？北哥今天到底是发什么疯，这都游了五个多小时了，神仙也受不住啊。"

黄书觉也靠在泳池边上休息，闻言苦笑着看向兀自埋头训练的男生，忍不住喟叹："神仙受不受得住我不知道，反正北哥钢筋铁骨，我是服了。"

嫉妒使吉大利面目全非，他暗搓搓地瞄了一眼邓北的腹肌，又摸上了自己的，鼻孔里"哼"了一声："跟我有什么关系，我只知道，训练中午就该结束了。"

"有本事这话当着北哥的面说？"

"明知道我不敢你还刺激我，黄书觉你不是人！"

"懦夫。"

"我就是，怎么你嫉妒啊？"

两人一言一语打着嘴炮，忽然，吉大利敏锐地听见有脚步声接近——轻盈，带着女孩子高跟鞋特有的清脆点地声。

他撑着泳池壁往后看，有点眼熟，等那女孩子走近了，吉大利忍不住敞开了嗓门儿大喊。

"嘿，胡璇学妹，真是你啊，你怎么来游泳馆了？"

吉大利手抓着泳壁，像一尾美人鱼漂浮在泳池里，眼里全是见到女神后兴奋的光芒。

第一泳道里那位还扑腾在泳池里的男生"哗啦"一声破水而出，一手摘掉泳镜往这边望过来，薄唇抿着，还是一副漫不经心的模样，却轻易地夺走了她全部的目光。

似乎被这帮蠢透的朋友丢了脸面，邓北冷了脸上岸，就差将不耐烦写在脸上。

美男出浴，邓北就这么大大咧咧地冲胡璇走过来，一连串的水滴从他紧实的腱子肉上滴落，一抬眼，看见胡璇略有不自在地移开视线，邓北手随意地擦过自己的腹肌。

"浴巾。"

"什么？"

邓北挑挑眉看住她的眼："我说，把你身后的浴巾递我一下，不然……我就这样光着也成。"

饶是胡璇见惯了大场面，面对这场面，也是不自然地脸一红，伸手拽了一条毛巾就丢过去。

邓北伸手接住，丝毫没有避嫌的意思，慢条斯理地擦起来。

女神害羞带怯，吉大利眼睛都快看直了。

他仰脸看向邓北："北哥，你听到我心里滴答滴答的声音了吗？那是我遇见爱情的倒计时。"

邓北面无表情地将用过的毛巾往他脸上一糊，不阴不阳地说："你搞错了，那是你心脏不太好的声音。"

熟悉邓北的人都知道，这是他心情不好的前奏，偏偏吉大利此刻单方面陷入爱情，智商简直低成了洼地。

"胡璇学妹，大家都是一个学校的，还都是运动员，又见了好几次面，既然这么有缘，留个电话呗。"

黄书觉显然觉得自己的队友很丢人，要不是看吉大利是真傻，而不是借机戏谑，他早就上去把他的脑袋按进水里清醒一下。

吉大利的花痴倒是替胡璇解决了一个小尴尬，她看向水里神采奕奕的大男孩儿，略有几分抱歉："对不起……我不记得了。"

楚流嗤笑："吉大利，人家妹子是不想给你，你醒一醒。"

队友的嘲讽令吉大利的神色逐渐哀怨起来，胡璇连忙解释："不是，真的不是，我开学才买的手机，号码还没背住呢。"

不过眼看着对吉大利的群嘲不断加剧，胡璇一心软，一句话脱口而出。

"要不你问邓北学长去吧。"

去你的心软，话一出口胡璇就想一巴掌拍醒自己，真是蠢爆了！果不其然，先前就一直盯在自己身上的目光更加深邃了。

七八只嘴巴也闭了，热闹也不看了，齐刷刷地扭头看向事不关己的男生。

锅还可以这么甩吗？

吉大利从水池里颤抖地伸出一根手指，直直地指向邓北，嘴里的话也开始说不利索。

"你、你、你竟然……"

你竟然先下手为强，你的小心心就不会痛么！

读出了吉大利的控诉，邓北垂下眼睛，回以深沉的凝视，轻飘飘地说道："闹够了？快出来，还想训练？"

说完，大长腿一迈，就要转身离开，走了几步，他头也没回地说了一句。

"我换衣服，去外面等我。"

——没指名道姓，但是想也知道这话是对着谁说的，众人惊，果然有问题。

胡璇大脑还处于轻微宕机的状态，但是见过大场面的她还是能带着镇定自若的假面，淡定地应了一声，往外面走去。

没走几步，她的脚步缓了下来，回过头，一众泳队队员们还是以一个整齐的姿势目送着她……直觉告诉她现在应该说点什么。

"我，来还邓北的饭卡，懂吗？"

一字一句，平日里软和的面具隐隐龟裂，甚至气得连学长也不想叫了。

"懂懂懂，你千里迢迢来只为还饭卡。"

"放心小学妹，我们嘴很牢的，知道有媒体盯你，我们绝对不透露一点儿风声，你就是来还饭卡的。"

"对对对，学妹心肠真好，这必须得让北哥以身相许。"

众人一副言不由衷还要配合演出的乖巧模样。

胡璇："……"

胡璇突然有些理解了邓北为什么平常面对队友们都是一副高冷的面瘫脸，毕竟这么一群哈士奇般的队友搁谁身边都得闹心。

她面无表情地攥了攥拳，放弃了解释。

蓦地，一个颀长瘦高的人从更衣室的方向走出来，邓北双手插着兜，强势介入谈话。

"我又不是你们，如果见个漂亮妹子就喜欢，我还能单身到现在？"

刻薄又自负，却奇异般的安抚了所有人，队友们心有灵犀地相互看看，不约而同地松了一口气……虽说都是成年人了，恋爱自由，可是他们这种有目标的运动员，恋爱这种极容易分心的事，还是能避免就避免吧。

邓北看向胡璇，似漫不经心："好了，我们走吧。"

"不必了。"胡璇硬声说。

她挂上疏离的微笑，将学生卡双手递给邓北："上次在图书馆偶然碰到学长，谢谢学长借我学生卡，很抱歉现在才想起来还。"

邓北的表情顿住，盯着那张学生卡好一会儿，才伸手抽走。

他还没来得及说一句话，胡璇立刻头也不回地走了，脚步带着迫不及待。

泳队的人接二连三地上来，围着衣冠楚楚的邓北说三道四。

"怎么回事啊北哥，小学妹怎么会有你的学生卡啊。"

"还以为你学生卡丢了，这几天都是吉大利给你刷的饭卡，兄弟如手足啊你可不能这样。"

被围攻的邓北目光缓缓扫视一圈，大范围释放冷气："就穿条裤头排成一排对妹子问东问西的，你们就没想过人家会尴尬吗？"

队长的威严还是在的，众人默默道歉之后，方才又群起而攻之。

"你不也特意在妹子跟前秀了腹肌吗，还是近距离一对一，太有心机了！"

"你先交代清楚了学生卡跟电话号码的事情。"

"就是，我们要给失钱失心的可怜大利复仇。"

"闪开让我自己来。"

一片乱糟糟中，砰一声——水花四溅。

吉大利从泳池里挣扎着又露出头，无不哀怨："我去，你们怎么都不拦着我。"

邓北面无表情地拍了拍手，心中莫名的郁气稍散。

吉大利扶着腰爬出来，总觉得自己的无知无畏给了邓北一个出气的借口，今天谁又惹到他了？

今日的事对胡璇来说，只是一个小插曲——除了室友们对她和邓北的关系依旧存疑以外。

几天后，为了胡璇这颗水灵灵的独苗能在青运会上继续大放异彩，为校争光，学校专门划出了一块场地供她训练。舒清将她的训练事宜打理得很好，除了接送教练、聘请护理师等，还安排了熟悉的媒体，在她训练的时候拍了照片，写成报道，来维持她的曝光率。

对此胡璇本是不耐配合的，可是抵不住舒清的三言两语："你有没有想过，那么多运动员，为什么秦氏独独挑了你赞助？有名的体操教练、美国的复健师、最先进的训练设备，哪一项不是要大把大把现金砸下去的？秦氏图什么？你们家是世交不错，佑白那孩子打小就照顾你也没错，可是你也得的确有商业价值，这份'照顾'才能长久不是？"

有理有据，胡璇哑口无言。

所以在几天后，她又瞧见几名记者出现在学校内的时候，她心里叹了口气，面上还是扬起了一抹礼貌而又令人如沐春风的笑意——可是那几个记者径直掠过了她，往另一边走去。

胡璇疑惑地回头看去。

校门口停了一辆大巴车，车门开启，陆续下来几个大男孩儿，穿着统一的蓝色训练服，皆身材健硕，身材高挑，乍一看像是什么男团。

胡璇一下子就想起了邓北他们几个，总觉得两拨人从气势上差不多。

"小学妹？"

忽然，一声饱含情谊的呼喊声传来，胡璇猛地回头，是吉大利几个人，还有一周多没见的邓北。

方才才想起来的人，此刻立马出现在面前，尤其是那双乌黑的眼睛落在她身上，胡璇无端地生出了几分心虚，她看向一个最好说话的人。

"吉大利学长，你们怎么在这里？"

"来探查探查敌情。"吉大利朝那几个穿蓝色训练服的男孩子努努嘴，表情有些异样："喏。京都体大的泳队，来合训的。"

"可是怎么记者都来了？"

"哦，他们队里有个明星选手，怎么说，就是跟你在艺术体操比赛里知名度差不多。"

就在这时，前面传来一阵骚动。

车上最后跳下来一个穿着一套蓝色运动服，戴着白色棒球帽的男孩儿，个子很高，五官精致，干干净净的，浑身充满了阳光少年的明朗气质。

他一下来，记者就围了上去。

"许赫，请问你这次备战青运会有信心吗？"

"你去年青运会在1500米自由泳项目上，打败了已经是国家队队员的白银，并刷新了青运会1500米自由泳的纪录，对此你有什么想说的吗？"

"听闻你接到了几个广告邀约，跟青运会档期不冲突吗？"

"这次青运会，有没有你比较忌惮的对手呢？"

一直在倾听的男孩儿听到了这个问题，扬了扬唇笑了起来。

"感谢大家的关注与支持，首先身为运动员，我不想错过任何一个从竞赛中得到锻炼的机会。至于忌惮的对手……这也是我们这次希望跟滨江大学游泳队合训的目的，在刚过去不久的大运会游泳项目中，由于我的缺席，我们泳队被他们打败了，这一次我们会赢回来的。而战胜对手的第一步，自然就是了解对手。"

说完，他笑了起来。

胡璇看向身边的人，邓北抿着唇，正面无表情地看着人群中的许赫。

吉大利也收了往日嬉笑的表情，看着许赫的目光充满不屑与愤恨。

"喊，如果不是他当年捅了我们北哥一刀，踩着北哥上位，今天能轮得到他在这儿说大话？"

黄书觉拉了拉他的衣袖："好了大利，你少说几句。"

吉大利又愤愤地嘟囔了一句："等着看吧，北哥迟早让他知道，什么叫活在梦里。"

感到气氛有几分古怪，胡璇识时务地没有多问，却对吉大利口中那个"当年"生出了几分好奇。

记者还在七嘴八舌地问着，一个中年男人远远地小跑过来，膀大腰圆的往那一站，挡住了长枪短炮的窥视，嚷嚷起来。

"好了够了啊，这是学校，没有批准不让拍摄！"

胡璇立刻认出这是前阵子在游泳馆外面扔给她一大摞子垫子的人。

吉大利哼哼说道："这么快就到了，老于对他们还挺重视。"

"毕竟是来合训的，于教练总得尽东道主的义务。"

之前没跟上节奏的保安也都到了，客气而又不容拒绝地把一众媒体记者请出了校园，一时间，周围安静了几分。

一直没出声的邓北突然冷笑一声："好了，人也看到了，走吧，吃饭去。"

这群人像一阵风似的来，又像一阵风似的离开。

走出五六米，邓北霍地回头："一起？"

胡璇愣了一下才反应过来是在叫自己，她摇摇头："不了，我还要去训练。"

邓北慢吞吞地"哦"了一声："训练啊……我记得有一次在医院见过你，当时你是不是在——"

"邓北学长！"胡璇超大声地打断了他的话，不顾他的队友们异样的目光，深吸一口气，勉强维持着纯良的笑容。

"我突然有点饿了，学长不介意带我一个吧。"

邓北单手插兜，另一只手食指点了点太阳穴，高冷中莫名散发出一种中二气质："那……行吧。"

还有点勉强的样子，胡璇的微笑再一次定住。

对面，仿佛听见了熟悉的名字，方才众人目光中心的许赫望了过来，看到远去的一众背影，若有所思。

有妹子在，众人都局促了许多，从点单上就可见一斑。

黄书觉、楚流等人纷纷点完后，吉大利扭扭捏捏地合上菜单递给服务生："再来二十斤……哦不，十斤小龙虾。"

小烧烤滋味不错，可胡璇却一点儿也吃不下去。

胡璇暗示得眼睛都快瞎了，邓北这才游刃有余地放下筷子，露出一个漫不经心的微笑。

"学妹，一直看我，有话跟我说啊。"

话音一落，周围陷入死一般的寂静，大家装作扒饭，一个个耳朵竖得老高。

胡璇一字一顿，表情有些难看："是、啊。"

邓北擦了擦嘴，才又说道："……那行吧，出来聊。"

胡璇咬着牙跟了出去。

这家小龙虾店挺大，两人一前一后走出包间，胡璇走在前面，背影带着几丝悲愤，她走两步，邓北才迈一步慢悠悠地跟上。

到了洗手间旁边的一个空包厢，胡璇停下脚步，回过身反手一推，将邓北推进包厢，又伸手带上了门。

她推着邓北的手臂直接将人按在了墙上，漂亮的杏眼愤愤地仰视着邓北："学长，希望你能忘记那天在医院见过我。"

邓北错愕地眨了眨眼，待听完她义正词严的要求之后，他只是调整了一下站姿，更加闲适地靠在墙壁上，一条腿曲着，以便迁就女孩儿的身高，双手抱肩，眼神从她的手滑上她的眼睛。

"为什么？"

胡璇板着脸："我不能被人知道是因伤退出省队的。"

"比赛对你来说就这么重要？"

她反问："比赛对你来说难道不重要？"

邓北低下头笑了两声，他没说话，但是那种表情一下子就让她想起了表演赛那天，被他关在储物室的经历。他责怪她明明受了伤，却为了关注度，要去参加一个只是个噱头的表演赛。

她记得他的表情，就像现在一样，几分轻慢，几分不屑。

胡璇收回手，垂在身侧，刘海儿散下来，遮住了她的眼帘，也遮住了她眼眸深处的情绪，只有冷淡下来的语调，到底是泄漏了几分不甘的心思。

"我说过，我们不一样，但是这并不代表你是对的。我们都有自己的目标，没有谁比谁高贵。"

邓北蹙起眉……他并不是这个意思。

可是眼前的女孩儿仿佛觉醒了另一种人格。

她将了捋头发，用余光看他，眼角眉梢带了两三分讥诮。

"我才想起来，在哪听过许赫这个名字——他也是京都省队的吧，按照我的经验，他今年应该可以参加国家队预备役的考核了，前途大好。"

女孩儿的语气无辜、天真，并气人。

"刚才听到你的队员们说，你们从前有交集？邓北学长，我或许利用了自己，对自己的身体不负责，但在我的领域里，我永远不会被踩下去，我会一路稳稳当当地站着——这一点上来看，我们的确不一样。"

邓北想要解释的话又缓缓地落回肚子里。

他伸手挠了挠自己的下巴，仿佛要借此消掉什么痒意。

"……这才有点意思。"

一曲《克罗地亚狂想曲》结束，在场地中间旋转着的女孩儿以一个舒展的姿势干净利落地定格。

旁边传来几声鼓掌，几个人走向她，其中一个领头模样的中年女人无不赞许地点头。

"这是三年前美国一位名将的世锦赛决赛动作组合，难度系数偏大，但是你的完成度出乎预料的高啊。"

"谢谢教练。"

教练又指点了几句，今日的训练便告一段落了。

舒清走过来："教练，我送送你们。"说完，她又对胡璇低声嘱咐："璇璇，下午的复健我已经拜托了佑白，你记得跟他联系。"

胡璇点点头，目送着几人离开，这才转了转有些酸痛的左脚。要是她不光有着出众的天分，还有一个健健康康的身体该多好，就像邓北那样……

"咚。"

胡璇使劲儿敲了敲自己的脑壳，作为想起那个人的惩罚。敲得有点儿狠，她揉了揉脑壳，心情更糟糕了。

"许赫，你慢点，你去哪啊。"

一个不大耐烦的声音传出来："抽个烟，你跟出来干什么？"

听见谈话的声音，胡璇皱起眉头，这两个人怎么会来这里？她知道来人是谁，却不知道是该避开还是原地不动。

犹豫的工夫，声音已经近了，这个时候再离开也会撞个正着。左右是他们闯入，胡璇干脆好整以暇地坐了下来。

"你可不能放松啊，刚才你听没听到他们于教练说的话，名为欢迎，实际上是炫耀他的队员有多出众，这段时间的联合训练，你可一定要狠狠地打他的脸啊。"

相比较同伴的愤懑，许赫的声音多了几分不在意："不用你多说，我知道的。"

许赫的手指上夹了一支烟，放在嘴边又拿了下来，像是想到什么，眉心紧皱。

同伴看了他一眼，犹犹豫豫地责怪道，"我劝了你多少遍了，烟要少抽，尤其是在公众场合，有损你的形象。"

"嗤——我都踩好点了，这个地方虽然挨着游泳馆，但是平时基本没人。"——那是一种跟昨日接受采访时截然不同的语气和神态。

"你昨天刚来，行李都没收拾好吧，就踩点？你可省省心吧。"

"你别像是有被害妄想症似的，你看这儿连个鬼影子都没有——"

两人走到了宽敞的场馆边缘，正对面，就是一个安安静静坐在休息椅上的女孩儿。

打脸来得太快就像龙卷风，许赫一下僵住了嘴。

他嘴角抽动地问道："咳咳，你是哪位？你没听到什么吧？"那警惕的小眼神就像是胡璇会把他们怎么地了似的。

许赫打量着她，眼中的犹疑一闪而过，而后恍然大悟地自顾自点了点头，忽然笑了。

"是你。"

见识到他变脸技艺的胡璇礼貌地点头，微笑流于表面："你好，我是前省体操队的胡璇。"理论上说，她跟许赫曾经还是属于一个编制内的，她听说过许赫，许赫或许也听说过她。

不料，许赫却是摇了摇头。

"我是说，昨天，在校门口，跟邓北走在一起的人——是你。"

她尚且没弄明白他在说什么，许赫又微微弯下身子，放缓了语气。

"那么你可不可以告诉我，你跟邓北是什么关系？"

说这话的时候，男孩儿还是笑着的，仿佛在讨论的是一件极为寻常的事。

胡璇皱眉："这跟你无关。"

许赫一愣，转而笑得更开心了："留个微信吧。"

胡璇抿唇，摇了摇头，错身想要掠过许赫离开。

可擦肩的瞬间，许赫目光一闪，骤地扣住了胡璇的手腕，表情带上几分与阳光气质截然不同的嚣张。

"不过是交换个微信，学妹何必这么拒人于千里之外。"

她站定看向许赫，不自觉地歪了歪脑袋使自己的视线尽可能地远离他。

"不了吧。"

许赫不依不饶地问："为什么？我们应该是一个编制内的吧，认识一下也没有坏处。"

胡璇又低头看了看自己的手腕，面上礼貌的笑容逐渐消失，声音也一下子冷了几度：

"不习惯用微信、不喜欢给陌生人微信号码、不喜欢你所以根本不想给你微信号，三个理由你任选一个吧。"

说完，也不管男孩儿是什么反应，胡璇使劲儿地转动手腕挣脱开来，大步离开。

拉开出口处的门，胡璇忍不住惊讶地"啊"了一声。

"肖妩，你怎么在这里？"

肖妩站在那不知道多久了。

她神色如常地冲胡璇弯出了一个浅笑。

"我路过而已，刚好看到你在里面和……那个男孩儿吵架。"

说罢，她看向胡璇，轻轻开着玩笑："璇璇，看不出来，你有点刚啊。"

胡璇不想再提许赫，三言两语对付了过去："好了，我们快回去吧。"

暮色沉沉，她的脚步也沉。

其实，许赫能找到这里不稀奇。

滨江大学是一所综合性的大学，因此体育类型的场馆注定不可能占据太大的面积，前省队主教练于伟锋退役后，来了滨江大学执教，再加上邓北、楚流等几个游泳的好苗子接连入学，滨江大学的体育专业这才打出来名气。

再加上今年胡璇的入学更是为滨江大学的体育专业炒高了不少热度。

可是整个学校里面练艺术体操的毕竟只有胡璇一个，学校总不能特意为她修建一座体操馆吧，于是只好在设备最完善的游泳馆一侧，收拾出了一间宽敞的教室给胡璇作为平时训练之用。

泳池跟她的临时训练场所也就一墙之隔，胡璇毫不怀疑，若是她训练时音乐放得大声一些，甚至能透过墙壁。

胡璇重重地叹了一口气，她是不是天生跟泳队的人犯冲？无论是刚刚那个许赫，还是……邓北。

此时距离青运会还有40天。

或许是她自己格外小心，几天的晚间训练下来，都没有跟泳队的男孩儿们打过照面。

直到有一天，胡璇趁着没课的上午去训练了一会儿基本功，出来快走到食堂时想起刘圆圆让她帮忙带午饭，便打了个电话回去，谁知电话里的刘圆圆情绪十分激动。

"璇璇，你且站在那里不要动。"

胡璇被她吼得一脸蒙……你要去买个橘子？

她脚尖踢了一会儿路边的小石子，冷不防身后有人突然旋风一样地冲到她身边，拽住她的手腕就跑。

"快走！来不及了！"

胡璇被拉得一个趔趄，莫名其妙地问："我们去哪啊？"

刘圆圆一边脚下如风，一边腾出手来，恨铁不成钢地点了点胡璇的太阳穴。

"当然是去游泳馆啊，你没看这么多姑娘都往游泳馆去吗？"

胡璇更加莫名："去游泳馆干什么？"

"今天有邓北和许赫的SOLO（单挑），谁不感兴趣啊。"

5. 落水少女

胡璇也没问她是怎么知道的，毕竟刘圆圆想来消息灵通，只是有点好奇："我竟然不知道你还对游泳感兴趣。"

刘圆圆握了握拳，义正词严地说："作为我们国家在国际上占有绝对优势的体育项目之一，我们每个人都应该掌握入门知识。"

还没等胡璇肃然起敬，刘圆圆的神色一垮："但是看到邓北之后，不光是入门，叫我入土都行啊。"

为了保住自己的室友不至于头脑发昏入土，胡璇还是默认被她拉去了游泳馆。

游泳馆门口确如刘圆圆说的那般围了一圈"居心不良"的学姐学妹们，但仅仅只是围满了而已。正门紧闭，于教练以一夫当关万夫莫开之势，气势汹汹地堵住了大门口。

"去去去，小丫头片子们别跟着添乱，有什么好看的。"

"赶紧散了散了，当心我告诉你们老师扣学分。"

"你，对就是你，过来！"

于教练从人群中精准地定位到了胡璇，满脸不耐烦地冲她招招手。

胡璇莫名其妙地走上前去："于教练，您找我？"

于教练用一种更加莫名其妙的目光回视她："发什么愣啊，你不是要训练吗？赶紧进去。"——自从胡璇跟泳队做了邻居，知道了她身份的于教练看她的目光更加怒其不争，她用头发丝儿想都知道，于教练一定又脑补身为体操运动员不好好训练反而去游泳馆偷看"小鲜肉"的戏码了。

胡璇一愣，正要解释，立刻被刘圆圆一手捂住嘴，半拖着往里走，看起来弱小可怜又无助。

"是是是，她要训练，教练我们这就进去！"

两人直到进了游泳馆刘圆圆才松开手，一巴掌拍在胡璇的背上，赞扬地说："这回多亏了你。"

胡璇转过身撇了撇嘴。

两人一路做贼似的潜入了泳池场地，刘圆圆扒着门缝，小心翼翼地掩藏自己的身形。她一边鬼鬼祟祟地张望，嘴里还嘀咕着："璇璇你也藏好一点儿啊。"

冷不防身后传来一个中气十足的声音："你们俩干啥呢？"

这声音回荡在空旷的泳池里自带扩音效果，瞬时间，泳池周边三三两两的男孩子们都望了过来。

邓北从队员身后探出头来，男孩儿同样只穿了一条泳裤，毫不避讳地做着伸展运动，看向她的目光意味深长。

吉大利此时已经看清了面前的两个女孩儿："胡璇？你怎么在这？"

感到众多视线落在自己的身上，胡璇竭力保持着优雅端庄的姿态："训练，恰好路过。"

吉大利一咧嘴："来都来了，留下来看一场比赛吧。"说罢，他又神秘兮兮地凑近两个小姑娘："看看我们北哥是怎么碾压那些京都体大来的狂傲小子们。"

这话正中刘圆圆下怀，两个自来熟的人一拍即合，吉大利引着心中的女神和她的朋友，在万众瞩目之下坐到了旁边的椅子上。

　　胡璇觉得有些丢脸，幸亏这段插曲很快就过去了。

　　泳池对面的许赫，在队友和助教的帮助下做着伸展动作，滨江大学泳队团伙远远地围观。

　　楚流摸摸鼻尖："啧啧啧，看见没，这才是体育明星的架势啊，跟他相比咱们北哥真亲民。"

　　吉大利面无表情："我不喜欢他。"

　　楚流："口是心非。"

　　吉大利："呵，这辈子我都是我们北哥的人。"

　　一直默默拉伸的邓北这才有了反应："别。"

　　说完，他瞥了一眼胡璇所在的地方，不知是有意还是无意，冲着她活动了一下肩膀，线条流畅的人鱼线令围观群众尽收眼底，刘圆圆抓在胡璇手臂上的手指更是没有松开过。

　　"于教练还不回来，也不能一直等。"邓北别过头，跟许赫的视线交织在半空中："先来一场100米热热身？"

　　许赫勾起唇角："好啊。"

　　——犹如天雷勾动地火。

　　胡璇复杂的神色在邓北和许赫之间晃荡了一圈，又一圈。

　　邓北扯了扯唇，完全没有紧张的感觉，悠悠地，也不知道是在跟谁说话："放心，我对男生不感兴趣。"

　　众人包括邓北的队友们都没怎么听明白，许赫却嗤笑一声，脸上阳光的笑意随之变得有点儿"浪"。

　　"邓北，比赛之前，儿女情长，不好吧。"

　　邓北勾唇，唇畔的笑敷衍极了，一副没将他的话放在心上的样子。

　　除了邓北和许赫，还有几个游泳运动员准备同场跟着比一下，哪怕知道赢不过这两个天才类的人物，好歹也可以对比一下自己的水平。不知是有意还是无意，邓北和许赫挨着，分列三四泳道。

助教发令枪响，几道身影相继入水，矫健的身影令胡璇都忍不住瞩目。

半空中的光屏显示，入水反应，许赫第一，邓北第二。

许赫像是长了眼睛一样，100米自由泳，他从头至尾落后邓北半个身位，若说开始他还是处于试图赶超阶段，可是越到后来，他就好像变得比较放松，即便是冲刺阶段，也依然没有再要反超的架势。

最终成绩，邓北第一，许赫……第三，甚至列于楚流之后，和邓北的成绩相差将近一秒多。

出水后，许赫接过助理的毛巾礼貌地道了谢，看了一眼大屏幕，毫不在意自己的成绩，反而冲着邓北竖了竖大拇指。

"一年多没见，你的成绩又进步了。"

邓北嘴角勾出一个淡漠的弧度，不予回应。

成绩公布，还有人给许赫鼓掌——自然了，不管这一次他游了第几，他可是许赫。年少成名，曾在青运会、大运会摘得多项冠军，国内同一年龄段内自由泳1500米纪录的保持者，平时随便游一下就能让一众同辈甚至是前辈叹息，游出这个成绩，显然是不想给准队友太多负担。

专项厉害，并且还是有礼貌的暖男，在整个体坛里都是不多见的。

——有时候不得不说，营造出来的"人设"还是有用的，以上观点都是刚刚刘圆圆一脸花痴地灌输给胡璇的。

胡璇隐隐觉得哪里不对，可是不是一个专业，她也说不出来什么。

吉大利刚才没下水，就坐在胡璇身边，闻言恨声说："什么不想给队友添负担，那个人是发现跟不上我们北哥之后，才没尽全力游的。"

胡璇微愣，跟刘圆圆对视一眼，没有说话。

许赫一手抓着浴巾，走到邓北面前，露出一口洁白的牙齿。

"接下来的所有比赛，你也一定要……加油啊。"

他的声音和煦，态度熟稔。邓北抬起头和他的眼睛对上，对方笑得更加真诚，仿佛邓北能赢得比赛是一件十分值得赞许的事情。

邓北的神情倒是无喜无怒，他一边用毛巾擦了擦头，目光中流露出一丝嘲讽。

"你还是多关心关心自己吧，毕竟之后半个月的集训……你总不能一直这么……礼让。"

说完，邓北站了起来，190的身高足比许赫还要高出一截，扑面而来的压迫感甚至波及后面一干人等，许赫当即收敛了微笑，深深看他一眼转身离开了。

泳道旁有滨江大学游泳队的队员叫他："许赫，一会儿还有常规测试和两队的比赛，你不参加了？"

他头也没回："身体不舒服，帮我请个假吧。"

吉大利忍不住磨牙："你当我们学校是哪？你——"

"哎。"邓北摆摆手："就让他走吧，毕竟刚才100米消耗体力大了，身体自然不舒服。"

吉大利一边嘀咕着"北哥今天的嘴格外有毒"一边拍拍屁股小跑过去。

这时候，门口处传来一声嚷嚷："都在岸上站着干什么呢？我不来就不练习？"

胡璇跟刘圆圆对视一眼，极有默契地一起开溜了。

出了游泳馆，刘圆圆扭头问她："璇璇，你去哪？"

"来都来了，我自己去练习一会儿吧。"

刘圆圆钦佩地点了点头："好……今天全靠你了，改天请你吃大餐！"

胡璇眉眼弯弯，下午的阳光斜斜地照在她身上，光影流转中，一副岁月静好的样子，看得刘圆圆直咋舌。

"璇璇，我突然间觉得，你和他好配啊。"

胡璇登时像是被谁踩了尾巴："你说什么呢？邓北的性子那么恶劣，我看你们一个个都是被他的表象迷惑了！"

刘圆圆一脸蒙："你说啥呢？我说的是许赫啊……许赫长相好，性格好。你们又同是运动员，还都是明星选手，我总觉得你们非常像，若是在一起，说是金童玉女也不为过吧——不过，你无缘无故提邓北干什么？"

胡璇感觉脸上泛起一丝红晕，转而娇嗔地浮现出一抹微妙的气恼："我觉得许赫还不如邓北呢。"

"哦……"刘圆圆拖长了语调："我就说你们俩之间有古怪，难不成你俩——"

"没有的事，别瞎说！"胡璇气势汹汹地往前走了两步，又扭头回到刘圆圆的面前，重重地哼了一声："你什么眼光！"

说完她三步并作两步离开了，她腿长，没几秒钟就消失在刘圆圆的视线中，徒留下刘圆圆满脑子问号……

于教练进了游泳馆后，自然有人告诉他刚才发生了什么，于教练非但没有生气，反而一反常态地蹙着眉头，欲言又止。最终，他拍了拍邓北的肩膀，发出一声悠长的叹息。

"好了，剩下的人，京都体大的小崽子们也算上，一起做个体能测试，现在就开始吧，先来个1500米热身，预备——"

滨江大学的几人仰天翻白眼，于教练还是这样一言不合就先让人游1500米。

整整一下午的训练结束，就算是陪练的吉大利都忍不住绝望地腿软，但这根本不影响他的好食欲。

"北哥，晚上聚餐啊。"

邓北一边擦着身上的水滴，瞥他一眼，干脆地拒绝道："不去。"

空气寂静了一瞬，杂七杂八的声音响起。

"哎哟，北哥赢了那小子得第一之后飘了。"

"北哥现在已经是赢过冠军的人了，他想跟我们割袍断义。"

"北哥想脱离群众，北哥想单飞。"

乱乱糟糟乱乱糟糟，吵得邓北脑壳疼。

"闭嘴，我去。"

他沉着脸走向一旁的更衣室，才走了两步，就听见隔壁有悠扬的音乐声隐隐传来，没了水花的翻腾声，音乐格外清晰。乐曲似乎已经放到了最后，几个激昂的音符后，再无响动。

见他站着不动了，吉大利挠挠头。

"北哥……你换一个衣服是要换到地老天荒吗？"

胡璇从训练室出来，远远一望，就看见游泳队那几个人聚在一起叽叽喳喳，只有邓北依旧面冷，拉低了团队的平均温度。

胡璇现在一看见邓北，会想到刘圆圆的话：你们俩之间有古怪。她莫名其妙地想起了那天在杂物间，他近在咫尺的呼吸和异常深邃的目光。

她是想去更衣室的，更衣室分男女，可这会儿游泳队的都是男孩子们，女更衣室形同虚设，倒便宜了她，可是……邓北堵在更衣室的门口，她又不想过去了。

邓北一扭头，那双刚才还在她脑海里回忆起来的双眼，准确无误地盯住了她，然后伸出手。

——冲她勾了勾手指。

胡璇皱了皱眉想当作看不见，但是背上嗒嗒的，总得冲洗一下。

她走过去，邓北居高临下地睨着她略带不满的小脸，唇畔勾起一个散漫的笑。

"正好碰上了，晚上一起吃饭？"

"晚上我有事。"

邓北收了笑，突然上前一步，精壮的上身散发着源源不断的热意，胡璇心生警惕，随之退了一步。

两人一进一退之间，逐渐挪到了泳池边儿上，她再往后退就是泳池了，无奈只好定住，正视着他。

"邓北，你干什么？"

"我的队友都很喜欢你，只是吃一顿饭……还是，你又要去看医生？"一边说着，邓北一边暗示地往她的脚踝瞥了一眼。

胡璇："！"

退无可退，胡璇干脆往前走了一步，报复性地踩住了他的浴巾，也让邓北尝尝动弹不得的滋味。

可没想到她踩的位置有点偏，一脚下去，本就随便一围的浴巾瞬间摇摇欲坠，邓北条件反射拉住浴巾死死往回一拽——

——"扑通"一声，溅起一片水花。

胡璇被邓北那一拽，脚下没踩稳，睁大眼睛往水池里栽去，落水之前只看到邓北懵的脸和后知后觉伸出的手……

胡璇："……"

吉大利和他的小伙伴们都惊呆了……

片刻后，女孩破水而出，一手狠狠地抹了一把脸，费力地睁大眼睛，深吸一口气："邓北，你故意的？"

邓北收回还在空中悬着的手。

"抱歉，条件反射，我……我拉你上来。"

没察觉出邓北话语里细微的尴尬，胡璇缓缓舒了一口气，压下心头怒火，双手撑着岸边，一个用力，灵巧地上了岸。

她穿着运动服，浑身湿透，夏日衣衫薄，衣服紧紧地贴在她的身体上，白皙的皮肤若隐若现。

邓北"嚯"地转过身，腰背挺得笔直。

"不吃就不吃吧。"

胡璇抿着唇，一言不发，浑身湿漉漉地进了更衣室，将门关得震天响。

她即便是再迟钝，也有些明白，两人的关系，在慢慢变质中——从坏，变得更坏！

6. 我拒绝

胡璇没骗邓北，她今天是真的有事。

洗澡加换衣服，到了约定餐厅的时候已经晚了一会了。餐厅在这栋商业楼的顶层，夜晚从窗边望下去，城市夜色灯火点点，极美。

"佑白哥，馨然姐，我来晚了。"

孟馨然笑着站起身："没晚，是我想见你，让佑白带我来早了。"

胡璇腼腆地坐到孟馨然身边，十分乖顺。

孟馨然是秦佑白的女朋友，也是胡璇曾经的师姐——在她刚进省队的时候，孟馨然已经是省体操队里的"当家花旦"了，只是后来发生了一些意外，孟馨然因为脚伤，再也无法站上比赛场了。

秦佑白眉眼清秀，言笑晏晏地看着她们："璇璇，你来之前我已经点了一些了，你想吃什么，再加吧。"

胡璇看了一眼点好的菜单，自己平时喜欢吃的东西都在上面了，于是摇摇头又放了回去。

菜肴接连端上来，孟馨然理了一下自己的披肩，站起来给胡璇添了一杯茶，笑容温暖："璇璇，离上次在京都看见你，已经有快一年了吧。"

"对啊，那次应该是一个表演赛，还记得我刚下场，馨然姐就赶飞机去英国进修了。"

孟馨然的表情有些怅然："是啊，还记得那场比赛，你赢得特别漂亮，拿到了全场的最高分。"

　　要是你在的话，冠军不一定会是我——胡璇没有把心里的这句话说出来，孟馨然已经离开赛场好几年了，可是胡璇知道，她从未释怀。

　　"好了，别说我了，你离开省队过来读书，过得怎么样？肯定有不少男孩子追你吧。"

　　"馨然姐你说什么呢……"

　　她微弱的辩驳声出口的瞬间，立刻被门口的喧哗压制了。

　　"今儿个北哥大出血啊，带我们来这么高档的地方。"

　　"别惹北哥了，看不出北哥今天心情不好吗？"

　　"这哪是心情不好，这分明是失魂落魄。"

　　一群人常年被压迫却不耽误口嗨的人打打闹闹地进来，侍应生热情地上去招呼，一进门，吉大利这个"胡璇探测仪"立刻启动了。

　　"哎哟喂，好巧啊胡璇学妹。"

　　一群人的目光全都看了过来，胡璇手中的刀叉"哐当"一声落到了桌子上。

　　这种巧合她一点儿也不想要。

　　见邓北也一眼扫过来，胡璇僵硬地伸出手跟众人打了个招呼。秦佑白显然也很诧异，跟邓北点了点头。

　　邓北眼角余光里，胡璇的指尖有什么亮晶晶的东西一闪而逝。

　　他脱下了外套，也不知是有意还是无意，落座的地方就在胡璇的隔壁桌，他将外套随意地搭在椅背上，双臂舒适地落在把手上："就坐这儿吧，这有窗，通风。"

　　吉大利望着紧闭的窗户，吸了吸鼻子……"队霸"您开心就好！

　　楚流瞥了一眼已经低下头抠手指的胡璇，又看了一眼云淡风轻看风景的邓北男神，面上浮现出若有所思的神情。

　　吉大利唤来侍应生："快快，看看吃什么啊，北哥请。"

"这个，小龙虾，来个二十斤！"

"这个，鸡肉卷，先上五份！"

"这个沙拉……算了不要。"

眼看邓北的脸色随着吉大利的每一句话，便肉眼可见的黑上一分，众人心惊胆寒，生怕邓北什么时候突然爆发。

忽然，楚流碰了碰身旁的黄觉，用一种恰好能让周边的人听到的音量说："你知道，姑娘眼里，男人什么动作最帅吗？"

黄觉不确定地说："掏钱的时候？"

"聪明！"

忽然，一个菜牌"啪"地扔到吉大利面前，紧接着一个钱包也扔到了上面。

邓北的语气掷地有声。

"这还有别的菜，点！"

那边聚餐，这边叙旧，出乎胡璇的预料，这顿饭吃得相安无事，直到秦佑白结完账几人准备离开，邓北也没起什么幺蛾子。

电梯慢悠悠地下到了一层，秦佑白侧身看向胡璇。

"璇璇，我先送你回学校？"

孟馨然顿了一下，也上前一步劝她："对啊，女孩子这么晚回去不大安全，让我们送你吧。"

胡璇理了理耳边的碎发，微笑道："不用啦，我自己打车回去就好——"话音未落，她突然意识到不对，手指又摸了摸自己的耳垂，蹙起眉头。

"佑白哥，馨然姐你们先走吧，我的耳环掉在上面了，我得回去找一下。"

秦佑白也皱了皱眉："我上去帮你一起找。"

胡璇连忙摇头："你看馨然姐都累了，你们俩好不容易见到面，赶紧回去吧，我上去找一圈，然后就打车回去了。"

看她拒绝的姿态明显，秦佑白也没有勉强，只是嘱咐她到了学校一定要给他发个信息，而后就在胡璇小鸡啄米似的点头中带着孟馨然离开了。

看着秦佑白的车远远开走，胡璇这才沉沉地叹了一口气，转身按下了电梯。

——电梯门打开，里面站着一个高挑的男孩儿。

两个人大眼瞪小眼。

邓北："你不上来吗？"

胡璇："你不出去吗？"

邓北丝毫没有想要出来的意思，仿佛他就是单纯地想坐几回电梯玩，俨然一个地主家的傻儿子。胡璇暗自嘀咕了一句"神经病"，提步走了进去。

电梯门合上，光屏上的数字缓慢上升。

偌大的电梯，两个人面对面，挤在一个小角落里，怎么看怎么暧昧。

"你起开一点儿。"胡璇拿手指嫌弃地怼在了邓北的胸膛上。

"嗯……"邓北从鼻子里哼了一声。

"嗯什么嗯，你能不能正经一点儿！"

"那麻烦你下次在对我动手的时候别同时动脚，我胸肌练得还可以，但是脚还是经不住你那十厘米的高跟鞋。"

胡璇这才意识到踩了人，她赶紧收回脚，面上却不服软。

"你不靠过来我怎么会踩到你？再说，我的高跟鞋明明只有三厘米。"

"哦，怪不得你现在看起来这么矮。"邓北突然凑近了她，轻蔑一笑。

什么叫晴天霹雳！什么叫五雷轰顶！什么叫颜面扫地！胡璇觉得此刻给她一面镜子她就能完美印证中华汉语的博大精深。

还嫌她不够尴尬一样，"叮"的一声，电梯门开了。

滨江大学泳队的几个齐齐出现在门外，看见两人的姿势，不约而同倒吸一口凉气，每一张惊恐的脸上都露出了圆润的一对鼻孔。

"！"

吉大利没说话，但是他那极富有戏剧性的表情和浮夸的肢体动作，明明白白泄露了他的思想。

胡璇突然疲惫，一句话都不想为自己辩解，甚至生出了"随他们吧"的放纵念头。

直到电梯门再一次关上，也没有人进来。

电梯重新向下运行。

邓北从兜里掏出一个亮晶晶的东西："你是来找这个的吧。"

他宽厚的背挡住了电梯里的光源，面对着她的五官半藏在阴影里："故意丢下耳环再回来找，顺理成章不用跟那两人一起离开，为了避嫌？"

"跟你有什么关系？"

"问问而已。"

胡璇将耳环攥在手里，突然抬头："那我也想问问，你怎么知道耳环是我故意丢下的？到底是你眼尖，还是所有关于我的细节，你都会注意到？"

女孩儿下巴扬起，眸光灼灼，言语之间的骄纵怎么听怎么有点熟悉的腔调。

"邓北，你喜欢我啊？"

胡璇踮起脚尖，眨着水汪汪的眼睛偏头看他，鬓间的碎发随着动作自然地垂下来，搭在她的唇畔。

"说你喜欢我，你想知道的我都告诉你，成交吗？"

一边说着，她的头转了过来——

邓北脑袋一嗡。

啧，天道好轮回，不信你抬头看，苍天饶过谁？

初秋午后，日头高悬，秋老虎肆虐。

胡璇下课了，顶着满头汗去了办公室，接待她的老师笑眯眯地递给她一张纸巾。

"来，擦擦汗，恭喜啊，青运会资格审查通过了，个人全能和两个单项比赛的参赛资格，你填一下这个表，要留在学校档案里的。"

女老师细心地教给胡璇要怎么填写。

"谢谢老师。"

"别客气，咱们学校毕竟不是体育大学，我也是第一次接触这个，到时候我带队，带你和泳队那一群小孩儿们一起去京都，有什么需要的，你就随时跟我说。"

"好的。"

胡璇垂下眼帘，安静地将繁复的表格一点点填满，末了，她直起身子，拿出手机对着表格拍了一张照片，又附赠了一个大大的笑脸表情，发给了通讯录顶端的人。

女老师瞥见了她的对话框，忍不住喟叹出声。

"你妈妈一定很骄傲有你这么一个优秀的女儿吧。"

胡璇眼底有旁人察觉不出的黯然，她冲着女老师笑了一下："我妈妈……比我更优秀，我还差得很远。"

女老师只当她是谦逊，看着她怎么看怎么喜欢，又是好一番感叹别人家的孩子。

这时，办公室的门又被敲响，门开后露出一张稍显冷淡的脸。

"王老师您找我？"

"对，正巧你来了，跟胡璇一块儿把这个表填了，好好写啊，跟你一辈子的。"

两个人的视线在半空中交织，又立刻分开，各自低头写各自的了。

仿佛一切正常。

又似乎涌动着一种莫名的气氛。

胡璇落下最后一笔，将表递给王老师，旁边头抬都没抬的男孩儿突然加快了手上的动作，然后一张几乎辨认不出字迹的表同样塞到了王老师的手里。

邓北站起身，双手插兜，脸冲着窗外。

"走不走？"

"……走。"

校园内绿树成荫，男孩和女孩之间只有一拳之隔，高大的男孩替她挡去了大半的阳光，女孩低头似是害羞，仿佛下一刻就要萌发出一段浪漫的校园爱情故事。

胡璇面色如常，只是若是仔细看的话，就会发现她的肢体在行走间颇为僵硬。

快到分岔路的时候，邓北忽然停下了脚步。

"不就是亲了一下么，至于看见我这么慌张？"

胡璇像是被按动了某个隐藏开关，那间电梯里的一切细节飞速回流，像是一幕幕想删都删不掉的电影画面。

她最后的那个扭头，令她这两天无数次回想都恨不得捶死自己……

怎么偏偏就在那个时候扭头。

怎么偏偏……就擦过了他的唇。

胡璇瞪大眼睛怒视邓北："你闭嘴！"

"你说我要是告诉别人，那个威胁队医带伤上场的艺体公主，是个连初吻都在的女孩儿——"

"你敢？！"

"啧啧，脚伤还没好吧，还参加什么青运会，丢人是小，想没想过，万一就此落下什么病根，你以后哭都找不到地方。"

"邓北，除了这件事你就没有别的能威胁我的了是吗？"

邓北面色未变，端详了她好一阵儿，才薄唇轻启："胡萝蓓。"

"什么？"

邓北摸了摸下巴颏："你之前的名字，大概所有人都想象不到，小仙女一样的人，还有一个这么童趣的名字。"

她才刚问过，除了她的脚伤以外，就没有别的事情来威胁她了，邓北就用有力的证据证明了，他有。

胡璇选择原地爆炸。

见她气哼哼地走在前面，邓北的眸子里闪过一抹笑意，他微不可察地松了一口气，复又懒洋洋地提步走过去。

"胡萝卜，等等我。"

迎面走过来一队人。

"我没看错吧，那是邓北？身边还有个妹子？"

三四个男生从校外走回来，一眼就看见了这边打眼的两个人，一个穿着涂鸦外套、戴着棒球帽的男生率先停下了脚步。

"邓北，不介绍一下？"

"……许赫，你们远道而来，不忙于训练，挺清闲啊。"

许赫无所谓地笑了笑，又看向他身旁的胡璇。

"学妹，你好啊。"

胡璇的表情板得比刚才还要冷凝，邓北眼角余光瞟到了她嘴角冷漠的弧度，心头竟然微微一热，没有对比就没有伤害。

心情好转的邓北看出胡璇不想面对许赫，干脆移了一下身子，将她完全挡在自己的影子里。

"这里没有你的学妹，你看错了。"

邓北云淡风轻地说完，便抬步从几人身边飘过，胡璇也急步跟上。看她乖巧的身影在他的余光中一窜一窜的，邓北的心情愈加美好了……

走出很远，胡璇回过头，遥遥地对上许赫久久没有收回的目光，忍不住皱起了眉头。

第二天一下课，老师刚走出去，前门就进来一个男生，胡璇立刻有一种不祥的预感。

这预感来得猛烈，让她的太阳穴突然之间剧烈地跳了起来，胡璇忍不住倾身过去，对坐在外面的同学轻声说道。

"对不起可以让一下吗？"

可惜旁边的同学全身心都在面前的热闹中，并没有察觉到她的急迫，一边"哦"了一声，一边慢慢地起身——

进来的那个男生五官很精致，正是时下里流行的那种雅痞风格，个子高高，皮肤偏白却很健康，一双桃花眼流转间，很多女生都忍不住小声尖叫起来。

刘圆圆瞪大眼睛："是许赫吧，他怎么来教学楼了？"

许赫的视线在教室里寻梭一圈，定格在中间一排的最里边，三步并作两步轻巧地走过来，咧开嘴，露出一排洁白的牙齿："学妹，我上午刚训练完，一起吃午饭啊。"

原本沉闷的气氛一下子就活跃起来了，八卦人人都爱，许多人的视线在胡璇跟许赫之间来回打转，还得兼顾窃窃私语，或者低头猛按手机，忙得很。

肖妩跟陈词都在教室的后排，此刻还不大明白前面发生了什么。

溜走已经不切实际，在众人的注目下，胡璇镇定自若地收拾好自己的书本，忽略了旁边笑意热络的男孩儿，目不斜视地走出了教室。

"胡璇，等一等。"

听不见听不见我听不见……

"哎你别走啊，我来这里谁也不认识，大家从前都是一个省队的，你——"

女孩儿加快脚步，许赫追了上来，长臂一伸，拦住了去路，似笑非笑地说。

"胡璇师妹，一起吃个饭而已。"

看热闹的人都离得挺远，胡璇冷下脸："顺便再聊聊邓北对吧……虽然不知道你们之间有什么关系，但跟我无关，你听清楚了吗？"

许赫并不相信："但怎么就那么巧，我每次看见你的时候，你都跟邓北在一起。"

"你想知道，怎么不来问我？"一个冷淡的男声响起，邓北走过来，往日就稍显冷淡的眉眼此刻狠狠地拧着，更显得冷清寡淡几分。

许赫微微笑了："你看，我说什么来着，每次看见你的时候……都有邓北。"

邓北走到胡璇身边站定，伸手按在她的肩头把她往后划拉了一下："你们教练今天也到了，你的欢迎礼就是不务正业，约我的学妹吃饭？"

邓北的话语刻薄，一点儿情面都没留。

可是许赫仅仅是笑容僵硬了少许，复又像个没事儿人一般，脸上没有丝毫难堪之色。错身而过的瞬间，许赫看了胡璇一眼，意有所指：

"学妹，我发现……我们有点儿像。"

"……"

"所以，作为前辈，给你一个忠告，离邓北远一点儿。"

一场风波消弭于无形，不过围观群众更喜欢称它作"绯闻"，有个戴眼镜的男生照了一张相片，传到了自己的微博上。

邓北和许赫隐隐对峙，胡璇站在邓北身后垂着头，因而看不清脸。

眼镜男的关注点也不在"两男一女"上，而是——

"三年了，我终于又看到他们俩同框了，我们高中的风云人物啊。"

他加了个#京都一高#的话题，底下评论的显然都是一些在现实世界里认识他们的。

"我还以为他们三年前就老死不相往来了。"

"楼上的，三年前怎么了，有料直接上硬菜啊。"

之前的人又回复道："你们还记不记得，三年前的国际泳联邀请赛青少组，就是那场比赛，邓北打破了1500米的纪录，并且直到现在还是国内纪录的保持者。"

"那场比赛我知道，许赫一战成名的那场比赛，不是许赫是冠军吗？之后他就一跃成了体育明星了。"

"那是因为邓北半决赛打破纪录后，决赛突然宣布退赛了，要不然……"

"这个运动员好有个性……那也不妨碍我再也不会看他的比赛啊，也许加油正起劲儿呢，结果人家退赛了，呵呵。"

"我是听说邓北退赛是许赫逼的。"

"邓北是谁？还有'脑残粉'呢。"

眼看一场骂战要兴起，眼镜男机智地断网保平安。

这件事本是小范围的流传，胡璇一点儿也不知道，而且就算看到了，她也不会觉得有什么——那张照片的直男角度，连她唯一入镜的后脑勺都照变形了。

可是一直关注胡璇这边动态的舒清还是留意到了这个微博，并且一眼就认出了照片里的女孩儿。

舒清特意打了电话来问："你跟许赫是怎么回事？"

舒清也是这个圈子里的人，自然知道许赫。胡璇费了很大力气才跟她解释清楚，许赫认识的不是自己而是邓北。

"那就好，你现在的心思应该放在训练和比赛上。"舒清又问："这几天我不在滨江，你的脚踝复健有没有按时去做？"

"有啊，隔一天一去。"

胡璇坐在训练室的长椅上，望着窗外欲颓的夕阳，随意地擦了擦额上的汗珠。

"对了舒阿姨，以后复健能不能我自己去啊，每一次都麻烦佑白哥，我不大好意思。"

"不行。"舒清拒绝得斩钉截铁，"你妈妈忙，千叮咛万嘱咐让我照顾好你，佑白那孩子待你也好，我们这才能稍微放心，你就专心训练，需要什么就跟我说啊。"

胡璇一边应着，脚尖有一搭没一搭地点着地，每当脚尖用力绷直的时候，都会有隐隐的痛从骨头缝里透出来，日积月累的伤，更痛的也痛过了，现在倒像是习惯了。

好不容易应对完舒清，胡璇刚撂下电话，身后就传来邓北的声音。

"你的脚踝又扭到了？"

胡璇扭头，是训练结束的邓北，他一身清爽的衬衫中裤，像是刚冲完澡，偶尔从头发梢上还滑下来几滴水珠。

"偷听我打电话？"

他抱着肩嗤笑："这地方回音重得快赶上KTV了，我需要偷听？"

说罢，他蹲下身子，乍然在她的面前矮了下来，从她的角度甚至能看到他浓密得不像话的睫毛。

胡璇吓了一跳，刚要站起来就被他按着脑袋又坐了回去。

"别动，我看看你的脚腕。"

胡璇不自在地动了动，可是邓北的神态极为专注，强硬地按住她，又伸手试探着捏上她的脚踝处，小巧的脚踝微红，摸上去还有点热，他皱起眉。

"一边治疗，一边高强度的训练，你的脚伤根本不可能好。"

胡璇别过脸："这算什么高强度的训练？我在省队的时候，一天能连续跳十四个小时……"

"跟我过来，我更衣室有药酒，发热的，揉上会舒服一些。"

说完，邓北拍拍手站了起来，率先往更衣室的方向走过去。他的态度自然，胡璇迟疑片刻，感受了一下来自骨头缝里阴冷的抗议，还是提步跟了上去。

邓北拉开了更衣室的门，反手按亮了里面的灯，这才对门口探头探脑的胡璇说："放心进来吧，更衣室没有人，他们训练完都走了。"

胡璇规规矩矩地坐在靠门边的椅子上，看着邓北翻箱倒柜。

不一会儿，他找到了一个装着红色药油的瓶子，拿着回头看向胡璇，下颌一挑。

药酒的味道在空气中挥发。

邓北低垂着头，手法娴熟认真地给她揉搓着脚腕，胡璇的视线起初不知道落在哪里，后来东看西看一圈，又落回到邓北身上。

他后脑勺上有个旋儿，跟他冷漠的性子不同，头发丝软软的，让人想要摸上一把。

胡璇正漫无目的地想着，冷不防邓北突然开口了。

"胡璇，你知道体育竞技和别的舞台不一样吧，它不用想着怎么取悦'粉丝'啊，只需要享受比赛，赢得比赛，输了就再努力，不断地追赶、超越，这才是一个运动员应该做的。"

"当然，也有部分人认为'粉丝'很重要，毕竟有些运动员不只是运动员，他也是明星，受到许多人喜爱。大众这么认为无可厚非，但是连运动员自己也这么认为可就糟了。他们可能会为了一个所谓的'人设'，放弃一些一直以来追求的东西。"

"希望有人欢呼，却也不惧怕独自前行，这才是有智商的想法。"

胡璇看着邓北的头顶。在此刻，娓娓跟自己讲着道理的邓北，身上有一丝难以言喻的柔和。

自从胡璇认识邓北以来，好像就没听他说过这么长的话。

胡璇迟疑地开口：

"邓北。"

"嗯？"

"……你能不能说一点儿我能听懂的？"

邓北动作一顿，撩起眼皮子看她，云淡风轻的脸上有片刻的僵硬，确定了少女没有点亮嘲讽技能而是真心实意地发问之后，他痛快地放弃了肚子里的长篇大论。

"我是说，你如果想成为一个优秀的运动员，你最应该记住的是……别跟许赫那家伙扯在一起。"

……你早这么说不就完了吗？

要不是记得眼前这个人还在给自己揉药酒，她真想敲开他的脑袋看看这个人都在瞎想什么：

"你不会以为我喜欢他吧？"

邓北的表情难得变得迟疑起来："听说许赫那个人……'女粉'不少。"

胡璇用双手比了个拒绝："但是绝不包括我，我不喜欢他那个类型的。"

"那你喜欢——"

邓北一句话未说完，忽然，一道锃亮的手电筒的光晃过来。直愣愣地打在两人的身上。

"谁啊，大晚上的在更衣室干什么！"

于教练气势汹汹地推开门，待看清屋内的两人后，他深吸一口气，猛地后退了一大步："你……你们——"

邓北蹲在胡璇身前，一只手还抓着她的脚腕，甚至由于刚才那句问话他自己的那一点儿心思，两个人之间的距离极近。

胡璇当场觉得自己要完。

果不其然，于教练短暂的震惊过后，开始陷入深深的焦躁当中。

"你们俩都是比赛在即，竟然还挖空心思谈恋爱？甚至更衣室这地方都想得出来？你们俩……邓北你是想气死我啊！"

邓北："老于你先别暴躁，这个情况我可以解释。"

于教练满脸不信任。

邓北直起身拍了拍胡璇的肩膀，长叹一口气："胡璇，你先回去，这里我解决。"

自己的教练自然应该自己解决，不过胡璇好心地没把内心想法说出来，只是点了点头，穿好鞋子，礼貌地跟于教练道别离开。

她发誓，于教练看她的神情就像在看祸国殃民的苏妲己。

回到寝室，刚洗漱完，就收到了邓北发来的信息。

"解释清楚了。"

既然人家都发了"后续报道"过来，出于礼貌，胡璇还是回复了一句"谢谢"。

没过几秒钟，手机屏幕又亮了。

"谢倒不必了，或许你还记得，你欠我一顿饭。"

胡璇本以为，昨夜发生的事，就是个误会，天知地知，她知邓北知于教练知就好了，可没想到第二天上午往体操室去的时候，碰上了迎面走来的吉大利跟黄觉。

吉大利一看见她就拼命地冲她挤眉弄眼。

黄觉也半开起玩笑："我还没见北哥为哪个女孩子低过头。"

胡璇一脸震惊："你们怎么——"

邓北不是说都解释清楚了吗？男生的嘴，骗人的鬼。

黄觉好心解惑："今天北哥晨训之前，当众读了检讨，说你进男更衣室都是他逼的，跟你无关——当着两个游泳队全体队员的面。"

"啧啧，我北哥，真男人。"

看着吉大利满脸艳羡，一副恨不得以身代她的样子，胡璇的脑海里缓缓地敲出了一个问号……

突然，两人身后传来刺耳的哨声。

不远处，于教练一脸警惕地看着他们这边，准确地说，是一脸警惕地看着她。

吉大利直咂舌："你看于教练防你成那样，他怎么不在泳池周围建一堵墙，把北哥跟你彻底隔绝起来。"

胡璇面无表情地扫了一眼："如果不是还有不到一个月就比赛了，相信我，你会见到那堵墙的。"

哨声更加激烈了，胡璇甚至从中听出了一种撕心裂肺的味道。

"胡璇学妹，我们得过去了，不然……"

黄觉用手指在自己的脖子上比画了一下，拉着吉大利就跑了。

"哎对了——"等胡璇想起来还有事让他们帮忙的时候，吉大利和黄觉已经没影了。

这时，胡璇身后响起了一阵不紧不慢的脚步声。

"有什么需要我帮忙吗？"

许赫迎着日光走过来，不可否认，他确实有吸引"女粉"的资本：天才选手、俊朗、阳光、积极，未来前途不可限量。

但这其中又有多少是立"人设"立起来的……像自己一样。

"那你帮我转告邓北一下——"看到许赫摆出一副热心肠的模样，胡璇话到嘴边转了一个弯。

"算了，不麻烦了。"

被拒绝，许赫也不失落，反而眯着眼睛笑了起来。

"你是不是要进去找邓北，但又怕于教练看见你？我带你进去啊。"

胡璇犹豫着没有点头。

"怎么，害怕什么，我又不会吃了你。"

说完，许赫笑了起来，露出一口整齐洁白的牙齿。

胡璇从不觉得自己是害怕大灰狼的小白兔——所以她还真就吃激将法这一套。

她下颌微扬，盯着许赫的眼神因此低垂了些，礼貌的微笑立刻变成了不那么礼貌的微笑："那就多谢你了。"

"都是朋友，应该的……跟我来吧。"

许赫耐人寻味地又笑了笑，扭头往另一条走廊走去，胡璇提步跟上。

游泳馆内，于教练刚离开一会儿，邓北就从泳池里一撑手上了岸，吉大利看着正在闷头收拾背包的邓北奇怪地问道。

"北哥，今天不训练啦？这才几点啊，你要去哪？"

"成绩倒数第一的人没资格问这么多。"

丝毫不顾及队友兼室友的身心健康，邓北淡淡地说道，一抬头——

吉大利震惊地发现，一向泰山崩于顶也绝不摘掉高冷面具的北哥，一瞬间就变了脸色。

邓北面无表情地看着冲他走过来的许赫，后者脸上缓缓扬起一个恶意的笑容，身后跟着一个低着头的姑娘。

一个京都体大的助教抱着一摞厚厚的毛巾从几人当中穿过，明明走的是直线，许赫却突然停下了脚步，回身一手拉住胡璇的胳膊往自己怀里带去，嘴上说着："学妹小心啊。"

一边说着，他伸出的手拦在她的腰后，将她困在了自己的手臂和胸膛之间。

这是什么操作？目睹了一切是怎样发生的吉大利，张大了嘴。

胡璇留心跟许赫保持着距离，却冷不防被杀了个回马枪，陌生的男性气息扑过来的时候，一种本能让她感受到了深深的冷意，不禁寒毛倒立。双手反射性往前一顶，用手臂隔开了和许赫的距离。

紧接着，她听见了一个咬牙切齿的声音。

"胡璇，你过来。"

几乎是瞬息之间，她还没来得及反应，就被一个大力拽了过去，脚下没站稳，却没有滑倒，而是撞到了另一个男生的胸膛。

邓北拽出了胡璇，目光却没有停留在她身上，而是大跨步走到许赫跟前，伸手抓住了他的领口，目光冰凉得吓人。

许赫不躲不避，只是面上的笑容消失殆尽，神情幽深，两人对峙间颇有几分剑拔弩张。

吉大利连忙从泳池爬上来拦住他。

"北哥，冷静冷静啊，一会儿教练们就来了，看见你闹事，非得撕了我。"

这时候，经常跟在许赫身边的那个队友看到这情形，急忙走到许赫的身边。那个队友用埋怨的口吻说道，"你小心些啊，我们许赫可是要拿冠军的人。"

还在喋喋不休劝说着北哥稳住的吉大利一听这话，上前就推了那人一下，手粗狂地擦了一把脸上的水："在我们北哥面前秀优越感？谁给你们的脸？"

楚流、黄觉还有二队的几个这时也都纷纷上岸，聚到了邓北的身后。

京都体大的人也都停止了训练，气氛顿时有些紧绷。

忽然，一个清脆而沉稳的声音从他们身后传出——

"邓北，你还走不走？"

胡璇束手站在原地，板着脸。她今天来是邓北要求的。邓北的意思是，她既然要表示感谢请他吃饭，自然要诚意十足，那么等着他训练结束一起出去也理所应当。胡璇应了，只是没想到做了一回邓北跟许赫之间的"炮灰"。

邓北松开了手。

许赫的领口被揪得满是褶皱，他也不在乎，一只手随意地拍了拍："怎么动这么大的气，我以为我这是在做好事。"

"做好事？"邓北忽然笑了笑："我记得，我也曾经做过一件好事。"

说着，他凑近许赫，嘴唇开合间降低了音量，除了许赫没有人听见他说了什么。

只见许赫微微变了脸色。

"走了。"

邓北拎起背包，冲着胡璇勾勾手指，往外走去。

许赫眼中翻涌着莫名的神色，良久，嗤了一声，盯着两人消失的背影，意味深长地说道。

"邓北什么时候也有了这样的闲心，开始在乎游泳以外的事情。"

他队友在一旁摇摇头，讽刺地说。

"到底是没什么名气的运动员，没有关注，就没有压力。"一会儿又说，"等他被你狠狠地压下去他就知道了，比赛里，弱者是没有发言权的。"

许赫看了一眼愤愤不平的队友，眯起眼睛。

"你觉得……他弱？"

他的口吻带上了嘲讽。

队友不自觉地咽了一口口水："许赫……你怎么这副表情，你不是最讨厌邓北的吗……"

许赫扭头。

"我什么时候说过，我讨厌邓北？"

一家不起眼的小餐馆。

邓北用纸巾慢条斯理地擦着筷子，擦干净后递给了胡璇。

"谢谢……你说要我请你吃饭，就吃这个？"

胡璇怀疑地望了望周边，小餐馆装修有些老旧，看起来倒是挺干净的，只是几张桌子一摆，撑死了坐不下十个人。五十多岁的店主夫妇在半掩着的后厨忙碌着，偶尔蒸汽四溢，飘到了前厅。这么一间小店，看起来跟邓北身上高冷疏离的气质格格不入。

邓北掀起眼皮看了一眼胡璇："不习惯？"

说罢，目光意有所指地落在胡璇那一看就很贵的连衣裙上。

胡璇摇摇头："我也不是没吃过街头小吃的人好不好？我只是诧异，你会喜欢这种地方。"

"这个面馆开了十多年了，味道不错。"

正说着话，老板娘端着两碗面出来，放在两人的面前，还熟稔地跟邓北打了个招呼。

"又来啦。"

邓北微微颔首，老板娘又惊奇地打量了一眼胡璇。

"这么漂亮的女娃娃……是你的？"

"只是同学。"

老板娘大概理解成了队友之类的，眼睛睁得更大了："哎哟，看着小姑娘这么瘦瘦弱弱的，也跟男孩子一样训练比赛？"

邓北没解释，只是含笑也看了一眼胡璇："别看她弱不禁风似的，厉害着呢。"

胡璇横了邓北一眼。

老板娘笑着走了，接着给他们这一桌加了一碟牛肉。

热气腾腾的水雾模糊了邓北棱角分明的五官，令他看起来多了一份柔和，胡璇咬咬筷子，没按捺住内心的好奇问了出来。

"你是这儿的常客？"

邓北不在意地点点头："自从小学有一次训练之后发现这里，就隔三岔五来这家吃饭了。"

胡璇的注意点立刻转移到了别的地方："你练游泳，很久了？"

"从我记事起。"

"……我也是。"

从记事起，她就知道，自己跟寻常的小朋友不一样。她不能出去玩、不能学一些自己喜欢的东西，也不能想哭的时候哭，哭累的时候休息，陪伴她的，永远只有一间体操室，还有母亲严厉的目光。

胡璇从记事起就知道，艺术体操是她的宿命，无从选择，只有接受。

"不喜欢，为什么这么拼命？"

男生突然开口，胡璇以为自己听错了，她透过氤氲的水汽看他，邓北的表情模糊得不太真实。

胡璇没有回答。

邓北又低低叹了一口气："你既然不喜欢艺术体操……至少，是没那么喜欢，你又为什么要那么拼命？哪怕你找了最好的医生进行最先进完善的复健，你也应该知道，你的脚已经不适合再坚持练下去了。为了不喜欢的事情搭上健康，你觉得值得吗？"

胡璇盯着自己的碗沿儿，声音很轻："当你必须竭尽全力去完成一件事，你就会发现，喜欢并不是努力唯一的动力。"

"但却是必要的。"

邓北放下了筷子，目光微垂地看向她，眉头稍稍蹙起，显示出男人内心的不赞同："一个运动员，你甚至不喜欢你的专项，有什么意义。"

"我得第一名，妈妈会开心，支持我的人会开心，观众看到我的表演会开心，看到他们开心我就开心。你觉得这一切都没有意义是吗？难道非要我把什么体育精神挂在嘴边，才叫有意义？"

胡璇越说越生气，有一丝常年聚在心头的阴霾不受控制地溢出，她胸脯剧烈地起伏着。

"退一万步说，就算我的脚残了废了，跟你又有什么关系呢？你没吃过我吃过的苦，没经历我经历过的事情，你凭什么否定我所有的努力？只有你的努力叫梦想，我的就叫没有意义？邓北，你未免太自傲了吧。"

她的音量不可避免地有些高，周围几个食客不自觉地望过来。

邓北也略带讶异，显然没有料想到她会有这么激烈的反应。

四目相对，他甚至从那双眼睛里看到了水光。

邓北忽而移开目光，泄了一口气。

"吃得有点多，你要不要……走一下？"

这话题转移得够生硬，胡璇心头梗着一口气："不了。"

"那吃完饭我送你回去。"

对方偃旗息鼓，胡璇也没办法乘胜追击，只好将剩余的怒火发泄在半碗面上面，吃得连汤都不剩下一口。

在她埋头的时候，邓北的目光又悄悄地移回来，落在她毛茸茸的脑袋上。

每个人的心中都有一处隐藏秘密的角落，一旦被触碰，就如同领地被侵略，再柔软的人都会挥舞着磨尖的利爪发出驱赶的讯息。那她想要隐藏的那个秘密是什么？他仿佛隐隐约约触碰到了她领地的边缘，但是却还没有取得允许进入的通行证。

出了小面馆已经是八点多了，不知道何时起了风，秋末冬初，风还没有那么肆意，厚实的风衣足以抵御冷意的侵袭。

邓北落后一步，跟在胡璇的身侧，双手插着风衣的口袋，一副酷盖的模样，只是借由着身高优势，目光总是欲盖弥彰，忍不住瞟向女孩儿秀美的侧脸。

眼看校门就在前面，胡璇犹豫了片刻，停下脚步。

"刚才……"

"我……"

两个人四目相对，胡璇不由得伸手按在邓北的手臂上，示意自己先说。

"对不起，刚才吃饭的时候，我的态度不大好，你不要放在心上。"

邓北的眉头紧锁，没有因为她的服软而欣喜，反而神色愈加高深莫测起来："……你为什么跟我道歉？"

他哪来的那么多为什么？胡璇心头突然涌起稍许烦躁，但是念及方才是自己反应过激，胡乱指责了邓北一通，所以还是耐着性子解释。

"其实我平时……对别人——"

"胡璇，你以为我有那么多时间花在一个不相干的'别人'身上吗？"

他打断了她的话，语气带着异样，眼神深沉，令她浑身有一种被盯牢了的不适感。

"邓北，你什么意思——"

邓北反握住她的手臂，忽然转头，冲着她背后疾言厉色地说："出来！"

胡璇正摸不着头脑的时候，小巷子里，几个男孩儿从阴影中推推搡搡地走出来，正是游泳队的几个人。

为首的吉大利挤眉弄眼兼挤眉弄眼，活脱脱八卦之神附身的样子。

"北哥……胡璇姐，好巧哦，呵呵。"

胡璇……姐？

胡璇突然觉得，跟他们共同生活训练三四年，邓北没有被逼疯已经是优秀的表现了。

相比吉大利，楚流就克制很多了，他的视线在邓北攥住胡璇的手上划过，有一丝惊讶，还带了点不出意料的了然。他跟黄觉对视一眼，两个人默契地没有吭声。

邓北缓缓地松开手，手指在空中勾了勾，仿佛不知道该往哪放，最终在鼻端抹了抹，他低着头，眼神上挑。

"你们……还有事儿？"

他的目光所及之处，眼风似刀，寸草不生。

"今晚的月色真美啊……"

"是啊是啊。"

"刚才吃得有点撑，咱们溜达溜达吧。"

几个人不约而同地望天望地，状似离开了几步，但实则都在邓北方圆十米内打转。要问他们要命还是要热闹……废话，当然是要热闹，这可是邓北万年一遇的八卦，值！

胡璇隐忍地翻了个白眼，目光落回邓北身上，面色严肃了一些："我们接着刚才的话来说吧。"

邓北的喉结上下滚动了一下，身子绷着，看起来有几分忐忑："刚才的话……"

"邓北，我现在不想谈恋爱。"

月光清冷而泛着凉意，路灯亮了起来，有细微的灰尘在灯下胡乱飞舞，而她站在路灯底下，眼神萃了光芒点点，却比整片的光还要夺目。

邓北愣住了。

胡璇看了看周边，那几个围观群众欲盖弥彰地伸胳膊伸腿，皆是一副老大爷遛弯的模样，眼神却都不住往这边飞。她压低了声音："虽然我还没交过男朋友，但是邓北，你这种眼神我见过也了解，只是我没想到会在你身上出现。"

她又真诚地建议道："你喜欢我？可是我不喜欢你。你要不多看两眼也行。虽然我不能满足你的心意，但是让你多看两眼还是可以的。"

邓北神色复杂，嘴张张合合，没有否认，也没有承认，只是皱眉退了半步瞧她："我觉得，我还是小看了你。"

"你比我想象中……"他想了半天，也没想出一个准确的词语。

胡璇脸色都没变一下，"好说，毕竟都是同学。"她的重音在最后两个字咬了一下。

邓北笑了："未免太自恋了吧，胡璇学妹？"

胡璇耸耸肩："我就跟你开个玩笑而已，如果不想让我真的误会，你就别总是挑衅我。"

邓北伸出手，将她肩膀上的一枚枯叶拂掉，表情还很镇定："你也不用故意气我，我早就知道你是有脾气的。谁都觉得你性子温顺，有几个知道你其实是个扮猪吃老虎的角色。"

胡璇没有躲开，视线跟着他的手指滑了一圈，又看回他的脸上，声音带了几分讥诮。

"你难道不是吗？看起来像个冰山，除了训练对什么都不感兴趣，实则暗搓搓偏跟我一个小姑娘过不去，心理变态啊。嘴上说的和心里想的这么不一致……从这一点儿上来看，你倒挺像许赫的。"

"你走吧。"

他凉凉的声音突然横插进来。

空气突然在一瞬间停止了流动，他手耷拉下来，垂在自己的身侧，扭过头去，侧脸看上去格外漠然。

胡璇几乎以为是自己听错了："怎么，不过是提了个许赫你又听不下去了？听说他当年是踩着你上位，看来是真的？"

"校门就在那儿，你还需要我送你回去吗？"

胡璇冷笑一声："不必了。"

她目不斜视地转身离开，邓北一个人冷冷清清地站在原地。

几个意识到气氛不大对劲儿的队友渐渐走过来，邓北瞥了一眼吉大利，后者点点头，朝着胡璇追了过去。

留在原地的男孩儿们面面相觑，一个二队的队员鼓起勇气上前："北哥，你们吵架了啊，依我说，小姑娘家家的，都要面子，你就别端着那么高冷的架势了吧。"

邓北眼神一垂："我问你的意见了吗？"

队员乙又立刻补上："北哥，你刚才为什么突然生气？之前吉大利把你手机掉游泳池里你脸色都没这么难看……"

邓北淡漠地看了他一眼，转身朝着背离学校的方向走去，背影透着"别理我，我要静静"的意味。

余下的几个人你看看我，我看看你，都不明白今晚这是演的哪一出。

邓北走得四平八稳，他的心却不像他表现出来的那般冷静。

他并非是因为听到了不喜欢的名字而生气，他只是突然发现，在胡璇毫不留情地揭开了那层朦朦胧胧的纱后，自己之前那些连自己也看不懂的行为，今天突然有了一个合理的解释……他真的喜欢上了除了游泳之外的东西。

一个……她。

活了二十四年都是高冷系"注孤生"男神代表的邓北，为此慌张。

另一边，吉大利匆匆几步追上了胡璇。

"学妹，我送你啊。"

胡璇脚步未停，只是弯出来一个和善的笑："谢谢学长，但是不用了，马上就到学校了，我自己可以。"

"我得看着你进宿舍楼，不然北哥——咳咳。"

胡璇不凉不热地看了他一眼，吉大利摸了摸鼻尖。

路两侧的路灯明亮，照得两人的影子拉得很长，吉大利跟在胡璇一步之后的地方，支支吾吾地开口。

"其实刚才……我离得最近，隐隐约约听到了一点儿……只有一点儿！我听见，你提到了那个人。"

胡璇给了他一个眼光。

吉大利深受鼓舞，立刻大步平移到她的身边，神秘兮兮地说。

"你别怪北哥反应大，而是许赫那个人，真是太令人不齿了，我光是想到这个名字都恨得牙痒痒。"

胡璇抬头看了一眼前路。离宿舍还有一小段路程，听一听故事也无妨。

"我和我们北哥高中起就是同学了，京都一高……不过你大概不知道吧，其实许赫高中跟我们也是同学，我们还是同一个游泳队的队友。"

胡璇的步子放慢了一些。

吉大利的脸色逐渐正经起来，似乎回忆起了什么糟糕的事情，他微微皱着眉，显出一股跟平时不一样的严肃。

"那个时候许赫可没有现在的名气，他也就是个跟在北哥身后的小跟班。不管是队内赛、积分赛还是市级、省级联赛，他所有跟北哥共同参加角逐的比赛，冠军都是我们北哥的。"

"后来……省队来挑人。北哥的成绩在当时是无可争议的第一，可是许赫仗着自己家里有关系，串通了当时的教练，把北哥从预备名单上摘下去了。这件事对北哥的影响很大，当时他正参加一个国际泳联邀请赛的比赛，省队名单公布就在决赛前夕。"

"北哥……北哥弃赛了。于是决赛的时候，许赫爆发得了第一，那个小人就这么出名了。但讽刺的是，在当时的媒体大肆报道天才小将夺冠时候，根本没有人在意，北哥在半决赛就打破了当时的纪录。"

吉大利的目光里尽是厌弃。

"自那以后，我们就很少提这个名字了……我们过去几个朋友，我们都不喜欢他。所以……你别怪北哥。"

胡璇轻易地就在脑袋里勾勒出一个天姿出众、鲜衣怒马却被兄弟背叛的孤傲少年形象。

跟自己一路的顺风顺水比起来，邓北未免惨了些。他的梦想和热爱在泳池，有天分，又勤奋。如果不是那场事件，邓北说不定早就进入省队，站在更广阔的平台上，参加更高等级的赛事。

也离他的梦想更近了吧。

　　可是她不知内情，听了几句话，就自以为拿捏住了他的痛处，反过来深深地又刺了他一遍。

　　胡璇低下头，忍不住咬了咬下唇。

7. 甜心惊喜

邓北在家门口捡到了一只小奶猫，它看起来既弱小无助又可怜，可是它那么可爱。

邓北把它带回了家。

他将它捧在双手中央。那白色的、小小一只的、乖巧的小猫蜷缩在他的手上，伸出小爪子轻轻踩在他的掌心，又将毛茸茸的头在他掌心蹭了蹭。

邓北看起来面无表情，实际上心里却在发蒙。

他的脑海里无端地浮现出一个女孩儿的身影，穿着白色的连衣裙、小凉鞋，双手交叉置于身前，睁着雾蒙蒙的大眼睛瞧他，乖乖巧巧的模样。

邓北无意识地伸手摸了摸小猫脑袋上的毛。

还没等他弄明白，那个姑娘和小猫之间的关联，就听见掌心的小白猫突然开口说话：

"邓北，你别摸我。"

它的声音十分严肃，还冲他露出了柔软肉垫中的锋利爪子。

"为什么？"

邓北心里不高兴，放在它头顶的手非但没有移开，反而又加了力气揉了揉。

于是小猫不由分说给了他一爪子，跳下了他的掌心。

"因为我现在不想谈恋爱。"

说着，它变成了他脑海里的那个女孩子，俏生生地站在他面前。乌黑的头发里面，一对猫耳竖了起来，她背后还有一条白色的、毛茸茸的尾巴晃啊晃。

邓北一点儿也没有平时高冷的影子，反而有点傻乎乎的，他愣了半天，才支吾着开口：

"你……你真的没交过男朋友啊。"

她的耳朵支起来，尾巴也不摇了，警惕地看着他。

可邓北还是觉得她可爱，想摸一摸。

在清晨的第一缕阳光照进男生寝室时，邓北霍地睁开了眼。周遭静悄悄的，跟邓北一个寝室的男孩儿们，都乖巧得令人心疼，连个睡着时敢打呼噜的都没有。

邓北木着脸下了床，顺便拽了自己的床单进了洗手间，不一会儿，里面传来呼啦啦的水声。

上完了上午的专业课程，胡璇婉拒了室友们一起出门逛逛的邀请，去了自己的练习室。

舒清和特聘的教练团队已经等着了，参赛的选曲已经选好，动作的难度系数和编排也在逐步敲定，她更是隔三岔五就要预约一下为她复健的国外专家。围绕着她的，有一个成熟而完善的团队，所有人的努力，都是为了要让胡璇在即将到来的青运会的艺术体操项目中夺得冠军。

这么关键的时刻，胡璇却走神了。

音乐的高潮部分，抛向半空中的双棒转了几圈，做了一个完美的自由落地运动，"啪"的一声砸在了胡璇的头上。

"啊！"胡璇忍不住捂着脑袋蹲了下来。

舒清急忙走过来，查看了一翻，发现没有太严重才安心下来，又皱起眉头："怎么回事啊，璇璇，这个时候还分心。"

胡璇低头认错："抱歉。"

"是遇到了什么事情吗？课业重？要不要我去联系学校，先给你请假，专心备战？或者是……"

"舒阿姨。"胡璇轻轻打断了她："只是刚刚走神了，我没事的，不用担心。"

看她垂下的眼睛，舒清就知道她不想再多说了，于是也只好点点头："好吧，比赛在即，你调整好状态……"

然后又是一套老生常谈，胡璇堵住耳朵都能完美复刻舒清的口型。无非是什么你需要什么就说一定满足、你妈妈多关心你的训练、这次比赛一定要好好比得冠军、争取被前来观赛的主教练认可，等脚伤好了之后，增加进入国家队的可能性……

诸如此类。

胡璇一声不吭地听完，又在舒清面前把刚才的动作完美地跳了一遍，证明自己依旧"宝刀不老"，还是那个身处全盛时期，可以站在艺术体操赛场上，成为最耀眼的一颗明星的胡璇。

训练结束，舒清临走之前再三叮嘱她好好照顾自己，生怕她刚才突然的散漫状态在赛场上重演。

胡璇保证保证再保证自己会好好练习，这才送走了几尊大佛。

训练室无人，她这才叹了一口气，抱膝坐在了地板上，头深深地埋进了双膝之中。

没有谁会比她还清楚，自己刚才的走神是为什么，自从昨天晚上听了吉大利的话，她心头仿佛坠了一颗沉甸甸的石头，就悬在她的心口，晃晃悠悠的，惹得她无法专心。那颗石头的名字叫作"对邓北的愧疚感"。

她重重地、闷闷地又叹了口气。

隔壁隐隐传来了什么动静，听不清楚，可胡璇却突然抬起了头。她看向门口，视线仿佛透过那扇门，那条走廊，那堵墙壁，看到了泳池里面奋力破开水面的人……

沉默静坐了片刻，她下定了决心，起身走了几步拉开门。

泳队今日的联训也差不多同时结束，两个滨江游泳队的成员已经换好了衣服，一边往外走，一边说着训练时候的事情。

"北哥还是北哥，什么项目都能盖得住啊。"

"许赫也很厉害啊，我看两个人的训练成绩你追我赶、有输有赢啊，而且许赫的主项是50米和100米，刚才1500米的时候，他在最后两个回合才被北哥拉开。"

第一个开口的人对此表示了不屑："你也不想想，许赫在省队得到的训练资源可是比北哥多多了，那么好的条件，成绩却还和去年差不多，可北哥去年才刚刚游进14分，现在就已经冲击13分半了，你说谁厉害？"

"你这么一说，也对……看来今年青运会，我们北哥能熬出头了。"

"那许赫该多尴尬啊……"

胡璇认出昨晚见过这两个人，于是出于一种微妙的尴尬感，胡璇避让了一下，没有跟两个人打照面。下一刻，她就看见拐角的暗处，同样站了一个不欲跟人打照面的人……许赫？

许赫显然也听到了那两个人的议论，平日里脸上摆出的阳光笑意荡然无存，嘴唇抿着，目光漠然。他抬头，也看见了胡璇。在她惊讶的目光中，他一句话也没说，手插着兜，朝着一个相反的方向离开了。

胡璇看了一眼他的背影就收回了目光。

许赫的心情如何，说到底，跟她是无关的，她叹了口气继续走。拐个弯再往前走就是游泳馆的偏门，胡璇犹豫了一下，拿不准是直接进去，还是该打个电话，这时，刚巧有不紧不慢的脚步声从前面传来。她无意识地抬头一看，正是占据了她心神的那个人。

笔直的一条走廊，两个人都避无可避。

巧遇，然后说两句话，很合适。

胡璇脚步慢了下来。她微微低下头，手假装在单肩包里翻找了几下，就等邓北先开口。

可是预想当中的声音没有响起。胡璇垂下手，手指偷偷拢成一处。她余光一直瞟着他，邓北不可能没有看见她，可他仅仅是不紧不慢地走着，眼神直视前方，高贵冷艳得就像巴黎时装周上的男模。

擦身而过之后，邓北眼看就要消失在她的视野中，胡璇心下忽然一阵焦急。

不能让他就这么走，自己有些话一定要跟他说，不然她过不了自己心里这一关。

手握紧，胡璇转身追了过去，没走几步就拦住了邓北。

准确地说，是她一转身，邓北就有所察觉，转过身来原地等着她过来站在自己面前。

邓北沉静的目光和将近二十厘米的身高差都让胡璇很有压迫感，半晌都支吾着说不出话来。

时间一分一秒地过去。

"有事？"

邓北突然开了口，他双手插着兜，语气不冷不热。仿佛昨天那个在她面前泄露了心事的人，和被她的话惹恼冷下脸的人都不是他一般。

虽然有些无语，但错过了这个时机，她大概不会再有勇气站到他面前了。

胡璇闭上眼，视死如归地开口。

"对不起。"她急急地，宣泄般地说着。

邓北的眉头忍不住诧异的上挑，不是很明白这突如其来的道歉是为了什么。

胡璇不敢抬头看他的表情，她觉得丢脸，生怕一眼就能让自己失去继续说下去的勇气，索性一股脑将肚子里的话全部倒出来。

"昨天晚上的事是我不对。"

"？"

"是我没有了解清楚事情的经过，就随便提起许赫，如果给你造成了不愉快，我道歉。"

昨天那个翻来覆去睡不着险些被陈词拖起来打的夜晚，她一直都在想，她的话是不是真的很过分，以至于让邓北突然变了脸色。甲之蜜糖，乙之砒霜，他或许跟她一样，心中也有不想被别人冒犯的领地。

意识到错误就要道歉，这是胡璇一贯的准则。

"虽然我不是你，不知道哪些话是不应该对你说的，但是，对不起，邓北。"

终于把话都说完，她泄了一口气，低下头来。

邓北很久都没有说话。

因为他不知道该说什么好，且不说她脑袋里到底将昨天的事理解成了什么，她给人的印象就像是一个温暖和善的少女，娇小、精致，后来他自以为了解了她尖锐的一面，却不承想，今天她又让他看到了更陌生的一面。

只是……明明只是几句简简单单，不含复杂情感甚至堪称莫名其妙的道歉，从她嘴里说出来，让他格外地……心旌摇曳。

邓北垂下头，女孩儿说完话就站在他面前低下了头，等待着他的原谅或者是提步离开的漠然。

他该说点儿什么？邓北表面淡定，实则心中慌乱无措。

他缓缓开口："是我应该道歉。"

她霍地抬起头，眼睛逐渐睁大。

邓北觉得情况很不对，为了忘记一些事情，他今天在泳池里精疲力竭。可是此刻，她站在他面前，昨天的梦又不受控制地浮现在眼前，令他心中有一块地方不断塌陷，越来越松，越来越软……

"是我有些事情还没想通，不怪你。"

她以为他在说许赫，可他知道他在说自己。

他在凉风里走了两个小时，想通了很多事情，最初的惊慌过后，摸上自己心脏的位置，邓北有一种"原来如此"的感觉。

有什么比最终认清自己心意还要豁然开朗的事呢？邓北缓缓地冲胡璇露出了一个笑。

这个笑一点儿也不高冷，隐隐地还露出一口整齐的小白牙，许是高冷的邓北见多了，胡璇乍一看，还觉得他有点……不太聪明的样子。

"邓北……"你要不还是别笑了吧。

"胡璇，你比我想象中……"

昨晚这句话，他并没有说完，今天，看见面前女孩儿还是懵懂加警惕的模样，他依旧说不出口。

——胡璇，你比我想象中，还要更美好一些。

他眼里突然如同星河泛滥，漾起细碎的光芒。

胡璇忍不住怔怔地看着他。

邓北仿佛基因突变一样的表现成功地眩晕住了胡璇，她晕晕乎乎地答应了邓北"走一走"的提议。

一出游泳馆，昨天没有珍惜散步机会的两个人立刻得到了现世报，一股初冬的冷空气席卷而来，于今早降临到滨江大学。

两人在初冬的冷风中走了十分钟。

她一抬头，男孩儿惯常冷漠的双眼里盛满了藏不住的柔和。

胡璇觉得有什么事情开始变得不对劲儿了，她就是来道个歉，可邓北怎么就突然这么的……腻歪？

"嗤。"

他意味不明地笑了一声，长腿迈得优雅异常："起风了，我们回去吧。"

不管邓北吃错什么药了，但总归是一桩心事卸下，胡璇于是全心全意投入了训练。离青运会不足一个月，胡璇开始早出晚归，除了必修课上课的时间，连她的室友们都很少见到她了。

胡璇为了配合教练团队的时间，有几次都来不及去食堂吃饭，这些时候，陈词还会特意给她带一份简餐。

训练间隙，胡璇就坐在一旁的凳子上，看着不远处讨论得认真的教练和助教们，腮帮子鼓着往嘴里塞了一口饭。为了保持身材，她连肉都不敢多吃一口。

陈词拧开了保温杯，怜爱地递给她："慢点吃，别噎着。"

"唔，嗯。"

陈词摸摸她的头顶，看见她吃得像个小仓鼠，又忍不住皱眉："刚吃完饭又要蹦蹦跳跳，你这胃口受得了吗？"

胡璇咽下一口，继而点点头笑了起来："放心吧，我从小就这样，我的胃早就是艺术体操的胃了。"

陈词皱起的眉头还是没松开，突然想起了什么，她又看向胡璇："对了璇璇，你看见肖妩了吗？"

胡璇一脸茫然地摇头："除了上课，我都在这里训练，怎么会看到肖妩？"

"这就奇怪了……"陈词喃喃自语："有几次我看到肖妩下课往你这边来，我问过一次，她说是来看你的。"

"哦……那可能是我当时正在训练吧……"

"胡璇，过来一下。"

这时候教练冲她招手，胡璇立刻起身将饭盒塞到陈词怀里："谢谢啦陈词，我要去训练了。"

教练跟胡璇说了几句话，没过几分钟，音乐就重新响起。陈词看了一眼已经全身心投入训练的胡璇，将她的饭盒打包好离开了。

隔壁游泳池，一天集训结束，于教练正在慷慨激昂地发表"结业感言"。

"经过一段时间的集训，我很高兴看到你们大多人都有不同程度的进步。俗话说，有竞争才有压力，有压力才有动力，所以这一次也要感谢京都体大游泳队。下周，京都体大的同学们就要回去了，希望你们回去之后也能毫不松懈，争取参加青运会的同学们都能取得优异成绩！"

他说完，饱含期待地看向对面的一群男孩儿……

掌声……不存在的。

十几个年轻男孩儿都是刚从泳池出来，身上的水都还没擦干。他们三三两两地站在泳池边上，泾渭分明地站成了两派。

青春热血的年纪练习着青春热血的运动，却没有激发他们之间的友谊，原因就在于两派中心的两个人。邓北面无表情站在那儿，许赫也是笑了笑没说话。无论知不知道内情，但凡有眼睛的人就能看出来，两人气场不合。

于教练脸上笑容满满，心里头却想骂人。原本就一个面瘫脸邓北，已经够不好搞的了，现在又来一个许赫，表面上阳光温和，实际上更为桀骜。

不好搞，脑壳疼。

小伙子们自己玩去吧。

于教练自己拍了拍巴掌，权当给自己台阶下了。下完了台阶，他毫不留恋地转身离开了。

于教练离开后，游泳馆内的气氛变得更加僵硬。

吉大利照例凑到他北哥的身边："北哥，今天散得早，咱们出去撸串儿吧。"

邓北冷漠地"嗯"了一声，率先往更衣室走去，吉大利在身后立刻笑成了一朵菊花，跟黄觉几个勾肩搭背地也要跟上。

去更衣室，就要路过许赫他们在的地方。擦身而过的瞬间，许赫忽然一勾嘴角，身子一歪，一下撞在邓北的肩膀上。

任谁都能看得出来，这是刻意的——许赫在挑衅邓北。

好不容易有些缓和的气氛，顷刻间又剑拔弩张起来。

邓北脑袋都没歪一下，目光冷淡地睨了他一眼，绕开他就要走。

许赫目光一沉，蓦地伸手抓住了邓北的手臂。

"怎么，不屑于理我？"

邓北顺着自己裸露的手臂，看向抓在他手臂上的那只手，最终落在许赫挑衅似的脸上，表情宛如在看一个智障："许赫，放开，你别找事儿啊。"

许赫还在笑："找事儿又怎么样？"

"我们这些天都忍得很辛苦，马上你就要回京都去了，安分点不好吗。"

说完，邓北霍地用力一甩，许赫的手瞬间被甩开，又反打在自己的身上，空气中发出一声响亮的"啪"声。

听，多像打脸的声音。

邓北错身走过，毫不停留。许赫的脸黑了下来，蓦然转身，声音不高不低，但有了空旷场所的回音加成，恰好能让周围的人都听清。

"胡璇学妹，漂亮是真漂亮，就是跟你不太合适……啧，邓北啊，你还是把心思都放在训练上吧。"

听到这个名字，邓北停下了脚步，转回身，黑黢黢的眼神盯在许赫脸上，仿佛是暴风雨前夕的旷野，隐隐令人不安。

许赫却不怕，他转了转手腕，两步又走到邓北面前，嗤笑一声："不过现实毕竟不是童话故事，三年沉寂，你还想再次回到你的巅峰状态没那么容易吧。有天分的小将层出不穷，大都比你小，却比你更早地站上更好的舞台，失落吧？妒忌吧？这么一想，谈一场恋爱调剂一下，也是一个不错的选择。"

邓北勾起一抹冷笑："许赫，这么多年，除了你的成绩没怎么变过，你话多这一点儿也没变过啊。"

似讽非讽，但话里意思怪让人难堪的，旁边有个滨江泳队的队员立刻没忍住，"扑哧"一声笑了出来。

许赫气息不稳，又上前一步逼近邓北，两个人胸膛都快要挨上了。他眼神中某种情绪翻涌，似乎在竭力克制什么："邓北，是不是说的人多了，时间一长，你就真的以为，我欠你的。"

"说话就说话，别靠我这么近，我很正常。"

迅速地说完，邓北向后退了两步，等站稳了脚，他才调整好表情，恢复了满身高冷。

"我从未说过这样的话，但是看你的样子，似乎就是这么以为的，所以……是不是你内心就是这么觉得的。省队的明星选手，成绩跟我一个学生差不多。"

"邓北！"许赫仿佛被激怒了，他做了两个深呼吸才勉强压抑下来，怒极反笑："好……那就赛场上试试看，到底谁怂。不过在此之前，我发现，我对那个漂亮的小学妹还挺感兴趣的。"

邓北眯起了眼睛，一字一句，语带警告："人，不要妄想不属于自己的东西。"

许赫琢磨地看向他的表情，像是发现了什么新大陆。

"原来是这样啊，那我就更感兴趣了。你说，现在的女孩儿都喜欢什么？"

邓北毫无预兆地出手，结结实实一拳打在了许赫的脸上。

许赫毫无防备，被打得跟跟跄跄后退了几步，可人就在泳池边上能退到哪里去？他在落水的边缘竭力挣扎了两秒，最终还是没有逃过地心引力，"哗啦"一声，栽进了水池里。

巨大的落水声就像一个讯号，原本两伙就互相看不顺眼的男孩子瞬间冲在了一起。他们都只穿着一条泳裤，乍一看如同一群光屁股小儿，平均年龄不超过五岁。

许赫从游泳池里爬出来，一抹脸，咬着牙就冲着邓北冲过去。

忽然——

"住手！训练场馆内打架，长能耐了是吧！"

门口传来一声嘹亮的呵斥声。

胡璇从训练室出来的时候，满脑子都是今天修改后的组合动作。

她的脚有旧伤未愈，教练担心她的身体无法负荷，研究之后建议她改换动作。

"你是个人全能项目，体操四项都要比，强度太大了。若不然，我们就降低一点儿难度系数，选几个安全一点儿的组合动作。你基本功扎实，表现完美的话，也未必没有冲金的可能。"

胡璇摇着头拒绝了，接过了教练的记录册看了一遍，葱白的手指指向其中一个地方，声音悦耳，可说出来的话却令人头疼。

"教练，其实，这一套组合旋转我觉得还可以再加强一下。"

教练看她的眼神既欣赏，又无奈。

虽然这小姑娘平日里十分好相处，布置的训练任务都积极配合完成，但就是太配合了，有时候反而令教练组头疼。就像是这次提出增加组合动作的难度，如果只是普通的学员，教练大可为了她的脚伤强硬地改掉动作，可对胡璇不行——她不只是他们教练组手下的运动员，还是集团倾力支持的艺体明星。教练组拿着丰厚的酬劳，很多时候，他们无法完全按照自己的想法来，还要顺从胡璇的意见。

动作难度增大，胡璇又重新适应了一下。结束的时候，已经累得满头大汗，脚踝的隐痛也加剧，令她只想回寝室扑在床上好好睡一觉。

还没走出游泳馆正门，就听见主馆隐隐传来喧闹的声音。

不似平日训练于教练的高呵，而是乱糟糟的一片嚷嚷。

胡璇犹豫了一下，心里头莫名有点放心不下，于是又咬着牙走了过去，然后就看见这么一幅糟心的场面——

十几二十来个白花花的……小伙子，正在贴、身、肉、搏。

吉大利像头牛，冲向两个腰肥体壮的人；

外表文质彬彬的楚流展现出惊人的战斗力，扛住一个拥有肱二头肌的健硕男孩儿，两个人掰手腕似的纠缠在一起；

……诸如此类。

邓北倒是板着脸站在原地，但不远处，狼狈爬上岸的许赫正咬着牙朝他冲过去。

胡璇瞠目结舌，这都疯了吧！

即将参赛的运动员，竟然聚众斗殴，一旦传了出去，取消参赛资格都是轻的。

身体的疲劳、脚腕的酸痛，加之眼前又是这么混乱的一幕，胡璇头脑忍不住发昏，按捺不住体内的小野兽。她单手叉腰，气沉丹田，发自内心地高喊：

"住手！训练场馆内打架，长能耐了是吧！"

女孩儿的娇呵声传遍了游泳馆内东南西北的各个角落。

瞬间，所有男孩儿都停止了动作，目光向胡璇望过来。

瞅瞅这语气，瞅瞅这架势，如果不是音色天壤之别，还以为是于教练来了呢。结果，就是这么一个漂亮的妹子，胡璇嘛，不管是作为运动员还是作为单纯的漂亮妹子，他们基本都听说过。被她明亮而愤慨的双眼看着，当下，就有几个纯情少男微微红了脸，方才一触即发的气氛被一种古怪的情愫逐渐取代。

还有个小伙子甚至不自觉地伸出双手，上下捂住自己的隐私部位。

邓北的目光落在她身上，烫人似的，胡璇当即一声冷笑。

"邓北，你真是长能耐了。"

她说完这句话气得转身就走，等出了游泳馆，看到路过同学有些好奇的目光，她那发昏的头脑才渐渐清醒下来。

她为什么……这么生气？

可能是，她才刚刚以为了解了一点儿他对梦想的执念，转头就发现他却这么不爱惜眼前的机会，胡璇很快地就把这种情绪理解为同学之间的怒其不争。

她停下脚步，回头，游泳馆正门关着，一个人影也没有……连解释一下也觉得没必要吗？胡璇登时觉得自己的好心都喂了狗，于是又气哼哼地离开了。

回到寝室，她整个人瘫倒床上，身子朝下，把自己的脸深深埋进枕头里。刘圆圆捅了捅她。

"璇璇，你咋啦？"

没过一会儿，枕头里冒出一个闷闷的声音："我困……我就稍微睡一会儿。"

于是，四点多回到寝室的胡璇，一觉睡到了晚上十点，然后被一个电话吵醒。

六个小时的深度睡眠，她的头脑已经异常清醒，可手机来电显示着"邓北"两个字，却让她怀疑自己仍旧在做梦。

"出来。"

男生的声音带着淡淡的温和。

"可是我们寝室封寝了啊。"

"出来，到阳台上来……披上大衣。"

胡璇抿了抿嘴，往自己身上罩了件厚衣服，来到了阳台，还没到断电时候，周围几座寝室楼还有星星点点的灯光，映照出楼内人影幢幢。

她呵了一口气，靠上栏杆，耳边夹着手机。

"我出来了，你——"

大概每一个女孩子都曾做过这样的梦。

凛冽的冬日空气，异常明亮的星子，熠熠的月光洒了满地，你趴在栏杆上向下望。

而那个比寒冷的空气更清冽，比星子更耀眼，比月光更皎白的男生，也正巧凝视着你。

胡璇的心被什么撞了一下，乱得一塌糊涂……他什么也没说，她几乎要快单方面原谅他了。她觉得自己的喉咙有些发哑，轻咳一声才找回自己的嗓音。

"你怎么回学校这么晚？"——冷静、淡定，还带了一点儿同学之间合理的关怀，胡璇对自己的表现很满意。

"在外面为今天的事情反省了一会儿，现在才回来。"

"……"

男生穿着运动服，一手拿着电话，站在电线杆下，懒懒地抬头看她。

"胡璇。"他沉声叫她的名字。

"今天的事，对不起。还有……谢谢你。"

"你……"胡璇一手扣在窗户的边缘，一时语塞。

邓北的声音透过电流传到她的耳边，可他的人就在楼底下仰面看她："今天我有点不理智，幸亏你在，才没有闹大。"

"同学之间……应该的。"她不知道该说什么好。

邓北轻声地笑了一下："我有一件礼物送给你，聊表心意。"

胡璇连续做了很多天莫名其妙的梦。

梦的开始是她站在一座高高的巨塔上，听见塔底下有配剑的骑士高声喊她："胡璇，出来。"

她走到露台上往下望去，骑士英俊，周身光芒万丈，他笑着冲她伸出手。她便丝毫犹豫也没有，放下了自己长长的头发，让他攀了上来……

于是胡璇吓醒了。

刘圆圆托着下巴看她神游般地下床洗漱，突然冒出来一句："璇璇，你现在看起来就像是聊斋故事里被狐狸精吸了阳气的书生。"

……那邓北一定就是那只吸人精气的狐狸精。

等等，为什么这么比喻啊，胡璇被自己理所当然的揣测又吓了一跳，这一次彻底清醒了。

上午有一堂专业课，寝室四个女孩子浩浩荡荡进了教室，力求抢占最后一排。

胡璇一进来就有许多目光落在她身上——开学这么久，胡璇因为要参加训练，除了跟寝室几个人走得近些以外，跟同学们基本都没说过话。众人对这位颇有名气的艺体明星都充满了好奇，奈何陈词挡在胡璇的外边，像一扇门一样隔绝了看向她的视线。

胡璇对此一无所知，在底下暗搓搓地摆弄着手机，等她反应过来的时候，手机里的浏览器不知道何时明晃晃地出现了"邓北"两个字。

搜都搜出来了，那就……看一下吧。

邓北在网络上并不是查无此人。只是关于邓北的新闻，大部分都是三四年前发表的。

来自于地方媒体的满屏的"天才""新星""未来国家游泳队之光"的赞誉之词将他捧到了高空。

离现在最近的一条新闻是他以邀请赛青少组打破了国内纪录的惊人成绩被保送到滨江大学。

再然后便是长达三年至今的沉寂。

这分明都是已经知道了的事实，可是当她看到一个个没有温度的方块字将这件事情用一种无所谓、旁观者的冷静角度叙述出来，她还是微微失神了。

她想起了有个人曾经对她说的话。

"胡璇，体育运动员这个职业，看着光鲜，有人欢呼，有人喝彩，可是最终只有冠军能拿走这些，有多少人拼搏多年，却游离在光芒边缘，最后只能没入黑暗做了幕后，甚至彻底失了望离开这个行业，而有些昙花一现的天才，他们更可怜，曾经享受欢呼的滋味，却最终落得无人问津，甚至被大众诋毁，这种落差，比死还难受。"

这个人就是她从前队里的师姐，孟馨然，她也曾经是省艺术体操队里数一数二的门面，在胡璇刚入队的时候，便是一直以她为榜样。可是因为一次意外，孟馨然不得不因伤退役，至此，一切璀璨的前途瞬间化为了海市蜃楼。

老师还在台上慷慨激昂地讲着，可是胡璇一句话也没有听清。

随着京都体大游泳队的离开，滨江大学又恢复了清净——最起码是对于胡璇来说，因为在她去训练的时候，可以保持耳根清净，不用担心隔壁是否会吵着吵着动起手来。

　　或许是游泳队也加紧了训练，这几天她再没有见过邓北……这样，也挺好。

　　只是有时，她也会忍不住怀疑，在那个夜晚，她在寝室楼底下见到的那个他，是真实的吗？

　　第二天，胡璇请了假没去上课，刘圆圆一边收拾着书，一边投去羡慕的目光：

　　"你要去做什么啊？"

　　"我今天要去试青运会的比赛服。"

　　刘圆圆眨巴眨巴眼睛，不懂就问："比赛服有什么可试的？"

　　肖妩敲了敲她的脑袋，状似不经意地说："胡璇可是艺体界的明星，她的比赛可不只是比赛，你以为像你上衣下装一套就完了啊。"

　　胡璇看了肖妩一眼，尴尬地笑了两声，低下头没有接话。

　　肖妩的话虽然语感有些奇怪，但是确实是这样的道理。以往胡璇的比赛服都是由秦氏集团赞助，这一次亦是，秦佑白昨天就打电话给胡璇，约她去秦氏旗下的运动品店看一看。

　　于公于私，胡璇都应该答应下来，可是电话那边却传来一声搭话："你之前说最近陪我去商场逛一逛，正好明天我们一起去吧，我还能帮小璇参谋一下。"

　　秦佑白还在犹豫的工夫，胡璇连忙摇头；"不必了佑白哥，我先去自己看一看吧，要是看中什么款式，我会直接联系秦氏的秘书处的。"

　　"可是……"秦佑白还是不太放心。

　　胡璇放低了音量，以确保她的声音不会通过手机话筒传到孟馨然的耳朵里。

　　"佑白哥……你也知道馨然姐如果不是因伤退役，今天我们就能一起去挑赛服了。"

秦佑白沉默了片刻，终于长长地叹了一口气："好，我知道了。"

她的比赛服是属于专业运动服，普通的商场并没有卖的，她七拐八拐到了一栋商业楼，这里顶层就有几家比较高端的专业运动服品牌旗舰店。

胡璇先是去了秦氏旗下的运动品专营店看了一圈，体操服的款式都常规大方，却也没什么新意，她很快就敲定了两件备选。跟营业员交代好还有哪些细节需要注意，走出来的时候，才不过半个小时。

定下了比赛服，胡璇正准备回学校，走了两步，却被旁边一家店橱窗里的一件衣服吸引住。

那也是一件艺术体操的专用服装，修身的剪裁，被做成了小礼服的样式，白色的蕾丝配合着闪耀的碎钻，顷刻间就夺取了她的全部注意力。

等胡璇反应过来的时候，她的脚已经不受控制地走了进去。

"您好，这件白色的艺体赛服可以让我试一下吗？"

营业员原本是面带难色的，可是像是突然间看出了她的长相，不知为何又笑着点头，将那件衣服取了下来，还亲切地告诉她：

"试衣间就在里面。"

胡璇有些莫名其妙，暗自揣测着是不是营业员认识自己，毕竟她也算是半个公众人物。这个念头在脑海里过了一遍，她也没太放在心上。

她穿上了那件白色的体操服，尺码正合适，只是后背上的拉链有些紧——这又是胡璇另一个觉得奇怪的点了。这件衣服的衣领上没有标签，而且一般来说，专业的体操服为了避免一些意外情况发生，通常会采用松紧带来调整，这件服装的倒更像是某种特殊定制。

这时，更衣室帘子外面突然有脚步声传过来，脚步走近，就停在一帘之隔的地方。

胡璇莫名有些紧张，加快了手上穿衣的动作，同时扬声说了一句：

"里面有人。"

紧接着，一个饱含着笑意的声音响起："好，我在外面等一下。"

胡璇的动作愣住了，这个声音……怎么听起来那么耳熟？

片刻后，试衣间的帘子拉开。

一瞬间，仿佛整个世界在邓北眼中慢放。

空气中的浮尘缓慢地涌动，而她踩着厚重的地毯，穿着白色的小裙子，一步一步走向他站立的方向。

就像从他梦里走出来的小仙女，也像从他有颜色的梦里走出来的小妖精。

胡璇原本也是慌乱的，可是看见邓北呆愣的眼神，几秒钟内，她便镇定下来，嘴一撇。

看到邓北似笑非笑的表情，她才意识到被骗了，下意识地瞪了他一眼："你怎么在这儿？"

邓北嘴角挂着意味深长的表情，没有回答，反而优哉游哉地走近了她，伸手摸了摸胡璇肩上一个特意设计的小小的翅膀。

"别碰我啊。"

女孩子皱着眉，有些警惕的样子，但是脚下不知为何却无法移动。邓北目光从她身上逐渐下滑，落在她白皙的脚腕上时忽然皱起了眉头。

"胡璇，你是不是脚又疼了？"

胡璇后知后觉地退了一步。

她的脚伤已经很多年了，不管怎么理疗，那种隐隐的痛如同附骨之疽，常年萦绕着她。以至于她甚至都已经习惯了这种感觉，偶尔难受加重，也根本称不上疼痛……可是身体上的反射反应却骗不了自己，她的脚现在，不太敢用力。

忽然，面前的男生在她身前一矮。

胡璇反射性伸手抵住他的脑门："邓北，你不许抱我！"

伸手将她张狂放肆的手指移开，看见她瞪得滴溜圆的眼睛，邓北咬了咬后槽牙，嘀咕了一句："你以为谁稀罕啊。"

说完，他转了个身，双手在她的腿弯处一把，把她背上了身。还没等胡璇反应，邓北背着她走了几步回了更衣室，把她放在了小凳上。

"你干什么？"

"别动，我看看你的脚。"

他低着头，将她脚上的小高跟鞋轻轻脱了下来，双手握着她的脚踝观察，男生的手掌贴在她的脚腕上，有一种奇异的灼烧感。

"如果你比赛时红肿还没有消下去怎么办？"

胡璇顺着他的目光望下去，言语之中带着漫不经心："那就打针咯。"

两人一时谁都没有说话，狭小的空间令气氛有些凝重。

忽然，邓北抬头，望向她的双眼。

"胡璇，你喜欢这件衣服吗？"

想起导购小姐先前的表现，胡璇忍不住睁大了眼睛："这是你……"

"我说过的，有一份礼物送给你，聊表心意。这就是我送你的礼物，你喜欢吗？"

他的目光中涌动着期待。

这个时候，她似乎应该问一句："为什么，要送给我？"

可是话到嘴边，只剩下——

"谢谢你，我很喜欢。"

邓北于是笑了起来，他笑的时候，有一种近乎天真的孩子气。跟他板着脸时的样子是一种完全不同的氛围。

反差带来的萌点准确无误地击中了胡璇的心。

可是下一秒，邓北却得寸进尺地将脸凑了过来。

"胡萝蓓，光谢谢可不够……你得，还我点什么。"

胡璇双手交叉警惕抱胸："邓北，我告诉你——"

他霍地起身，手上拎着她的鞋子："你这双鞋我带走了。"说完，他当真扭头就走。

胡璇："？"

邓北莫不是有什么不为人知的癖好？

最关键的是，邓北把她的鞋拎走了，她一会儿穿什么啊！

好不容易换下衣服，胡璇光着脚坐在更衣室里，目光呆滞了一会儿，才想到或许应该叫营业员小姐姐过来帮忙脱困。

还没等她开嗓，刚才头也不回走掉的男生，又回来了。

胡璇张了张嘴："你怎么又回来了……你手上拿的是什么？"

邓北一言不发，在她身前蹲了下来，将手边的盒子打开——里面是一双运动鞋，一看就觉得很舒服。

"以后不比赛的时候，就穿运动鞋……既然你还想撑着走下去，那就多撑一会儿。"

他一边说，一边将运动鞋穿在胡璇的脚上。

坐在凳子上的女孩儿一言不发，低头看着他的动作。她一手放在自己的胸前，有什么地方似乎逐渐加速、又坚定地跳了起来。

"嗯。"

过了一会儿，邓北站起来拍拍手："好了，我们走吧……带上你的衣服。"

实际上，如果胡璇今天没有正巧路过这儿，他会把这件委托定制的比赛服取走，再送给她……可是，就像是缘分天定一样，她喜欢他设计的衣服，自己撞了上来。

"胡璇！你盯着个碗发什么呆——"

教练的口吻重了几度，吓得胡璇一个激灵。

胡璇身边的年轻男人举起了杯子："于教练，毕竟只是日常聚餐，还是不要这么严厉了吧。"

教练平日里只管训练，语气自然生硬，可是冷不丁被秦佑白点了几句话，不自觉地瑟缩了一下，瞬间扬起了一抹僵硬的慈爱的微笑，又补上了一句。

"胡璇……还不多吃点菜，看你瘦的。"

"金主霸霸"惹不起，"金主霸霸"娇宠的女儿亦然。于教练觉得自己真是太难了。

胡璇晕乎乎地接受了教练突然的温情关心，低下头，继续盯着自己的碗。

你看这个碗，越看越像邓北。

离她得到那件白色的艺术体操服已经快一周了。那天，邓北把她送回了宿舍楼下，正好碰上上完课回来的寝室三人。

陈词和肖妮的目光微妙，刘圆圆就比较开朗了，登时嗓门儿大得能吸引方圆百米内的所有瞩目视线。

"璇璇，你怎么又和邓北在一起啊！"——语气诧异，且一脸天打雷劈，宛如被猪拱了自家白菜的农民。

感受到周围不断飘来的视线，胡璇脸"噌"地就红了，她甚至不太敢抬头看邓北的表情……鬼知道是为什么。

从那天过后，每次胡璇训练完，都能恰好在游泳馆的大门口巧遇邓北。邓北也没什么别的表示，只是男女寝室顺路，如果不一同回去，反而显出几分古怪。可是一起回寝室的路上，胡璇却比从前多了几分说不清道不明的慌张。

为了逃避这种莫名的情绪，今晚秦佑白一提出要请她和教练团队吃饭，胡璇就答应了。

可当她把一个碗都能看出几分邓北的神韵时，胡璇这才意识到，事情有些大了。

"璇璇？"

她好像……

"璇璇！"

忽然，秦佑白的声音拉回了她的神智，胡璇一抬头，就对上男人关切的视线。

"璇璇，怎么总是走神啊，是不是青运会备战压力太大了？没关系的，你只要尽力就好，就算这一次有什么意外你不是冠军，我过后也可以组织表演赛，让你把想展示的内容都表演给大家。对了，这一次你没在秦氏旗下的运动品店拿比赛服，是不喜欢款式吗？如果你有倾向，我可以安排定制……"

秦佑白看起来是真的很担心她的状态，平时温和却不多话的男人此时絮絮叨叨停不下来似的，教练团队也频频向她看来，胡璇忍不住有几分内疚。

青运会在即，她不能分出心思来想别的事……无论是什么，都得等到青运会之后再一点一点捋清。

很快，青运会如期而至。

每年一次的青运会由国家体育总局举办，本来在国内的关注度就很高，对于滨江大学来说更甚，因为他们学校派出了运动员加职工团队近二十多人准备赶赴京都，期待取得佳绩，为学校的荣誉添砖加瓦。

他们一行人早早地就到了候机厅，学校还特意打出了"祝滨江大学所有运动健儿取得优异成绩"的横幅，让大家在前面合影留念。

在候机室等了一会儿，就听见广播里传出准备登机的消息，胡璇忍不住又瞥了眼身后两排坐着的邓北。

看见队友纷纷起身，他将耳朵上的耳机随手拿下，站了起来，眼光往她身上一撇，胡璇连忙回过头，端正地坐好。

一个身影突然罩了过来，站在她面前，隔绝了她的视线，邓北奇怪地看着她。

"你不走吗？"

"哦……走啊。"

她刚一说完，正要再接一句，可是邓北已经扭头往登机口走去了。胡璇怔怔地看着他走进登机口的背影，挺拔又疏离，仿佛所有事情与他无关。

忽然，她的肩膀被拍了一下，一扭头就是吉大利那张笑得喜庆的脸。

"胡璇妹妹，你别多心，北哥不是冷落你，他只是紧张了。"

备受瞩目的新星到默默无闻的大学生，三年后，邓北将重返赛场。

胡璇也突然紧张起来，那种感觉就像是她第一次站在全国比赛的赛场上一样紧张，却对自己有着无比的自信，兴奋又战栗地期待着比赛开始。

"不过，吉大利学长……你？"

此次滨江大学游泳队在游泳比赛的项目选择上，除了邓北的成绩能参加个人项目以外，还报名了两个团体四人接力项目，邓北、楚流、黄觉，还有一个外校国家二级游泳运动小将。

胡璇知道吉大利并没有取得青运会的参赛资格，此时出现在这儿，她有点好奇，但是礼貌地没有直接问出来。

吉大利毫不在意地一挥手："于教练让我跟着长长经验……当时联合训练的时候那么多人，就我一个不参赛还能去现场。"

看吉大利一副洋洋得意的样子，胡璇不由莞尔。

十点多到的京都，邓北、胡璇他们来不及休息，放下行李就像赶鸭子一样被圈到了主会场。

下午有盛大热闹的开幕式，一下午下来，胡璇累得瘫倒在酒店的床上，睡了三四个小时才勉强缓过来，晚上和陈词视频的时候，也趴在床上，懒得要命。

刘圆圆挤进画面里："青运会开幕式直播我们都看了，太热闹了，真羡慕你啊还能去现场，不像我们，还得老老实实地上课。"

"才一个下午，我就已经开始怀念上课、下课、训练的日子了，今天真的好累。"

她正忧郁地说着，房门被砰砰砰地敲响了。

"可能是酒店服务员，我刚才要了睡前牛奶，你们等一下哦，我去开门。"

胡璇随手将手机扔在床上，光着脚噔噔地下了床，视频那头的陈词叹息着："小璇，穿鞋啊！"

"哎呀，没关系，反正我马上就要洗澡啦。"

她一边大声地回应，一边打开了门，瞬时愣在门边，如遭雷劈——

邓北的手还停在半空中，看着她面色有些古怪，半晌，他才迟疑地说道：

"或许是……我来得不是时候？"

他一边说，一边放下了手，转身欲走。早上机场他冷淡转身的一幕到底是给她留下了阴影，胡璇连忙拉住他。

"不不不，你来得正是时候……"

邓北一挑眉，嘴角似乎翘了一下。

反应过来自己说了什么，胡璇的脸立刻烧了起来，差点咬到自己舌头。

"我的意思是……哎，你有什么事进来说吧。"

　　将她的小慌张看在眼里，邓北不着痕迹地扯了扯嘴角，修长的身影好整以暇地走了进来。

　　他环顾了一下四周，没有人，正好可以说一下私事。

　　他清了清嗓子，双手交叉抱在胸前。

　　"我来是有话和你说，你知不知道，我为什么要送你——"

8. 风水轮流转

邓北话音未落，胡璇脑中已经"轰"地炸开。

他这个时候提起比赛服是想做什么？难道是……

寝室的人早就觉得自己跟邓北之间有故事，他万一真的告白了，被她们听见自己岂不是要永无宁日了？

脑中一瞬间飘过许多念头，胡璇心一慌，扑上去就想捂住邓北的嘴。

可是她错估了两人之间的身高差。

胡璇自小练体操，身段完美，却抵不过邓北一米九几的大高个。

她跳得起劲儿，他躲得轻松，却没留意身后刚到他腿弯儿的床。

扑通——

变故在顷刻间发生。

邓北结结实实地被胡璇扑倒，而且这妹子还压在他身上。

邓北略有呆滞，面色一暗，迅速地抓住她的双手，强势地向上一提，自己也麻利地坐了起来。

好险。

邓北假装一脸冷漠地想着。

他一坐起来，胡璇飞速从他腰下的位置拿回了手机。他这才明白她刚才那突兀的举动只是自己一个美丽的误会。

"你别误会……我，因为我是因为……手机里……陈词……"

她将手机往前一送，显示屏乌漆墨黑，倒映出邓北严肃克制的脸。

没有视频，早就没有视频了。

视频通话不知道是什么时候关的，松了一口气的同时，却也解释不清状况，胡璇无力地耷拉着脑袋。

之前碰上邓北的时候，她明明是占据上风的啊，怎么好像不过几天，她的智商就不够用了？

两人的距离很近，近得他足以看见她微微颤抖的睫毛。

邓北漆黑的双眼定定地盯着她，好半天，才缓缓开口。

"就算我能理解你的所作所为，现在……你能不能先从我身上下去。"

嗯？

怪不得可以平视他了，因为她正坐在他的腿上……身下温暖却结实的触感让胡璇着火似的蹿了起来。

他坐在床上，双手拄在床上，因她站在他面前，视线微微上扬，漆黑的瞳仁深邃，下颌的弧度愈加明显，颇为悠闲地看着她的手足无措。

他平缓了呼吸，看着她通红的脸，慢悠悠地开口。

"虽然不知道你脑补了什么奇怪的东西，但是我来，只是想说……比赛加油。"

胡璇：无地自容……

邓北虽然率先给胡璇加油，但比赛日的首日却是游泳预选赛，作为传统体育大项，京都的游泳馆里四个场地不间断地安排着初赛。

"现在是十一月二十一号上午十点四十五分，您正在收看的是由京都电视台体育频道为您直播的男子1500米自由泳预选赛，我是解说员赵乙。"

胡璇戴着鸭舌帽坐在看台上。

市级的体育频道也在进行同步直播，她开着视频播放软件，插上一只耳机。

她也搞不明白，自己为什么要来看邓北的预赛，但是她知道，明知道邓北在这儿有比赛，她若是不来，也不能安心地待在酒店。

此时后台的气氛有些骚乱。

于教练皱着眉看向邓北，语气里不自觉地担忧："邓北，你怎么了？"

他的嘴唇有一种不正常的红，颜色颇深，表情也紧紧绷着，仿佛在对抗什么。

"没事，我准备上场了。"

"等等。"于教练一把拉住他的手腕，压低了声音："你是不是老毛病又犯了？早告诉你别逞强了，你当1500米游起来是好玩的？"

邓北垂眼顿了片刻。

"我没事。"

也不知道是在说给谁听。

由于只是预选赛，再加上这一场没有什么知名的运动员，观众的关注程度自然也降了下来，看台上的人寥寥无几，想必场外关注者也不多。

在丝毫没有负罪感地挂断了一个来自舒清的电话后，胡璇彻底放松下来，一边听着解说员对青运会自由泳项目的基本介绍，一边将注意力稍稍放在了运动员入口通道处。

场馆没有窗户，现场的灯光很足，聚光灯更是将泳池区域晃得明亮异常。

选手们从昏暗的运动员通道里逐一走出来，站在了聚光灯下。

胡璇甚至不用通过大屏幕，远远便能一眼看出，走到四道的人是他。

邓北套着宽松的运动裤，坐在四道前的凳子上，低着头拉开上衣的拉链，胸肌无遮无拦地显露出来，胡璇甚至注意到不远处两个内场工作的姑娘看着他窃窃私语，面露迷之潮红。

她搓了搓脸的工夫，解说员已经开始对着手上的资料介绍起运动员们。

"小组赛A组，站在一泳道的选手是宜林市游泳队的种子选手，林木，报名成绩是15分25秒32。"

与此同时，场内的播音员也对现场介绍起了每个泳道的选手信息，每一次选手的举手示意，都能掀起观众席上一片欢呼。

二道——没听过。

三道——没听过。

四道——邓北。

解说员的声音突然扬了起来。

"说起这位运动员，很有意思啊，在三年前的国际泳联邀请赛上，他打破了当时青少年组1500米的纪录，并且直到现在还是国内纪录的保持者。我也搞不明白为什么这位运动员到现在还没有出现在国家队预备役的名单上，要知道，运动员的黄金年龄就那么几年——"

说着说着，仿佛是突然意识到这话有问题，解说员生硬地又转移了话题，介绍起下一个泳道的选手。

邓北站在四道前做着伸展运动，手臂张弛间，肌理分明，腹肌格外显眼，眼光突然往观众席这边瞟过来，明明还隔着很远的距离，却看不到她。

十几分钟后，场内的裁判示意准备完成。

一排只穿着泳裤的选手们齐刷刷往起跳线前一站。

正经说，游泳确实是一项极具观赏性的运动——有这个想法的人绝对不止胡璇一个。

发令员已经站在了他的位置上。

预备——

电子嗡鸣器发出一声尖锐的"嘀"声。

比赛开始——

平静的泳池水面瞬间翻腾起一排浪花，八道身影齐齐入水。

邓北闭上眼睛，他听不到任何声音，仿佛整个世界已与他无关，水从四面八方淹没过来，将他整个身体包裹在柔软的液体中。

耳畔响起了嗡鸣声。

"第四道的选手邓北，出发的时候占据了领先优势。"

同样听到这句话的还有胡璇，她看着那道如利箭射出的身影，忽然呼吸微薄，心脏咚咚咚地跳到了嗓子眼。

既是紧张，也是兴奋。

1500米是漫长的比赛。

越到后面，几个运动员之间的差距越明显，折返的方向已经各不相同，胡璇甚至已经分不清邓北是快是慢。

直到邓北某次折返，场上的气氛突然热烈起来，胡璇才隐约意识到，哦，邓北率先冲刺了。

而后——理所应当的，这场预赛，邓北以压倒性的优势取得了第一名，挺进了决赛。

听到结果的一瞬间，胡璇失态地跳了起来。

泳池里的邓北，发着她从未见过，更抗拒不了的光——她觉得自己的心快要爆炸了。

她的眼神不错他分毫，以至于当于教练冲过来用浴巾包住他往回走的时候，胡璇第一时间就发现了异常。

邓北怎么可能会接受这么肉麻的关心……除非，他身体有恙。

胡璇什么也没想，立刻站了起来直奔后台运动员休息室。有工作人员阻拦，她毫不心虚地掏出了运动员参赛证。

休息室的门是半掩着的，远远的，她就听见楚流在大声嚷嚷："不行，就算是北哥还能撑到下午的接力赛，也不应该让他上了。团体比赛，我们还可以上替补选手，大利不是在这儿吗？"

吉大利的声音更高："你以为我不想让北哥休息，你以为我不想要出场的机会？可是我知道我的水平！我担心北哥的身体，但我也不能拖累你们的成绩啊！"

黄觉叹了口气："可是，北哥……刚才太用力了，如果下午再游接力赛，他1500米自由泳的决赛……就危险了。"

一时间无人讲话，重回赛场，能不拼尽全力吗？

胡璇微微一愣，小心地靠在门边没有出声。

临阵换人，这对任何比赛的队伍来说也是大忌，邓北他到底怎么了？

于教练没有理会男孩子们的争执，只是又问道："白医生，您觉得呢？"

屋内原来还有一个医生。

那人的声音有些无奈。

"我跟着邓北从滨江过来的时候，我就已经知道他的选择了。你们问他别问我，他要上，我就尽力让他别倒在泳池里。"

在这一室紧绷的气氛中，邓北站起了身，淡淡开口："我没事……我自己的身体状况我最清楚，这么长时间的训练都没有出过问题……下午的接力赛，照旧。"

邓北垂着眼，薄唇一开一合，说完这句话，他便缓缓转过身，走了出来。

胡璇出声叫住了他："邓北……你，怎么了？"

她也不知道为什么，甚至不知道要说些什么，只是，不想看他一个人就这么走掉。

邓北的脚步顿了顿，扭头看她，脸上没有丝毫取得优秀成绩的欣喜。他没有问她为什么会出现在这里，只是就这么离开了。

不过一分钟，里面又走出来一个穿着白大褂的年轻的男人。一脸俊秀，肤白，戴着金丝眼镜，只是面色严肃。

胡璇看他的打扮就知道是队医，于是急忙拦住他："您就是白医生？邓北他到底怎么了？"

年轻的医生停下脚步，上下打量着她："我认识你，你是胡璇。"

他的话里颇有几分意味深长，可是胡璇却没有心情深究："您能告诉我，邓北他——"

"邓北的心肺功能一直不大健康。你不知道？"

白医生的一句话令胡璇愣在当场。

她突然想起了两个人刚认识的时候，他说："对一个运动员来说，身体就是你的本钱。"

在那间狭小的贮藏室里，她不忿地反唇相讥。

他伸出手指擦掉了她的眼泪，又轻声说："你又懂什么？"

胡璇的眼眶突然酸涩起来，她抬起头可怜巴巴："那1500米自由泳的决赛？"

"你要拦得住你就去，我是不行……我就是一个医生，你们都别来为难我了。"

年轻男人说翻脸就翻脸，甩下胡璇就走了。

胡璇尚且一头雾水，可第二天便是男子自由泳的接力赛了，因为是短道，上午预赛，出了结果，下午就进行决赛。

带着点说不清道不明的关心，本应该在酒店好好休息，备战第二天艺术体操比赛的胡璇，戴着口罩，再次偷偷坐到了观众席上。

从上午九点开始一直到下午三点多才决赛，这是一场相当漫长的等待。

但是观众席上的热度却一直很高，原因无他——许赫是这场男子自由泳4X100米接力赛的参赛队员。但凡对游泳有些了解的人，或多或少都会耳熟这个名字。他虽然还不是国家队的正式队员，但是这两年也参加了大大小小国际国内的比赛，算是泳道里难得的后起之秀。

准备区，他们的"临时队友"凑过来期期艾艾地开口："北哥，上午预赛咱们队成绩第二，是我拖了后腿，起跳晚了。"

邓北表情淡淡，拍了拍那人的肩膀："没事，决赛好好游就是了。"

看他的表情比平日里多了几分严肃，吉大利不在，楚流乖觉地活跃气氛："北哥，你看观众席前列，老天爷，我还没参加过一次有这么多媒体围着拍的比赛。这要是输了，多没面子。"

邓北顺着他手指的方向扫了一眼观众席，视线在掠过某处时突然停顿了片刻，眯了眯眼，似乎是想要看得更清楚一些，不过几秒便背过了身。

"那就不输，让他们好好看着。"

几分狂妄，不自觉地泄露了出来。

楚流担心他身体的话转悠到舌尖上，又不自觉地咽了下去。

他们滨江大学游泳队的传统队训就是：邓北说不会输……那就是一定不会输！

千呼万唤中，自由泳4 X100米接力赛——这个火药味最浓、最有看点的比赛决赛，拉开了帷幕。

四道是许赫所在的京都体大代表队，五道是邓北所在的滨江大学代表队。两个人身形相仿，年纪相同，站在那里，仿佛成了两个会行走的光源——那是泳池里最耀眼的两个太阳。只是，太阳多了大地会被烤焦的，这道理，就连后羿都知道。

率先出发的八个人准备妥当，一旁的发令员举起发令枪。

"预备——"

观众席上出现了短暂的寂静，而后便是铺天盖地的加油声、欢呼声，无论是前来支持谁的观众，这一刻都忍不住激动得纷纷起身，那方寸之间的竞争，吸引了所有人的注意力，闪光灯此起彼伏地响亮起来。100米的泳道就那么短，每一秒钟都瞬息万变，令人不得不被吸引。

四五泳道明显自开始便处于领先位置，最先进的感应系统忠实地反映出每一个选手最终触壁的时间，再由大屏幕一一投射出来，直到换了三人，两队的成绩还是不分伯仲。直到最后一棒，竞争感陡然加剧——

胡璇"噌"的一下从座位上跳起来，双手拢在一起，紧紧地攥着，指尖由于过度用力都泛着白。

她看着邓北起跳、入水、破水而前，这样具有张力的姿势，似乎同时也划开了她的心。

跟他几乎同一时间跳入水中的许赫也拼尽全力，大屏幕上实时镜头中，两个人以一种不可思议的速度，迅速拉开了跟其余泳道的距离，折返，离最终的岸边越来越近……十米……五米……一米！

翻飞的浪花中，胡璇根本就看不清到底是谁先触壁，耳畔的欢呼声也不知道是给谁的，她茫然地向着会场的大屏幕方向看去，列在第一位的——

是邓北！

她蓦地就湿了眼眶。

邓北上了岸，摘下泳镜，没有看一眼自己的成绩，队友们跳着围过来的欢欣雀跃已经足以说明一切了。

他接过志愿者递过来的毛巾随意地擦了一下脸，遥遥地看了一眼上岸后便紧抿着嘴的许赫，抬步向着相反的方向走去。

黄觉的语气不自觉地渲染上兴奋："北哥，一会儿还有颁奖，你要去哪？"

"离开一会儿，马上回来。"

胡璇抽着鼻子，拎起包往外走。大多数人都是要留下来看稍后的颁奖仪式的，她站起来的身影显得十分醒目。胡璇又将帽子往下压了压，比赛期间，她可不想无意中被谁认出，来看男子游泳比赛什么的，想想还有点尴尬。

可是刚走到退场台阶的地方，旁边突然伸出来一只手，将她拉到了一边，一个瘦高的身影俯视着她。

邓北穿着一套运动服，头发上还滴着水珠，再加上单薄的运动服下微微隆起的肌肉，无一不在散发着独属于他的性感。

她还来不及慌张或者是害羞，男生劈头盖脸就是一句：

"你明天就比赛了，还过来干什么？"

语气有几分严肃。

胡璇有些惊讶："你怎么知道我是明天比赛？"

他似笑非笑，手抄着兜儿："跟你怎么知道今天有我的比赛是一样的……小姑娘，小心思谁都有。"

他话里的深意陡然令两人之间的气氛黏腻起来，胡璇感受到自己的脸正源源不断地散发着热意。

邓北低头看着她，漆黑的双眸忽然泛滥起一阵柔和的暖意。

"胡璇，你别走，一会儿颁奖之后，我有话跟你说。"

等胡璇反应过来的时候，自己已经乖乖地找了个观众席空座坐了下来，葱白的手指头无意识地搓在一起，之前看比赛的紧张感褪去，一种更为忐忑的紧张却又升了上来——她似乎，知道他想说什么。

还没等她剧烈的心跳频率平静下来，包里的手机响了，秦佑白清朗的声音传了出来。

"璇璇，你在哪儿？"

胡璇不自然地咳嗽了一声，一手半捂住话筒，避而不答，语气乖巧了几分："怎么了佑白哥？"

"我现在去接你，阿姨来了……随行的还有周教练。"

"好……"

她看了一眼已经准备站上领奖台的邓北和他的队友们，咬了咬唇，离开了。

热热闹闹的颁奖仪式过后，邓北脖子上挂着金牌，手捧鲜花走下领奖台，一个穿着西服的中年男人叫住了他。

"邓北。"

甚至不需要回头，邓北就能从记忆中严丝合缝地找出这个声音的主人。

"陈教练。"

他声音淡淡的，一如他看着那人的眼神，似乎只是在看一个，只是恰好知道姓氏的无关痛痒的陌生人。

可是蹦蹦跳跳飞奔上来给自己的队友庆祝的吉大利，此刻满脸都是掩饰不住的慌张。天寿了，怎么就在这儿碰上邓北高中时期的游泳教练了？

陈博涛，国家一级教练员，一手挖掘了邓北的游泳天赋，带着他从小练起，甚至高中时因为邓北上了一中便接受了一中游泳队的聘请。本应是亲密无间的师徒关系，却在邓北高三的那一年变了质。吉大利此时不知道该不该给几个一脸懵的队友们普及一下，当年拿下了邓北省队名额，让许赫顶上的那位教练，就是陈博涛。

邓北跟陈博涛打了个招呼便继续往前走，完全没有想要叙旧的意思。

陈博涛神色复杂："你的比赛我看了，你夺冠了……但我依然不后悔当初的决定。"

邓北撩起眼皮子看了一眼陈博涛，仅仅是出于礼貌性地，冲他略一俯首，便转身离开了。

忽然，一直跟在邓北身后的吉大利又颠颠地跑回去，叫住还没来得及退场的陈博涛："就算你后悔，如今也来不及了。顶天立地我北哥，他说他终有一日要站在最高的领奖台上，他就一定能实现梦想，他一定能！"

陈博涛一向是被人尊重的，哪里见过上来就怼他的晚辈？只是毕竟是见过风浪的教练了，他也没生气，只是仔仔细细地打量了一通吉大利，半晌喟叹出声。

"是你啊……你还在游泳？"

这句话没什么攻击性，可透露出来的言外之意令吉大利忍不住攥紧了手。见状，陈博涛叹了一口气。

"我没有别的意思，毕竟我当过你们的教练，我打从心里希望，你们这些孩子都能好好的，可是……有些事情不是努努力就能做到的。你——"

"大利，还不走？"

本应该已经离开的邓北不知什么时候又折返回来，带走了他的朋友。

一行人刚走到休息室，邓北心里惦记着还要去观众席上找胡璇，也没心思应对队友们的好奇心，拍拍衣服，转身就要离开。

吉大利连忙叫他："北哥你去哪儿，你……北哥！"

众人被吉大利的惊呼声吸引，目光所及处，邓北面色陡然难看起来，由于用力，捂在胸前的手更显得惨白了几分。

"北哥，你怎么了！"周围人纷纷围上来。

过了最初难忍的疼痛，邓北挥了挥手。

"岔气了，不要紧。"说着，邓北抬头环视了一圈，眼神的含义很明显，不希望再有人问下去。

骗鬼呢。

可是谁也不敢直接指出来。

于教练不在、白医生也不在，根本就没有人能压得住邓北，半大的小伙子们，只好看着他们的北哥一边挤着眉头，浑身低气压地离开了休息室……不过五分钟，更加阴沉地走了回来。

顶着众人探寻的目光，邓北翻出手机打了个电话，似是那边一直没有人接，没过一会儿，邓北低低地骂了一句，将手机往沙发上一甩，开始自闭。

至此，团体金牌带来的兴奋已经灰飞烟灭了，比起庆功宴，大家更想头也不回地离开。

与此同时，胡璇十分困扰地看了一眼手机，手机屏幕无论怎么按都是黑的，明晃晃地昭示着没电的事实。

"璇璇。"

对面一个人不轻不重地叫了一声她的名字。

胡璇赶紧放下手机，抬起头来："怎么了妈？"

她方才的走神儿令裴青不满地皱起眉头，刚要说什么，秦佑白立刻不动声色地打了圆场。

"刚才周教练见了璇璇赞不绝口，那架势，恐怕连比赛都不想看了，直接把璇璇拉回国家队去。"

秦佑白笑如春风，很好地安慰了裴青。

裴青看了一眼乖乖低头认错的胡璇，止不住地又说了两句："那是自然，要不是璇璇的脚伤，怎么可能拖到现在还进不了国家队？"

没有母亲会觉得自己的女儿不好。

　　裴青叹了口气，目光落在胡璇的脚腕上，隐隐地划过一丝心疼，可是这抹异样转瞬即逝。

　　"璇璇，明天的比赛，必须得金牌，知道了吗？"

　　胡璇点点头，没吭声。

　　如果说，游泳比赛称得上是"女粉"最多的竞技项目，那么艺术体操……就是"男粉""女粉"通吃的项目，毕竟漂亮的小姐姐跳着高难度的"舞蹈"，观赏性毋庸置疑。

　　下午才开始的比赛，胡璇早早地就换上了赛服，化好了妆，坐在休息室晃荡着双腿。

　　秦佑白亲自拿着单反，给她拍了几组照片，好发给秦氏集团的宣传部门宣传用。

　　"饿不饿，我去拿点点心给你？"

　　怕上场时候身体有异，从早上开始，胡璇不敢多吃饭，水也不敢多喝，此刻倒真是有些饿了。

　　"好，谢谢佑白哥。"

　　她的双眼闪着温润的光，白色的赛服穿在身上，再加上金光闪闪的妆容，令人忍不住想起圣洁、光辉一类的形容词，只差脑袋上一个光圈，她就可以被称作是天使的代名词了。

　　秦佑白答应了一声，仍是站在原地，深深地看了她几眼，才别过头离开了。

　　秦佑白走后，胡璇才微不可察地松了一口气，天真纯洁的笑容卸了下来。她看着秦佑白的背影，眼中的苦恼一闪而逝。

　　这时，放在一旁的手机响了起来，胡璇随手拿起，看清了屏幕上闪烁的名字后，又差点把手机扔了出去——

　　是邓北。

昨天游泳接力赛之后，明明答应了邓北要等他回来，可是却临时被秦佑白叫走。等她从见到周教练的紧张氛围中走出来想要掏出手机解释，手机又恰好没电关机了。再加上裴青一直拉着她叮嘱到晚上……这么一耽搁，就错过了解释的时机。

以至于现在看到邓北的来电，她有点心虚。

"喂……"

"出来吧，到西侧的检录口，我在那里等你。"

胡璇攥着手机"噌"地站起来，瞪大了眼睛。

虽然还没到中午，但已经有观众在陆续入场，邓北穿着一套黑色的运动服，低调地戴了一个鸭舌帽，单腿曲起，靠在围栏上摆弄着手机。或许是不经意，又或许是听出了她的脚步声，他忽然抬起头来。

在邓北的注视下，胡璇险些同手同脚。

他对面的女孩儿，精致的五官、蜂腰、长腿、她的一切身体条件都太优越了。这是一个其他同性看着她，甚至没办法生出一丝嫉妒心的女孩儿。理所当然的，她可以傲气一些，可是胡璇没有。

"你怎么来了？"她看起来甚至有几分慌张。

邓北压根儿就没有提起昨日她的不告而别，只是舌尖抵了抵后槽牙："你来看我夺冠，我为什么不能来给你加油？"

"那怎么一样。"胡璇极为顺嘴地接道："我看你比赛的当天我又没有比赛，还能好好休息。可是你来看我比赛，一会儿还要赶紧去参加1500决赛的检录。"

说完话，胡璇发现邓北非但没有反驳的意思，还好整以暇地抱肩看她。

"对我的比赛日程这么清楚……喜欢我啊？"

胡璇正想要说点什么扳回一城，她的肚子却突然响亮地叫了一声。

胡璇："……"

这就多少有点尴尬了。

邓北四下看了看："你等等，我马上回来。"说完，便大步流星地往外场奔去。

她本可以叫住他，告诉他秦佑白这时候应该已经拿了一些点心，她回休息室吃一点儿就可以，可是……

男生矫健的背影，让她心里像吃了一颗糖。

忽然她眼前一黑，有个穿着卫衣牛仔裤、戴着眼镜的陌生男人堵在了她面前，看上去三十来岁。

"胡璇？你是胡璇？！"

这是……遇到"粉丝"了？

她犹豫了一下，点了点头，那男人十分兴奋："天啊，我、我没想到我能这么近距离看到你，你所有的公开比赛我都看过！"

这位"粉丝"显然十分兴奋，喋喋不休。胡璇开始还能礼貌地听着，可是渐渐地，她就察觉出不对劲儿来。

"胡璇，我从五年前就喜欢你了！你站在赛场中央，那么夺目！那么耀眼！可是你不该穿着那样少，让所有人都能看见。胡璇，你别比赛了好不好？"

一边说着，他痴迷地冲着胡璇伸出手，胡璇赶紧一避，却被他拽住了头发，将头绳扯了下来。

长发似泼墨一般，那个男人看得痴了："我带你走，我养你！"说着，他又来拉胡璇。

阴冷的触感令胡璇忍不住有些惊慌，周围的观众不多，可不远处就有几家媒体正在三三两两地聚在一起，如果她被拍到……难免有什么难听的消息流传出来。

邓北拎着一袋零食回来。

他仅仅看了一眼，便再也抑制不住内心的怒火，骂了一句，一拳挥了过去。两个人顿时扭打在一起，奇怪的狂热"粉丝"自然不是邓北的对手，几下子就被打趴在地。

可是，这个"粉丝"带了刀。谁也没看清他从哪儿掏出来的，人还狼狈地趴在地上，手却挥舞着锋利的刀子，掠过邓北，径直朝着胡璇爬过来，眼底闪着病态的光。

"胡璇！你跟我走！我不想让别人看到你！"

他猛地挥刀，胡璇身后就是台阶，为了躲开利刃，她一脚落空，眼看就要滑下去——这一瞬间，她的心都沉了下去。这么高的台阶，摔下去，别说比赛了，她这么长时间忍受的痛苦的治疗都会白费工夫。

世界仿佛顷刻间静止。

她还站在原地，邓北喘着气，牢牢地抱住了她。

"你……"

胡璇一低头，就看到邓北的运动裤从膝盖的地方一直破损到脚踝，殷殷血迹不断流出。

邓北却全然不顾自己被划伤，放开了胡璇之后，冲过去拎起那人的衣领，满脸戾气，一拳一拳地打上那人的脸，到后来，那人只剩下倒地捂脸呻吟的分儿了。

胡璇死死地抱住他的腰，刚才还压抑的眼泪怎么也忍不住："别打了邓北，不行，你还要比赛！你赶紧找医生！"

胡璇撕心裂肺般的喊叫终于引起了别人的注意力。那个狂热"粉丝"被闻讯而来的安保人员带了出去，通知了警察前来处理。

临走时还帮忙通知了场馆内时刻准备的医生和胡璇的团队。

胡璇扶着邓北不肯撒手，眼眶通红，看着邓北有些瘆人的伤口，满脑子都是下午他的比赛该怎么进行。

自由泳1500米决赛，邓北的重中之重，意义重大。

邓北看着矮了自己一个头的女孩儿，扯了一下唇角："好了，事情解决了，你应该去准备比赛了。"

"邓北。"

她终于问出了那个已经萦绕在心头有一段时间的问话："你是不是喜欢我啊？"

她哽咽着问出这句话。

萦绕在眼眶周围的雾气因为邓北的陡然靠近而迅速聚拢，在她惊讶地眨了一下眼睛之后，泪珠一下子顺着脸颊流了下来，立刻被男生的手指擦掉，与此同时，一个轻柔的、克制的吻落在了眼泪滑过的唇角。

邓北熟练得仿佛已经在脑子里想过很多次这个场景。

他似乎是想说什么，偏巧秦佑白这时满脸焦急地赶到了，身后跟着抬着担架的医护人员。

两人周围的气氛陡然喧闹起来。

邓北只是抬起头，摸了摸她的脑袋，声音更轻了。

"别担心我，我没事了，一点儿皮外伤，打个防水绷带就好，你快去准备比赛吧。"

好说歹说，胡璇才被劝走。

看着女孩儿离开的背影，邓北望了望周围，在担架上坐了下来，似乎是在忍耐着什么，没过几秒钟，他一只手抬起来，捂住了心口。

他有事。不是皮外伤，而是清楚地知道，一会儿的1500米他可能完不成了。

看着众星拱月中心的女孩儿，他露出了苦笑。

今年的青运会爆出了很多热门冷门的大消息，在圈内收割了一批不小的讨论量。

说要念大学，从省体操队退下来的胡璇，哪怕没有跟随省队团体训练，依旧凭借傲人的天赋和努力，夺得了今年艺术体操个人全能的金牌。

滨江大学名不见经传的游泳队，碾压式地赢过了许赫所在的京都体大游泳专业的佼佼者们，爆冷夺冠。

紧接着。

在接力赛中表现亮眼的邓北，在他的自由泳1500米个人赛决赛中……退赛了，将个人赛的冠军，又还给了许赫。

"璇璇。"

"……"

"璇璇！"

"啊？"胡璇无意识地抬头，刘圆圆正摇晃着她的手臂。

"你有没有听我说话啊。"

胡璇有些抱歉地笑笑："你说什么了？"

"听说，游泳队吵起来了，也不知道为了什么，今年的成绩不算坏吧，毕竟团体金牌含金量很高的……不过邓北最后那波退赛也是很迷了，很多人都在说他不负责任、狂妄啊什么的，也不知道会不会对他之后的职业规划有影响。"

刘圆圆完全就是八卦，可没想到胡璇突然脸色难看地站起来，刘圆圆来不及唤住她，女孩儿已经像只受了惊的兔子一般逃走了。

旁边，陈词端着杯子的手停在半空中，若有所思。

游泳馆，没有。

图书馆，没有。

综合楼，没有。

食堂，没有。

终于，她在叶子落得只剩下光秃秃的枝干的一排梧桐树下，看到了他。

他穿着一件黑领毛衣，同色的背包斜斜地单背在左肩，低着头，走路的姿势有些随意。

胡璇惊慌失措的眼神慢慢镇定了下来，掩下心底的不安。似乎是那天他貌似淡定但在她看来极为落寞的背影在脑海中挥之不去，又或者随着每一天日升月落她想跟他说的话越来越多，突然有勇气充盈心中，一步一步向他走过去，极虔诚的。

"邓北。"

听到猫儿般轻的声音，他几疑自己听错，又走了两步才疑惑地抬头。

"胡璇？你怎么在这儿。"

"我找你……好久了。"

胡璇的语气有些酸涩，自从青运会回来后，已经快一个星期了，教练暂时给她放了假，她不必去体操室，自然也没有巧遇到他。再加上，她突然意识到两人之间的关系并没有亲密到可以满世界寻找他，因而忍不住忐忑不安。

"那怎么不给我打电话？有什么事吗？"

他没有问"你为什么找我"只是说"怎么不给我打电话？"

他打量着她，姿态有些随意，并没有觉得这段时间发生了什么大不了的事。胡璇张了好几次口，邓北也难得耐心地等着她理清情绪。

奇特的，两人相对沉默了片刻，胡璇终于低着头轻声道。

"对不起。"

对不起，如果不是我的原因，你不会受伤，不会不得已而退赛。

她清楚这场比赛会给邓北带来的成就，因此更为愧疚，愧疚到觉得自己拿了金牌，都是对他的一种讽刺。

邓北的视线扫到胡璇，顿了一下。

她的眼中有一种雾气迷蒙，却吸了吸鼻子强装淡定的可怜兮兮的傻样儿，似乎比他还要憋屈，憋屈得要命。

显然，小姑娘是在为他的退赛感到十分抱歉。

他意味不明地笑了一声，带着几分漫不经心地开口："是我自愿的。而且，你要是这么强行把罪名归咎在自己身上，往上数，还是我打了电话叫你出来的，那岂不是我自找的？"

"可是你的腿伤……"

邓北抬了抬手，示意她不要再说下去："我不是因为腿伤才退赛，你总不会以为，我一个大男人，连点皮肉之苦都受不了吧。"

胡璇怔怔地看着他。她其实心中也有揣测，那天休息室外，听到那位白医生的话，她就已经有了不妙的感觉，可是她不想去确认。

没有人比她更了解，一个运动员自身身体健康的缺陷，是多么致命，又是多么无奈。

仿佛一眼看穿胡璇的内心所想，本不欲多说的邓北突然叹了口气，伸手将她从迎风的地方拉到一旁，有墙壁和男生身体的遮挡，方才还觉得猛烈的风似乎小了不少。

"胡璇，你不必内疚，同时也不用替我担心。路是我自己选的，我不在乎最后终要归于平凡，但我想站到巅峰去看一看，我一直梦想的世界到底是什么样子，你明白吗？"

他的眼中仿佛有光。

她一句话都说不出来，眼眶酸涩，就只能连连点头。

邓北耐心地等待着她的情绪恢复正常。

"那……比赛之前你想跟我说什么？"

比赛之前想跟她说的话啊……那日她夺冠，在众人的簇拥下，如同一只轻盈的天鹅，应该与湖泊和城堡为伴。想要说什么？总之不该是他这个只攀到半山腰，前途未卜的人该说的话。

他看着她，垂在身侧的手指动了动，最终还是没有抬起来。

"没什么，我忘了。"

他走得毫不留恋，背影清瘦而又孤傲。

深秋最后一片枯叶终于被风吹落，风有几分冷冽的意味，寒冬已至。

9.你真有点拽

上半学期很快就要结束了，对于胡璇来说，这本来将是一个无比轻松愉悦的寒假。因为青运会赛场的夺冠，艺术体操体系内部那些对于胡璇退队的诸多揣测瞬间销声匿迹。而裴青也因为担心她脚腕的旧疾，暂缓了对她的一系列比赛安排。

毕竟连国家队的教练都对胡璇赞不绝口，她只需要维持现有的水平不要落后，进入国家队是板上钉钉的事。

可是随着期末逐科开考，假期临近，胡璇心里却开始空落落的。

尽管没人监督，她也是极其自律的艺体公主，在不拉扯脚腕的基础上，该有的基本练习她一点儿也没落下。

本身就是学霸的陈词不需要节约出学习时间，干脆就带着书本，陪她去体操室，一边看书一边等她。

休息的时候，隔壁的游泳池里传来了一声大叫。

胡璇低着头捶着小腿，耳朵却支了起来。

"游泳队的人精力真充沛……不过话说回来，社会团体打败专业学生拿下金牌，啧，邓北的实力跟他的腹肌一样秀。"

胡璇忍不住回想起在观众席上看到的邓北，黑色的泳裤、长腿、腹肌……

她想得出神，突然觉得鼻端一热。

陈词惊呼："璇璇，你流鼻血了。"

胡璇一摸鼻子，鲜红的血迹顺着她秀气的鼻子蜿蜒而下……

陈词也就是无意识地说了一句，哪能想到胡璇反应这么大："快去卫生间处理一下，我去给你找点纸巾。"

陈词说着自己都忍不住笑出声来。

胡璇欲哭无泪，想要辩解又无从开口，只好仰着脸往卫生间的方向走去。

本来方向感就不在线，脑垂体现在又不在正常水平线上，就这么一不留神的工夫，撞上了一堵人墙。

"你不穿衣服瞎晃悠什么。"

胡璇穿的是体操服，只是边缘都是肉色的，在昏暗的背景光下，就跟半裸没什么区别。

正是有段日子没见过面的邓北。她被迫仰着头，正好和他视线相交，他皱着眉头，一副看到了有伤风化景象的样子。

目光中，他的头发湿漉漉的，一条浴巾随意地披在肩上，水珠顺着发间没入他的胸膛，再往下，黑色的泳裤是她观赛时偷偷瞟了好多遍的那条。

男色惑人，她立刻就忘了邓北刚才对她"不穿衣服"的诽谤。

鼻子一热，胡璇连忙又扬了扬头。

"喷。"

一张巨型浴巾落在了她的肩膀上，遮盖了她大半个身子，捂着鼻子的手腕被一只大手抓住，扯开，浴巾的一角取而代之，头顶飘来一个略显冷漠的声音。

"捂着，跟我过来。"

胡璇一愣，一脸懵地睁大了眼睛。

邓北带她走到了一扇门前，甚至没有回身，一掌顶住她的额头阻止她前进，推开门向里望了望，又叫了两声，确保里面没人，这才收回手掌。

"四号柜是我的，里面有纸巾，还有我一件干净的T恤。"

"不用了吧……"

可是在邓北极度不耐烦的视线里，她还是像个小媳妇一样抱着他的浴巾乖乖地走了进去。

"我看着，你快点。"

邓北说完便痞痞地靠在门边，顺手掩上了门。

胡璇脸蛋儿通红但下手丝毫不慢，门一关上就以迅雷不及掩耳之势拉开了邓北的更衣柜。

他口中"干净的T恤"就静静地挂在那里，好像在等待着她的到来，胡璇深吸了几口气才将衣架缓缓取出，慢慢解开了自己胸前的扣子——

门外忽然起了喧哗声，隐隐有雄性的声音聚众传来。

"刚才差点没让教练一记寒冰诀溺毙在泳池里，青运会回来老于就像疯了似的。"

"赶紧换了衣服吃火锅去。"

"嘿北哥，你这是做看门犬呢。"

吉大利等人说笑着走过来，一眼就看见抱着手倚在更衣室门外的邓北，开玩笑般招呼了一句，就要绕过他进去。

邓北沉下脸，腿一横，径直拦在门前，在吉大利等人莫名的神色中，言简意赅道："你们不能进。"

吉大利"嘶"了一声，虎了吧唧地问道，"咋地，更衣室藏妹子了啊。"

邓北看着脑袋不灵光却意外撞破正确答案的吉大利，面色有一瞬间的扭曲。

还不待邓北回答，他又自言自语地接了一句："肯定是我想多了，就他那傲娇样儿还妹子……"

话音逐渐在邓北纹丝不动的冷脸下渐渐消声，吉大利摸了摸鼻子，躲进黄觉身后——知道你最近心情不好，谁敢招惹你啊。

众人看吉大利那怂样儿都忍不住纷纷围攻吐槽他。

谈话声在胡璇红着脸开门出来的一刹那间戛然而止。

周围一瞬间陷入死寂。

吉大利清清喉咙："我一定眼瞎了才看见我女神从里面走出来。"

楚流也沉默了一下："我也眼瞎了看见有妹子从邓北守着的门里出来。"

邓北："……"

胡璇："？"

片刻后，面对邓北毫不心虚的解释，众人都连连点头表示配合出演。

队友A某："应该的，一方有难八方支援。"

队友B某："我相信北哥绝对不是见色起意的人。"

吉大利："身为北哥多年的室友，我很负责地告诉大家，胡璇妹子身上穿的绝对不是北哥的衣服。"

邓北一副"懒得和你们这群智障解释"的神情。

感觉继续下去可能越描越黑，邓北皱了皱眉，目光一个一个看过去，一个个都消停了之后，才转向胡璇，薄唇轻启。

"天色不早了，我送你回去。"

被一群人虎视眈眈地盯着，哪怕在镁光灯下站惯了的胡璇也不敢和邓北成双成对离开，料想他要送自己回寝室应该是为了方便拿回自己的衣服，于是躲避着这些热情的视线有些羞涩地摇了摇头。

"不用了，陈词还在等我，我和她一起回去就可以了，今天谢谢你，衣服等我洗干净再还你。"

"……随你便。"

邓北周身低气压突然一瞬间低得爆表，脸色阴沉，留下三个字迈着大长腿就离开了。

"胡璇学妹毕竟是有颜有钱的艺体女神啊。"

"她拒绝了邓北，她拒绝了我们学校公认的男神。"

"她不用北哥送，她竟然不想趁机勾搭他，看来我之前觉得他俩有故事是假的。"

胡璇突然觉得自己的脑壳疼，恨不得刚才就跟着邓北离开了。

吉大利上前拍拍望着邓北背影显出几分沉默的胡璇，以为她是被邓北的冷气扫到了，于是安慰道："胡璇妹子别担心，你别看他最近阴阳怪气好像心情不怎么好的样子……"

胡璇转头，想知道他要说什么。

"其实他的心情真的不好，哈哈哈哈哈哈。""队霸"不在，吉大利笑得像个快乐的孩子。

胡璇："……"

"吉大利师兄，请你不要讲冷笑话。"

"讲真，因为青运会那事儿，你没看平时这帮不闹不训练的队员们都乖巧得令人流泪了嘛。"

青运会……一想到青运会，胡璇也没了伪装乖巧的性质，表情闷闷不乐的。

一直在旁边没说话的黄觉这才走上来，声音不大，语气却有一种安抚人心的力量。

"青运会没达到预期，没关系，还有冬积赛呢，北哥心里有数。"

一番话说出来，胡璇忍不住多看了黄觉一眼。平日里游泳队的光芒邓北一人便揽了九分，剩下的吉大利咋咋呼呼也是夺人眼球，楚流偶尔附和玩笑两句，倒是黄觉，一直沉稳细心，虽不出彩，却总是能在重要的时刻站出来善后，比如现在。

冬积赛。

这是游泳比赛体系里的一个赛事，胡璇不大了解，但并不影响她下定决心回去好好查一查冬积赛的冠军会得到什么优待。

她刚准备打招呼离开，忽然，吉大利瞥见了她手里的东西。

"你手上是北哥的浴巾吧，给我吧，我洗干净带回去。"

吉大利随口说道，伸手一拉。

没拉动。

"？"

吉大利满脸懵懂地回视，不信邪地又拽了一下，还是没拽动。

浴巾的另一端紧紧地攥在胡璇手里。

"我弄脏的，我洗干净就好了。"

还是温柔、善解人意的小仙女形象，只是那笑容落在吉大利眼中怎么看怎么假。幻觉，一定是幻觉。

晚上，女生13号楼501寝室里，一室和谐。

陈词悠哉地举着哑铃练她梦寐以求的肱二头肌，刘圆圆和肖妩在下铺看书，一边看，还一边交头接耳地讨论有可能会出现的考试题，只是三人的目光偶然瞟向洗手间，表情皆是微妙。

洗手间的门开了。

一只勤劳的小蜜蜂转了出来，哼着歌取走了自己枕头旁边染着红点点的白毛巾，哗啦啦水声响起。

陈词放下了哑铃。

过了一会儿，门又开了，小蜜蜂转出来带走了一件黑T恤，又从衣柜里翻出了一块崭新的香皂，哗啦啦水声伴着歌声继续。

刘圆圆和肖妩对视一眼，合上了书本。

晚上，女生13号楼501寝室里，一室肃杀。

二十分钟后，小蜜蜂终于端着洗好的衣服出来，仔仔细细地晾在了阳台，又伸手拽了拽褶皱，鼻尖靠近小心翼翼地嗅了嗅，满意地回来，这才发现寝室气氛不对。

胡璇一脸懵：咋啦？

回头瞅了一眼几乎被三人灼热视线洞穿的衣服，她试探着开口，"你们……要我帮忙洗衣服吗？"

刘圆圆板着圆脸："别装，那衣服谁的？"

陈词淡淡踮起脚飘过一句："邓北的……只不过，我也不知道为什么十分钟没见，胡璇就穿着邓北的衣服回来了。"

肖妩犹疑地伸出手指："所以，你们俩到底……"

完全没意识到是自己的态度太腻歪人了才引起室友们的暗自腹诽，胡璇还在假装正经："你们说什么呢，我跟邓北的关系正常的不能再正常了，都是运动员，互相帮助不是应该的吗？"

第二天考完一门专业课，胡璇怀抱着装着T恤和浴巾的手提袋朝游泳馆走去。来往的人很多，落在她身上的目光就更多了——本来一个学期下来，大家都已经习惯了学校里有个体育明星的存在，可是前段时间她在青运会夺冠的消息几乎刷屏，从让众人惊觉，哦，这还真是明星啊！

两个女生原本是从她旁边路过，看到胡璇，又相互攀扯着疾走到她面前，笑得亲亲热热。

"璇璇，你这是要去哪儿啊？"

璇璇？

胡璇多看了两人一眼，才反应过来，她们应该是她的同班同学。

但是除了室友，她其实很少跟同学有交集，她对这两个女同学唯一的印象，仿佛是刚开学的时候，两个人将搬书的事情丢她做，还以为她看不出来。

胡璇冲她们笑了一下，也没反驳，只是顺着说了一句："去体操室，有点事情。"

"哦哦，你要去训练呀，之后还有什么比赛啊？"

胡璇假装没听出这是一个疑问句："嗯，还有比赛。"

"那……到时候我们去给你加油。"

"好啊，谢谢。"

"那……你下一场比赛在哪里啊，到时候我们俩都去。"

"还没定下来呢。"

不亲近，却已经足够礼貌，看着胡璇脸上淡淡的表情，那两个姑娘再没有试图引话题，几人平静而又友好地互道了再见。

胡璇将手提袋往怀中拢了拢，头也不回地走进了游泳馆。

青运会后，游泳馆重新开放，现下没有课，来游泳的人三三两两，邓北没瞧见，倒是先瞧见了泳道一侧的吉大利。

他在泳道一头挂了个计时器，摆好了起跳的姿势，随着嗡一声，跃入了水中。

展臂、折返、触计时器。

似乎成绩不佳，他自己摇了摇头，又重新回到了起跳线……

胡璇放下了欲打招呼的手，静静地看了几分钟，没有去打扰他，悄悄地绕开了。一楼没有找到，她便上了二楼。

男更衣室的门虚掩着，胡璇走过去正想要敲，里面却传来了动静。

"于教练你要是没别的事，我就先走了。"

懒洋洋的，夹杂了点不耐烦，是邓北的声音。

胡璇站在门边大气都不敢喘一下，缓缓挪到了门边——这似曾相识的情景。

"你的态度能不能端正一点儿！青运会的事我就不说你什么了，冬季积分赛要开始了，你就这种状态？你还想不想进国家队了？"

与教练的气急败坏相比，邓北反而淡定得多。

"想啊。"

理所当然的语气，教练噎了一下，忍了忍，忍了又忍，终究还是没忍住白了他一眼。

"我完全没看出来你有想进国家队的表现。"

"哦。"

"……你知道国家队的周教练吧，托你的福，青运会之后打电话给我，问我你预赛的时候那股劲儿仿佛要抢占C位，结果决赛你竟然退赛是不是不想游了——我怎么能告诉他怎么回事？他还让我别把你教歪了——我有那能耐能教歪你？最后！他还让我转告你明年在国家队试训营等你，冬积赛还没开始，人家就敢这么说明显是想提前给你发试训通知，邓北，你可长点心吧——"

偷听到这儿，胡璇以为是邓北不好好训练，惹毛了于教练，可心底一直疑惑，不应该啊，邓北才不是训练偷懒的人。

于教练顿了一下，话音一转："哎，你可长点心吧，天天泡在游泳池里，你身体就能好？我说了一万遍了，你需要的不是过度的训练，是休息！休息你懂不懂，我一个教练都让我手底下的运动员休息了！你就不能听点话？"

胡璇：哦，打扰了。

室内短暂的沉默后，胡璇听见邓北轻飘飘地说："教练，您还是将心思放在吉大利身上一点儿吧，那小子青运会没参加上估计是气急眼了，昨天你罚他1000米自由泳，他足足游了3000米才像水鬼一样爬出来。"

这明显的甩锅，高智商的于教练自然看得出来。

"我跟你说这么多是让你告状来的吗？"

邓北："哦。"

那语气就像是在说：不是……又怎么样呢？

砰!

教练满脸怒容地摔门出来,一边下楼一边高喊着。

"吉大利你个小兔崽子搁哪呢,敢跟我耍心眼了你还翻了天了!我让你游1000米,你多游一米都不行!"

偷听中的胡璇:?

教练心窄体也胖,出来的时候眼睛又被怒气蒙蔽,胡璇急忙躲闪既怕被发现又生怕被呼成肉饼,脚下一个趔趄没站稳,左脚绊了右脚,一声细微的"嘎巴"声传来。

邓北悠悠地晃出来的时候,就看见胡璇虚弱地把着墙壁,一只脚抬着,眼眶红红可怜巴巴地看着他,犹如一只瘸腿兔子。

委屈而又乖顺,恨不得钻进人的心里挠一挠。

——天知道,胡璇仅仅是因为疼痛带来的生理反应,也是不懂邓北哪来的这么多内心戏。

他看了她片刻,发出一声悠长的、无奈的叹息。

"扶着我,我带你进去检查一下。"

他靠近她,一只手穿过她的手臂下,搭在她的腰间,她腰肢纤软,他手规矩得很,目不斜视地扶她进了更衣室。

二进男更衣室,胡璇坐得板板的,双手平放在膝盖上,眼睛略微低垂,乖乖地,就像等着老师发小红花的小学生。

"哎,你的脚腕太容易扭伤了,等等,我去给你拿药油。"

邓北简单地看了一下,确定骨头没伤着,不由松了一口气,走到角落一个台子里翻找。

胡璇犹有泪光的大眼睛跟着他转。

"你看什么?"邓北就像是脑袋后面长了眼睛,拿起一瓶药油看着标签一边问道。

"我都听到了，周教练就是国家游泳队的主教练周淼吧，他对你期望很高，你的教练也是，他们都希望你好。所以，我觉得他说得对，身体跟训练同样重要，不如……"

邓北停下了脚步，目光有什么飞速地闪过，等扭过头看她的时候，神态却轻佻起来。

"所以你就替我感动得哭了？外加奉献了这副残疾的蠢样子？"

不识好人心，胡璇没忍住冷哼了一声，气氛恍然间回归到了两人刚开始认识的时候。

邓北拿着药油蹲下来，轻轻地褪掉她的鞋袜，他高挑的身形一下子矮下来，药酒擦在扭伤的地方凉凉的，他的手掌覆在上面，带着热源，认真地轻轻揉捏。

她能看到他的头顶，头发看起来有点软，有种莫名温驯的意味，想必摸起来手感也很好。

他手中的小脚丫纤细莹白，在他手掌的衬托下更显得娇小，可能揉的时候受着疼了，偶尔还会轻轻地颤抖，明明多少应该有点旖旎的气氛，两人却冷静地仿佛啥也没发生。

最起码胡璇坚信邓北一定是冷静得不能再冷静了。

"你刚才想说不如休息一阵子？你以为游泳跟艺术体操一样？再说了，你脚腕旧伤未愈新伤又来的，你怎么不知道休息？"

"找上来之前不知道给我打一个电话么？万一这里全是换衣服的呢？"

"什么都不知道还瞎灌心灵鸡汤。"

"偷听别人讲话，还不以为耻反以为荣。"

"你能告诉我你在一块平地甚至不用走路的情况下是怎么完成左脚绊右脚这套高难度动作的吗？"

"啧啧，你不是艺术体操运动员吗？"

"你真是——"

邓北一边往她右脚腕搓着药油一边面无表情地吐槽，一抬头，就瞧见她睫毛上挂着的泪珠，泪珠硕大，要掉不掉，也亏得她睫毛浓密得像小扇子能盛得住，此刻忽闪忽闪的，他心中不由得涌起一阵异样的烦躁。

"我才说两句你就哭？"

胡璇吸了吸鼻子，带着泪翻了个白眼儿："不吹牛，你力气再大一点儿我能哭翻你的屋顶，然后让你的教练来听听你的精彩发言。"

邓北手下的动作肉眼可见的轻柔起来。

胡璇别开脸，他又脑补错了。她脚腕不疼，她确实是有点想哭，因为委屈。

她为什么觉得委屈？因为她不想看到邓北冷着脸跟她说话。

她为什么不想看到邓北冷着脸跟她说话？

因为——

"邓北，我发现，我其实有点喜欢你。"

胡璇是一个想做就要做的女孩儿。

之前在省队的时候，她看着像是队里最乖的，可实际上是教练最头疼的一号人物，就是因为她的执拗。她想到的动作，就要立刻修改；她想上的比赛，就立刻参加……她喜欢的男孩儿，也要立刻告白。

而且她知道，邓北也是喜——

"哦，我拒绝。"

男生漫不经心的话语透过凉薄的空气传到她耳朵里，胡璇周围的空气一下子凝固起来。

"你……"

"小孩子家家，不要乱开玩笑，我可不是你的那些倾慕者，你假装告个白，我就晕乎乎的什么都能接受。呵，我只会跟你说我很感谢你的喜欢，但是我不能接受。"

他的口吻比刚才吐槽她时更不屑一顾了，胡璇心里翻腾着酸水，却再没有勇气去解释刚才的话不是玩笑了。

她觉得，此刻他就像她想要吃进肚子里的一团糯米，角上还有一颗红彤彤的枣儿，柔软、甜蜜，但是她却忘了扒掉外面裹着的粽子叶，一不小心，锋利的边缘便会划伤她脆弱的小舌头。

"哦，我也就是说说。"

胡璇梗着脖子安慰自己，她是在赛场上飞舞的精灵，万千迷弟，怎么会将软弱的一面轻易示人。一定要坚强，"直男"才不配拥有爱情。

可是眼眶的红晕骗得了自己，骗不了面前的男生。邓北眉头一皱，蹲下身，伸出手想要抬起她的下巴。

"没完了是吧，你再装——"

啪——胡璇突然伸手打开了邓北的手，脸扭向一边。

"我忘了我还有事，衣服还你了，我走了。"

不愧是常年脚腕有伤的人，刚才那点扭伤胡璇似乎全然不放在心上，走得干脆利索，只剩下邓北还维持着蹲下的姿势，眉头紧皱得要命。

这时，脚步声纷乱地响起。

邓北："……"

胡璇回到寝室就蒙上了被子，刘圆圆和肖妩对视一眼，看着走进来的陈词。陈词耸了耸肩，然后就是一阵窸窸窣窣的细语。

"让她睡一会儿吧。"

"可是她还没吃晚饭呢。"

"我们先去吃，给她带回来。"

胡璇在被子里许久都没有出声，仿佛累极睡着了。

晚上，某男生寝室。

在某人已经连续十分钟的注视下，吉大利挺直的腰板后面冷汗直流，却也不敢挣脱缠绕他的目光回到自己安全的床上。

在邓北第六次欲言又止后，吉大利终于崩溃了。

"北哥我错了，你也知道，最近训练突然轻松了，我也是无聊，下午说你在更衣室蹲坑——"

邓北忽然面对他坐好："有个人。"

"北哥我给你洗袜子，我真的知道错……啥？你说啥？"

"有个人，我说的是有个人……"

巴拉巴拉巴拉巴拉。

十分钟后的吉大利有些懵，怀疑自己穿越到了童话世界，他小心翼翼地开口。

"所以北哥你的意思是，王子因为失去了王位因此拒绝了自己深爱的公主的求爱，但是他不知道这样做是不是正确的？"

邓北："嗯。"

"所以北哥你的意思是，我进更衣室之前，远远瞅着的那个一瘸一拐垂头丧气走出来的妹子真的是胡璇？"

邓北："……"

邓北："你去洗袜子。"

吉大利觉得自己好像在不经意之间知道了一个大秘密，以至于他现在晕头转向连邓北威胁的眼神都不怕了。

怪不得上次就看见胡璇穿着邓北的短袖，人家妹子又不是没有自己的衣服，怎么人就半路上被你拐着，进了你的更衣室用了你的浴巾穿了你的衣服呢？

这时，一直在上铺安静看着书的黄觉突然探头出来，状似无意地问道：

"对了邓北，这几天你问我借的饭钱，你准备什么时候还一下？"

邓北懒散地交叠双腿躺在床上："还不上了，到月底之前还有几天，谁准备负责一下勤勤恳恳的队长的伙食？"

吉大利蹲在邓北床前："对啊北哥，不是说钱都买衣服了吗？什么衣服这么贵啊，让你连饭都吃不起了？衣服呢？我们瞅瞅。"

邓北看了他一眼，眼睛又慢悠悠闭上，嘴角似乎弯了一下，懒懒地开口："衣服啊……自然是在它该在的人那里。"

"该在的人那里？等等，不会是……"

"唔。"

竖起耳朵满心期待绯闻八卦的吉大利一愣，这就完了？唔？唔？！欺负谁听不懂语气词呢！

邓北翻了个身："你再不老实睡觉以后别哭着求我大清早叫你起来跑步训练。"

面对"寝霸"赤裸裸的威胁，吉大利秒怂，一口气梗在胸口，却还是利落地爬上铺，倒在床上捂紧被子瑟瑟发抖暗暗骂了一句。

"见鬼！"

10. 她的绯闻

　　学校附近的一家咖啡店里，风铃摇曳着带出清脆的响声，穿着工作服的小哥哥磨着咖啡，周围一阵咖啡的清香。店里消费不贵，滨江大学的很多学生都是常客。也包括经常跟寝室友一起过来的胡璇。

　　但是不包括秦佑白。

　　胡璇喝了一口咖啡看向食指飞速敲击笔记本键盘的秦佑白，心底里不由发出喟叹。

　　啧，商业精英啊。

　　其实大四一开学，秦佑白就不怎么来学校了，滨江大学对于他来说，只能算是一个过渡。今年秦佑白已经正式入职秦氏集团，他身上的成熟气质也与日俱增。现在看来，穿着昂贵西装外套的秦佑白似乎更加跟小资主义的这里格格不入。

　　秦佑白发好了邮件，合上笔记本抬起头来，恰好看见胡璇未来得及收回的视线。眼神停滞了一瞬，才缓缓地笑了起来。

　　"璇璇在看什么？"

　　胡璇急忙摇头："没什么……佑白哥你要是忙，广告的事我们回头再说也行。"

　　胡璇是秦氏集团支持的运动员，秦氏多年来一直赞助她所有的比赛，相应的，聚拢了一定人气的胡璇也要帮秦氏旗下的一些运动品牌站台或拍摄广告。本应该是企宣部门与她交接工作，可是秦胡两家算是世交，关系一直很好，所以有关胡璇的事项一直都是由秦佑白亲手负责的。

"上午去公司开了个会，有点尾巴没处理好，现在已经忙完了。"

秦佑白端起咖啡喝了一口，又看向胡璇："广告的事先不急……今天找你出来，是想跟你商量一下，趁着寒假比较轻松，裴阿姨那边也空闲，我们不如一起去度个假？找个温暖的地方，也有助于你脚伤的恢复。"

"度假啊……"胡璇咬了咬唇角："还是不去了吧，我打算寒假一边复健一边练练基本功，还有，老实说我的技术没问题，但是体能有点差，遇上高强度的比赛日程很容易吃亏。所以我还想着报一个集训营之类的，集中提高一下体能。"

见她说得一本正经，显然已经打定了主意，秦佑白便不再勉强，从随身的文件夹里掏出一份企划书。

"这是这一次的广告拍摄预案，你简单看一看，不着急，要过了年才开始启动。"

胡璇已经有经验了，扫了几眼就看明白了："这次是多人广告啊。"

"对，但是除了你以外，其他邀请的运动员还没有定下来。"

其他的运动员……

她张了张嘴，刚想说什么，可是脸色却逐渐黯然下来。她端起杯子，掩饰住自己的表情。

秦佑白没发现她情绪上的异常，两个人聊了一会儿天，一看表，已经中午。

"走吧，请你出去吃点好吃的。"

秦佑白帮了她许多忙，胡璇刚要应下，说还是她来请，秦佑白的手机就响了。

看了一眼来电显示，秦佑白犹豫了一下才接了起来。听了一会儿，他将电话拿了下来，眉头不似原先那般舒展，却依旧温和。

"介意午饭多一个人吗？"

胡璇一愣，"不用，没关系啊，学长你有约就先去忙，我去食堂吃，正好刘圆圆和肖妠在寝室，我还能给她们把饭买回去。"

少女笑靥如花，丝毫没有将要被爽约的闷闷不乐。

秦佑白欲言又止，只是对电话那头说了一句："好吧，你不要过来了，我过去接你就好。"

"什么？对，是璇璇。"

"没关系，下次再请她吃饭好了。"

胡璇看着一句一句讲着电话的秦佑白，日光将他的侧脸打得更加柔和，他眼底的温柔与迁就被明亮的光源烘托了个十乘十。

手机撂下。

胡璇笑着说："是馨然姐吧。"

胡璇挺久没有听过她的消息了，还以为她回京都了，想不到为了陪男朋友，一直留在滨江……

他眼底有歉意："对，馨然说她胃病又犯了，我得接她去吃一点儿温的。"

"那学长你快去吧，替我问师姐好。"

胡璇大方地挥手送走了秦佑白，转身拿起手机询问寝室两人要吃什么。

不一会儿，微信就被轰炸了。

胡璇一一浏览着两人的需求，认命地改到校内超市。

青柠味的XX薯片。

草莓夹心饼干。

海鲜味道的桶装泡面。

XX牌的杧果干……

胡璇一排一排搜寻着货架，终于在最上一排看见了刘圆圆三条语音哭喊着要吃的杧果干。手伸直——杧果干拿……拿不到。

想她165的标准身高竟然够不到上排货架，绝对是货架的高度不合理。胡璇一边暗自腹诽，一边踮起脚，手指尖努力伸展。

还是够不到。

"啧。"一声轻嗤传来。

胡璇寻声望去。邓北靠在购物架上，穿着黑色的卫衣，八分牛仔裤，雪白的球鞋，双手抱胸，懒洋洋地看着她。

"够不到？"

明知故问。

胡璇忍不住撇嘴，想起前段时间男更衣室那场尴尬的见面，努力控制住自己不去看他，继续点起脚绷直了脚尖，认真地跳跃着，手指艰难地触碰到包装袋边缘，一点一点地向外抽那袋杧果干往外拖。

忽然，从胡璇身后伸出一双大手，轻而易举地将杧果干拿了下来。

"给你，还要什么，说吧。"

胡璇不由怔愣，扬起头就能看见他漆黑的眼眸，情绪不见底。她不着痕迹地退出了邓北半环着她的怀抱。

"不用了，都买好了，谢谢。"

女孩儿拎着零食篮子头也不回地走了，邓北盯着她后脑勺一晃一晃的马尾辫，有些心烦意乱。

"胡璇……胡璇？胡萝蓓！"

收银口，邓北喊着她的名字懒洋洋地走到她身边。

两个人都是校内有名的人物，周围的学生忍不住纷纷投来目光。大家面上都装得很随意，可是心底里怎么想的就不知道了。

胡璇咬着牙，暗暗伸手在邓北的手臂内侧狠狠掐了一下，小声愤愤地说。

"我说过，不要再叫我这个名字。"

女孩儿的力气不大，却有手指甲的加成，可邓北眉头都没皱一下，也学着她小声地在她耳旁说："谁让我叫你的名字你不理我？"

见胡璇冰着一张脸，邓北舌尖抵了抵下槽牙，还是没忍住心里的蠢蠢欲动，凑得更近："不是说喜欢我吗？怎么不理我？"

501寝室的门"砰"的一声开了，刘圆圆还没来得及对满载而归的室友报以深情的慰问，胡璇一扔袋子，头朝下，以一个快要闷死自己的姿势，将脸埋进被子里。

"璇璇，你干什么呢？"

胡璇蹬了蹬腿以示回应，看起来有点抓狂。

男生漫不经心的表情还浮现在眼前，"哦，我拒绝"这句话无论何时想起来都分外凉薄。

他说她小孩子家家不要乱开玩笑，那今天他刻意的暧昧语气是什么意思？

同一时间，邓北也回到了寝室。

他双眼无神地靠在床栏杆上，只不过平常冷漠惯了，同样的高冷面瘫脸，一时间也没有人发现他的不正常。

"大利啊……"

"什么事北哥？"

"假如，我是说假如……"

这个话题一起，吉大利就有一种不妙的预感，立刻双手抱胸："大哥，我，母胎单身。我求求你了，如果是情感问题别折磨我，我只是个宝宝。"

黄觉正好提着水壶进来，悠悠地说道。

"有些事如果没想清楚该怎么办，就保持关系，然后顺其自然，然后总会有个意外，能让你想清楚，你到底想要什么。"

"那……怎么做？"

"队霸"邓北第一次在室友面前乖顺起来，就连他额头上那根向来桀骜不驯的头发丝儿都透着呆萌。

黄觉放下水壶，老干部似的给自己的水杯里填满了热水："冬天来了，我们又要有体能训练了吧。往年只有游泳队，但是今年，也不知道其他的运动员会不会参加。"

什么其他的运动员，里外里就一个胡璇而已。

黄半仙啊这是，吉大利深深叹服。

谁也没发现，在不知不觉中，邓北爱慕胡璇这件事儿，在本人自以为掩饰得很好的情况下，已经被室友们按头承认了。

还有一周半的时间就要放寒假了，除了教历史的老教授还执着地给他们上着本学期的最后一堂课以外，所有的课程都已经结束，大半也出了成绩。

本就是一群二十来岁的半大孩子们，这时候大多坐不住凳子，窃窃私语着要怎么安放这大学生涯的第一个寒假，老教授也睁一只眼闭一只眼，自顾自讲着。

胡璇将自己裹成了一个球，缩在最里面的位置上，靠着一扇暖气，热乎乎地昏昏欲睡。

"璇璇。"刘圆圆突然靠近，用胳膊肘碰了碰胡璇。

胡璇迷茫地抬起头，说话还有浓重的鼻音："嗯？怎么了？"

"你教会了我，只有像你一样聪明伶俐可爱美丽的女孩子，才能收割男神。"

胡璇一脸蒙地眨了眨眼睛："圆圆，你说什么呢？"

刘圆圆"啧"了一声，露出一个浮夸的"吃醋了"的表情："站在教室门口那位啊，难道不是你的佑白哥？听说他已经回家继承家业不来学校了，今天是特意来找你的吧。"

胡璇闻言抬头望去，教室前门外，众人交头接耳，冲着她温和地笑着的，正是秦佑白。

秦佑白虽然低调，但仍抵不过早有眼尖的女孩子看到这位风云人物，交头接耳你碰我一下，我碰你一下地"哎呀哎呀"起来。

"这是国商的秦学长啊，他今年毕业了吧。"

"是啊，我们学校男生的颜值这一次只能靠游泳队撑着了，也不知道秦学长毕业了会去哪。"

"当然是回家继承家业了，你没听说过秦氏集团吗？秦佑白可是标准的富二代！"

或许是意识到教室里大半的人都在议论他，秦佑白微微蹙了眉，抬头往胡璇的座位看了一眼，比了个"我在旁边等你"的手势，消失在众人的视线范围内。不一会儿，八卦还没落幕，下课铃就响了起来，老教授前脚走出教室，胡璇跟室友们飞快地道了别就拎着包先走一步了。

教室门口，秦佑白见她出来，脸上终于扬起了一抹笑意。

"佑白哥，你怎么来学校了？"

"阿姨说打你手机打不通，有点担心，所以让我来看看。"

秦佑白的音量挺正常的，却挡不住他音质清越，刚好被三三两两下课出来的学生听了个正着。

那几个人的眼中闪过撞破了惊天大秘密般的兴奋目光——

惊爆！艺体女神名花有主，获财团公子父母肯定！

胡璇没注意到那几道神色迥异的目光，兀自咬了咬下唇："是我刻意没有接……"

裴青一直在催她回家，胡璇动动头发丝儿都能想到裴青的意思。往年她在省队，都是配合省队的训练，可是今年她寒假暂时还没有计划，裴青就想带着她去国外休养。说是休养，想也知道，裴青肯定会带她天天往返于各个医院和康复机构之间，寻求一个彻底治愈她脚伤的方法。

可是胡璇清醒地知道，这个方法，是不存在的。

她的脚伤最多再撑个几年，就必须告别赛场了，而她想做的，就是在仅有的这几年的时间里，真真正正地，站上那个最高的领奖台。为了这个目标，她已经日夜不停歇地努力了十几年，她不想输，也不能输……只是，面对这种如影随形的压力，她有时候真的想喘息片刻。

胡璇不由得摇摇脑袋，将脑袋里这种不该有的念头都晃干净。

忽然，一只手按住了胡璇的头顶，秦佑白了然地看着她。他的掌心干燥而温暖，轻轻在她头顶揉了揉。

"我跟阿姨解释过了，你最近期末考试很忙，阿姨会理解的。"

胡璇微微点头，脸上带出几分感激之色："谢谢佑白哥。"

她笑眼弯弯，他微微闪了一下神："走吧，请你吃饭。"

"不用了吧……我——"

"顺便商量一下，怎么圆谎。"

好吧。

想起裴青严厉的眼神，胡璇没出息地一缩脖，点头同意了。

两人刚走到校门处，就看见迎面皱着眉头快步走来的邓北。他面色阴沉，不知道遇见了什么，胡璇想要打招呼，但又觉得太刻意，步子拖拖沓沓地慢了下来。

这段时间已经够她慢慢反应过来，两个人之间到底发生了什么。

她好像跟他告白了，认真的。

他好像拒绝她了，认真的，但又给她留了几分颜面，所以故意误会她在玩笑。

直到两人错开身，胡璇也没有勇气主动叫她，一是因为矜持，二是……万一，他是真的不喜欢她，然后厌烦着她的出现，她主动打招呼只会更败好感度吧。

胡璇别过头，吸吸鼻子，垂下的手不由自主地攥紧，继续目不斜视地往前走，心底不停地给自己打气。

胡璇你可以的，不就是个男生嘛，你未来还会有一片鱼塘……

——直到身后突然传来喊声。

"胡璇！"

"什么事？"

她反射性站住回头。

两人之间隔着十多米的距离遥遥相望，气氛有些古怪，旁边的秦佑白欲言又止，最终站在原地，低下头当做什么也没看见。

邓北转身走回来，在胡璇面前站定，微微垂下的嘴角有一种俯视众生的刻薄。

他就像看着一道千古谜题一样盯着她，他的目光炙热似火，也锋利如刀，令见过大风大浪的胡璇也不由得紧张得直绞手。

"你……有什么事？"

邓北看了一眼秦佑白，眉头一皱，不由分说地抓着她肩膀的大衣，就把人往旁边拎了几步。看着自己的影子笼罩在身前的女孩儿身上，表情这才缓和了一些，悠悠开口："我们下周要去冬训。"

"……哦。"我又不是你什么人，跟我说这个做什么。

"你要不要和我一起去？"

胡璇："？"她没有听错吧……

邓北离开之后，有那么十几秒钟，胡璇的脑袋还是不转的，邓北他，到底什么意思？

"璇璇，走了。"

最后还是秦佑白看她一直愣着，只好走过来提醒她。

两个人沉默地到了吃饭的地方，面对一桌美食，胡璇却有些神思不属，筷子在牙齿之间磨了磨，她轻咳一声。

"佑白哥，正好我妈妈一直在联系你，你能不能替我转告她，我假期有一个冬训的计划……真的不能跟她出国去了。"

"为什么？"秦佑白微微垂着头仿佛不经意地询问。

胡璇看不清他的表情，又咳嗽了两声，借此想好话术。

"因为……运动员不能放弃训练嘛，正好我这段时间没有比赛，我就想——"

"璇璇。"秦佑白抬起头，叹了口气。"我离你们只有两步远，不是二十米远。该听到的，我一个字都没有落下。"

胡璇脸一红："不是不是，我……正好也有想参加冬训的计划。"

见秦佑白沉默不语，胡璇又欲盖弥彰地说："而且，大家都是一个学校的，冬训的时候也省了不少麻烦……"她的声音心虚似的越来越低，最终微不可闻。

不能再明显了。

秦佑白的大脑有一瞬间的放空，但是自小以来优秀的自制力令他片刻又恢复了正常。他挂上一如往日的淡笑，仿佛秋日最舒爽的晴空。

"璇璇，其实不管你想做什么，只要你说出来，我都会支持你。"

秦佑白的眼神温和，终是隐藏着一丝女孩儿看不出来的怅然。

黄昏的游泳馆里，这一日最后的光线透过天窗照在于教练脸上，暖黄色的光源给脸色常年刻薄的于教练套上了一层"攻击力减弱BUFF（魔法）"，众人都神情轻松地听着于教练总结今日训练成果，直到邓北晃晃悠悠地走进来，打破了这次安详又美好的师徒之间的对话。

于教练眼眉倒竖："你不是请假了吗？今天还来干什么？"

"我……"

他一开口，于教练就发出一声冷哼："让你休息去你不休息，这时候又晃晃悠悠过来……归队吧。"

"哦。"

邓北耸耸肩，晃荡到队尾，两腿跨立双手背后，标准的站姿，流露出一副洗耳恭听的样子。

于教练看他那副油盐不进的样子顿时气不打一处来，干脆将炮火对准了他。

"你那是什么表情？我说你还说错了？让你休息你以为我在害你是不是？你是不是不记得青运会你的1500米金牌是怎么丢的了？"

"于教练，金牌没拿就是没拿，你说这话怎么好像是在吹捧我呢。"

"你闭嘴！"

"哦。"

游泳队一众当场围观了游泳复读机的威力，于教练喷完之后发现面前的男生一句话都没说，又不满意了："……你怎么不说话？"

邓北指了指自己的嘴，用迫于淫威但我自昂然的微妙表情静悄悄地瞅了一眼教练，险些让教练以为自己是一个智障。

眼看教练白眼都要翻上去了，邓北忍不住叹了一口气，状似悔过。

"我一定好好休息，好好训练，不过集训的事不能落下啊。"

于教练冷笑一声："你什么意思？"

"不是要进行体能集训么？往年都只有游泳队的十来个人，太单调了吧。"

"然后呢？"

"然后……为了表示我的歉意，我联系了我们学校其他的专业运动员，邀请他们一起参加我们的冬训。运动员之间相互切磋也可以互相促进，我们争取在冬季积分赛上取得骄人成绩。"

邓北板着"禁欲系"的脸毫不违和地滔滔不绝，队友们听得一愣一愣的——等一下，我们学校专业的运动员？除了游泳队的，不就是一个艺术体操的胡璇吗？再等一下，"他们"？"互相切磋"？这种程度的谎话，于教练就算是个憨憨他也不会相信的！

教练摸了摸心脏，表情严肃。

众人都竖起了耳朵。

"即使有想上进的心，训练和休息也要互相协调好，这件事你做得很好，就这么定了。好了，大家散了吧。"

于教练走得潇洒——到底是老于太憨了，还是北哥拍马屁的功夫太深了？

在秦佑白的周旋下，裴青终于松了口，允许胡璇参加学校组织的冬训。

但是这短短的"松口"两个字，背后却是无数人的努力……

比如，于教练这个五大三粗的汉子，自从被邓北说服吸纳了一个娇娇弱弱的小姑娘之后，当真勤勤恳恳地制订了一份训练计划。比如，对于胡璇来说，每天多大的运动量比较合适，在一堆大小伙子里，一个小姑娘的个人空间要怎么保证，这都是于教练认认真真考虑的问题，不过这个问题随着学校新闻社给他们派了一个校园记者而迎刃而解。刘圆圆身为这个跟团小记者，又是胡璇的室友，两个姑娘凑在一起，事情就方便多了。

再者是秦佑白。他以秦氏集团的名义赞助了滨江大学游泳队这一次冬训活动，直接将队员们的训练场地、住宿条件等提高了几个档次，而且向裴青保证，会随队照顾胡璇。

冬训的时间就定在寒假正式开始的一个星期后，持续半个月。

本以为那之前能闲下来两天，可是没想到临放假前，还是出了点意外。

起因是秦佑白再次来学校找到了胡璇，表情多了一丝无奈。

"璇璇，你怎么又不接阿姨的电话。"

"佑白哥，你怎么又来了，不是……我妈妈哪怕联系不到我，总给你打电话干什么啊？"

她期期艾艾的模样落在秦佑白眼中带着点愤慨，对围观群众燃着熊熊八卦之神的眼神视而不见，秦佑白温和地笑笑，站得离她很近。

"你手机又打不通，阿姨有点担心，让我过来看看你。这些都是小事，只要你没事就好。"

"什么小事啊，本来就跟你无关的事情，真搞不懂我妈妈为什么要一直麻烦你，最近更是，有点风吹草动不联系我反而联系你，我都快要搞不明白到底谁是她的小孩了。"

"好了，先给阿姨回过去吧。"

胡璇掏出手机一看，黑漆漆的屏幕倒映着她萎靡不振的脸。

"没电了，忘记充了。"

"那用我的回过去吧。"秦佑白将自己的手机递过去。

"嗯……"

两个人自然又亲密的相处模式落入了一个"吃瓜群众"的眼中，十分钟后，吉大利顶着一张愁苦的脸回到寝室，在邓北的床前晃荡来晃荡去，几番欲言又止，那模样看起来就像是一个受气的小媳妇似的。

邓北正无所事事地玩着手机游戏，眼角余光实在是忍受不了那深情凝视的目光，鼻子里恩准般的"嗯"了一声，意思就是你有话快说。

吉大利于是停在了他面前："北哥，有一件事我不知当讲不当讲。"

邓北把视线从手机上拉起来，用面瘫的表情睨了一眼吉大利又低下头，手指飞快地操纵着游戏人物："别说了，不想听。"

吉大利："是关于胡璇妹子的事情。"

邓北停下了手部动作，不顾屏幕那边的队友们拼命刷着问好，放下了手机。

"什么事？"

　　吉大利一副小人得志的样子："那既然你要听我就告诉你……刚才我路过女生寝室楼下，看见胡璇妹子跟国商那个秦佑白正在讲话，看起来熟得不得了的样子。你知道吗，前两天还有人看见秦佑白……"

　　吉大利的语气"浪"得飞起。

　　邓北顿了一下，低下头，神色木讷不知道在想什么。

　　没眼色的室友又补充道："其实外头的谣言早就传得飞起了，说是胡璇已经得到了秦氏集团的认可，是财阀的准儿媳呢。不过他们两个确实般配啊，你还记不记得青运会的时候，就是这个秦佑白跟着胡璇忙前忙后，帮她打理比赛的一切事宜。啧啧，金童玉女，莫过如此。"

　　末了，吉大利还十分有文采地感慨了两句。

　　"哎？北哥，你要干吗？"

　　吉大利一抬眼就看见邓北扔下手机，三两下脱了上衣，露出令人垂涎欲滴的紧实的腹肌。他连忙伸手捂住眼睛，又张开手指，从指缝间嫉妒地看向邓北。

　　邓北利落地换了一套衣服，站在镜子前左右扭头，抓了抓头发，一套动作一气呵成，临出门前，他才沉声说："出去吃饭。"

　　"啊？"

　　吉大利一脸蒙地看向墙上显示着"13:00"的电子钟，想到一个小时之前才吃过的中午饭，忍不住打了一个有味道的嗝儿。

　　吉大利口中的谣言远比他说的那样，影响范围还要广。邓北一路向女生寝室走过去，沿途至少听见五六个人在议论刚才看到的场景。胡璇跟秦佑白都算得上是滨江大学的风云人物，原本就令人瞩目，这两个人站在一起，更像是一个巨大的光源，叫人忍不住一看再看。

　　邓北借由大长腿的优势，两分钟就走到了女寝楼下，看着相隔不到十米的女孩儿，他才放缓了步子，做出一副漫不经心的样子……路过。

秦佑白和胡璇正在讨论着裴青最近的这点反常，冷不防听见身后一个冷漠的声音越来越近。

"秦佑白？好巧？"

"邓北，你怎么在这里啊。"

邓北双手插着兜，仿佛没看见满脸愁容的小姑娘，而是直愣愣地看向秦佑白："哦，我路过。"

秦佑白看着相反方向的男生寝室，一时间无语。

如果仅仅是路过打个招呼，现在邓北已经可以走了。可是偏偏，邓北就没有这个自觉，他站在离着两人一步远的地方，优秀的脸蛋儿仿佛在望风景般侧着，没再开口，却也完全没有离开的意思。

秦佑白心下琢磨出门道来。

他暗暗叹了口气，看向表情依旧迷惘的女孩儿："好了，事情已经解决了，那我就先走了，有什么事再给我打电话。"

"嗯，那……佑白哥再见。"

一边说，胡璇一边悄悄瞥了一眼邓北。

他来干什么？他怎么还不走？他是在等秦佑白？可是秦佑白都已经走了他怎么还不走？

半分钟后，两个人相顾无言。

"那个……"

"我饿了。"

相比较胡璇就很干的语气，邓北则淡定了许多，他的表情甚至比刚才面对秦佑白时还要柔和明朗了一些。像是之前所有的隔阂和冲突都不存在一般，他吸了口气。

"你要是也没吃饭，就，一起？"

"……好啊。"

胡璇偷偷摸了摸鼓鼓的肚子，咬着牙答应下来，一点儿也不勉强呢。

胡璇跟在邓北的身后，两人一路出了校门。学校附近就有一条商业街，里面各式餐馆一家挨着一家。不知道是不是巧合，邓北最后选了一家正是胡璇平日里喜欢吃的。精致的糕点和甜腻的饮品端上桌。

问这里的服务生借了手机充电器，胡璇一边插上等待开机，一边默默地往嘴里塞着食物，脑袋里天马行空，想不明白邓北今天的主动邀约是为了什么。

"胡璇，我有事情想问你。"邓北骤然严肃的神情把胡璇吓了一大跳，她反射性地放下杯子。

"嗯？什么事？"

"我记得，我曾经在什么地方听说过，秦佑白好像是有女朋友的？"他一边晃悠着食指一边漫不经心地说。

怎么又扯到秦佑白身上去了？胡璇一愣，还是讷讷地点头，接着又补充道：

"佑白哥有女朋友的，他的女朋友还是我之前在省队的师姐，叫孟馨然，他们感情一直很好的。"

邓北神色稍怆，身子坐得直了些，刚要开口问什么，这边胡璇的手机刚一开机，正好有电话打了进来。

胡璇低头一看，显然有些惊讶，"咦"了一声，一边接起来一边把手指放在嘴上摆了噤声的姿势，目光无意识地冲着邓北，乖乖巧巧地喊了一声："爸爸。"

邓北：……

邓北脑袋蒙了一秒——直到电话里隐隐传出一个中年男人的声音，他才一口气没喘上来憋了回去，掩饰性地咳嗽了一声。

他是绝对不会承认自己刚才的脑袋里是什么糟糕的思想的。

胡父的耳朵灵敏得很，邓北那一声短暂的咳嗽被听了个正着，电话里的声音立刻警觉了几分。

"谁啊璇璇？怎么有个男生在你旁边？"

"没有没有。"

不知道出于什么心思，胡璇矢口否认，尽管知道胡父看不到，但还是傻傻地连连摆手。

"是不是秦家那小子？"

"哎？跟佑白哥有什么关系？"

听到女孩儿口中的名字，邓北扬了扬眉。

半空中的手突然被握住，吓得胡璇差点跳起来。原本坐在对面的邓北突然坐到她旁边，紧接着，邓北不知道从哪儿掏出来一个耳机，男生修长的手指顺畅地将耳机插进了手机里，有麦克风的那边递给了胡璇，另一边则塞进自己的耳朵里。

胡璇："？"

他们的关系什么时候亲密到了可以共享一个耳机了？虽然她也很想到达这种关系，可是不是这么达到这种关系……

胡璇脑袋里一片混乱，在邓北的眼神示意下干脆暂时忽略了这个问题。

"爸爸，佑白哥真的不在这里，你到底有什么事你快说吧。"

"他妈妈去滨江了。"

"什么？谁妈妈？佑白哥的妈妈？阿姨来滨江做什么？"

胡父兀自滔滔不绝。

"其实佑白是个好孩子，咱们两家向来关系又好，按理说你们俩之间的事爸爸不应该插手，可是后来佑白这孩子也处了朋友，佑白和她女朋友的事儿……他的父母都不同意，这其中的故事呢有点复杂你不用知道，你只需要知道不要掺和进去了就行了。"

佑白哥和馨然姐都是她的朋友，这其中的故事她怎么会不知道？再说了，她本来也没掺和进去啊……

那边又细细地嘱咐了些别的，无非都是什么"你还小咱们不急着谈恋爱""虽然爸爸很喜欢佑白但是人家名草有主你们真的不合适"之类的话。

眼见胡父说话越来越不靠谱，加之身侧那道意味不明的目光随着胡父的话在她身上扫来扫去，胡璇急忙叫停。

"打住打住，爸，你都从哪儿听来的风言风语啊。"

胡父叹了口气。

"是你秦阿姨，前两天路过京都想着去看佑白，结果在佑白租的房子那里见到了孟馨然，你秦阿姨什么脾气你也知道，当场就炸了，两个人吵来吵去，孟馨然就把你和秦家那小子在学校里的那点风言风语捅出来了。"

"……"胡璇觉得自己被误伤了。

"你秦阿姨……哎，我都不知道怎么说了。她一直喜欢你，听了这件事不但不生气，反而还动了撮合你们的心思。打电话跟你妈一说……你也知道，你妈向来也喜欢秦家那小子。两个女人聚在一起……"

胡父羞于启齿，话说得不明不白，但是胡璇已经听明白了。秦阿姨和裴青竟然想撮合自己和秦佑白？

好不容易把电话撂下，胡璇一扭头就看见邓北漆黑的眼睛盯着她看。

胡璇喉咙一紧，一种淡淡的窘迫感翻涌上来，毕竟身为这起被胡乱牵红线事件的女主角，她还是有点莫名心虚的。

"你……你看我干什么啊。"

邓北撇撇嘴，有些遗憾地直起身子，继而挑了挑眉："说说吧，你爸爸的误解肯定不是空穴来风，依我看，那个秦佑白的确对你太过上心了，完全不像是一个有家室的人应该有的表现，所以你们三个从前，有故事？"

胡璇犹豫了一下，不知道该不该跟邓北实话实说。

——如果一天前，有人告诉胡璇，她会跟邓北面对面坐着，解释自己的绯闻，那胡璇一定会忍不住一巴掌糊到那个人的脸上，告诉她：醒醒，别做梦了。

可是现在，活在梦里的人变成了她。

虽然尴尬……但仔细想想又有点小刺激呢。

要说秦佑白和孟馨然之间的故事，胡璇总觉得明白又不明白。因为在这个故事里，她就完完全全旁观了整个故事线的发展，但是这个故事中偶尔有一些隐藏剧情是她没有接触到的，她也只能凭借自己的印象，还原出来。

这事说来话长。

秦家夫妇跟胡璇的父母年轻的时候就认识，他们四个是大学同学，一直交往甚密。直到后来秦父发迹也没有因为金钱问题就淡了关系。后来，两家的小孩相继出生，父母一辈的交情自然就延续到了孩子们的身上。小时候就因为裴青女士的一句："璇璇，佑白是哥哥，妈妈爸爸不在家的时候，他会照顾你的。"

自此，胡璇就变成了跟在秦佑白身后转悠的小妹妹，秦佑白也没有辜负大人的期望，将胡璇照料得无微不至，比小公主还像个小公主。

那个时候，秦佑白对于小小的胡璇来说，俨然是一个亲哥哥一样的存在。直到秦佑白长成了一个半大的少年，很早地开始接触秦氏内部的一些事情，因着两个人之间天然亲近的关系，他理所当然地先接收了秦氏集团体育这一块的业务，并且主导了对胡璇在艺术体操方面的全方位赞助。

秦佑白大她三岁，胡璇上初二的时候，秦佑白已经念了高中，孟馨然就是那个时候出现在他们的生活中的。

初二，胡璇加入了省体操队，认识了同样大她三岁的师姐孟馨然。孟馨然是从水乡古镇走出来的女孩子，说起话来温温柔柔，举止已经见了婉约姿态，更是省体操队当时风头无两的王牌选手。胡璇小时候内向，没什么朋友，孟馨然的出现弥补了秦佑白无法兼顾的一面。

胡璇喜欢她、崇拜她，以超越她为目标。两个人走得渐渐近了，孟馨然也就不可避免地介入到了胡璇和秦佑白之间。胡璇不在意两人行变成三人行，她很喜欢三个人一起玩的日子，也经常会邀请孟馨然来她家做客，有时候也会遇到秦母，彼此笑着打个招呼。

可是好景不长，孟馨然在一次意外中受伤，踝骨断裂。医生说，哪怕病情恢复，也只能是应付平日生活，至于继续从事像艺术体操这种高难度、高强度的体育运动，是不可能的了。

孟馨然努力了十几年才从一群同样努力拼搏的花季少女中脱颖而出；可是从天之骄女到泯然众人，只用了短短两个月。那段时间，胡璇经常陪着她，小心翼翼地不敢触碰到她脆弱的神经。

直到胡璇高一那年的圣诞节。那天天空应景地飘着洁白柔软的雪花。秦佑白约她在她最喜欢的那家甜品店见面，电话里，他的语气郑重，有着更甚往日的柔和。胡璇懵懵懂懂地前去赴约，却又撞见了孟馨然——哭着的孟馨然。她站在大街上，一处昏黄的灯影下，在那个身材修长的少年面前，歇斯底里地流泪。

之后的一段日子胡璇已经记不清了，只记得孟馨然在某一天办理了退队手续后突然消失，任凭胡璇找遍了熟悉的地方也找不到人影。而秦佑白看着她的目光第一次没有了光亮。秦佑白把她叫出来，似乎想说些什么，可是终究只是对着她沉默了一下后，也消失不见。

直到胡璇高三，消失了两个月的秦佑白和孟馨然重新出现在了秦家父母的面前。孟馨然面色苍白，脚伤初愈，站着的姿势有些颤颤巍巍，显得身体越发的孱弱。而秦佑白牵着孟馨然的手,低着头面对父母的暴怒,温和却执拗。

胡璇那天被裴青叫走了,不允许她在一旁,因此也不知道他们那天说了什么。只是从那天之后,佑白哥依旧是她的佑白哥,馨然姐也依旧是她的馨然姐,只是,孟馨然再也没有出现在秦佑白或者是胡璇的家里。

大人们对孟馨然的不欢迎表现得那样坚决,以至于胡璇曾经一度怀疑,这里面还藏了什么她不知道的秘密。

故事的最后,秦佑白回到了原本的生活轨迹,孟馨然也在休学后去了国外学习。胡璇不知道这一年她经历了什么,自从孟馨然因脚伤不得不退出艺术体操的舞台,哪怕她再努力,两人之间的关系还是日渐生疏。孟馨然的生命中,似乎只剩下了秦佑白。

可是在胡璇看来,两人的感情从来没有被距离和时间打败。秦佑白那样优秀的人,无论是冲着他的自身条件还是冲着秦氏集团,身边的追求者都前仆后继,女朋友却只有孟馨然一个。

这在胡璇的心中,就是童话一样的爱情故事。

再次回忆起这些往事,胡璇说得磕磕绊绊,可是不影响邓北的理解。邓北听完了之后,嗤了一声,意味深长地说了一句:"幸好你傻。"

莫名其妙被嘲讽了一波的胡璇一脸懵:听故事就听故事,做什么人身攻击?

邓北越来越近,两个人隐隐约约地挨着,气氛莫名亲密。胡璇用葱白的手指怼住邓北的胸膛,把他推得远了一些。

"这是你说要听的,听完之后又说我傻,邓北,你是不是想找碴?"

——看起来软糯好欺,实则切开黑,可是在某一方面又惊人的蠢……蠢得可爱。

邓北并没有好心地安抚她或者给她解释，而是又转移了话题：

"照你这么说，秦佑白的爸爸妈妈从你小时候就非常喜欢你，现在好不容易听到了一点儿风声，他妈妈更是迫不及待来滨江亲眼确认你和她儿子的关系。跟偶像剧似的，借由漂亮的白富美的手将不合自己心意的儿媳妇从高富帅儿子身边抢回来——"

胡璇抓住了一个特殊的点："咦？你竟然还看偶像剧？"

"怎么，只有你们女孩子能看偶像剧？"邓北嗤笑一声，戳了戳她的脑袋，"不过，看你的条件，你确实有这个资本扮演那些横刀夺爱的女二号……就是迟钝了点。"

明明听起来并不是什么好话，可是奇异的，胡璇的毛一下子就被捋顺了。

她低下头，不轻不重地嘀咕了一句："我一点儿也不迟钝……"

她本来就不傻，只是，有些事她心里知道，可是不能说出来。说出来，便不能挽回了。

一场莫名其妙、突如其来的"双人约会"之后，邓北发扬绅士风度，将人送到了寝室楼下，看着鼻尖冻得通红、双眼却依旧水润的小姑娘，邓北皱皱眉："马上就去冬训了，这几天你还是乖乖待在寝室里吧，既然不想掺和别人的感情问题，就别老去找什么佑白哥哥佑黑哥哥的……算了，有时候你不找麻烦，麻烦也会主动找上你的。"

不知道该不该说邓北是个乌鸦嘴，他一语成谶——秦母第二天就找到了胡璇寝室楼下。

刘圆圆回寝室时告诉胡璇，楼下有个仪态万千的中年女人来找她时，胡璇还没反应过来。她随手抓了一件大衣就下了楼，东张西望地看到了一个熟悉的身影，在看清来人的同时就被猛地拥进那人的怀里。

"哎哟璇璇啊，好久不见了，阿姨可是想死你了。这都一个学期了，你怎么和我们家那臭小子一样，也不回来看看我？"

胡璇在这里见到她，瞬间有了一种"突破次元壁"的感觉，她眨巴眨巴眼，任由那女人将自己随意套上的大衣从上到下又仔仔细细披了一遍，确保风透不进来才放手。这才讷讷地问："秦阿姨，你怎么来了？"

她其实更想问的是，阿姨哎，你儿子都不在学校了，你干吗来了啊。我知道你听说了点绯闻，可是那都不是真的啊，你来找我干啥呀！宝宝害怕！

胡璇毕竟是见过大风大浪的人了，一贯的表现就是越紧张越乖巧。她微微低下的头在冬日的阳光下显得楚楚可爱，秦母怎么看怎么喜欢。

贵妇人讲话都要铺垫三分，再扯个大旗的，秦母当即慈爱地微笑着。

"这不是听说过几天你们就要去冬训了嘛，佑白是这次训练营的赞助商，要全程跟着你们的，也不回家。我想儿子了，就来滨江看看佑白，顺便也看看你。"

根据胡爸爸的暗报，秦母来了几天了，也跟自己的儿子和孟馨然吵完了一架了，这时候来找自己，其心昭然若揭。但胡璇只能当做什么都不知道的样子，点点头，还得做出一副感激的样子来。

"哦，那辛苦阿姨了。"

胡璇正不知道说什么好，一扭头，秦佑白和孟馨然正从另一个方向缓缓走来。

"妈，您怎么来学校了，您不是说，您看完我之后就回去了吗？"

胡璇眼前一黑，顿时觉得头都大了。

秦佑白走过来站定，身边跟着微微低着头的孟馨然，孟馨然飞快地抬头看了一眼胡璇，表情没什么变化，又重新低下头去，稍稍往秦佑白身后站了一点儿。

秦母脸色登时就沉了下来。

她一把抓住胡璇的手腕，站在秦佑白对面，瞟了一眼孟馨然。

"走吧璇璇，正好佑白来了，阿姨带你去吃午饭，让他买单。"

秦佑白看母亲对孟馨然假装的视而不见，似乎很是头痛，忍不住叹了口气，伸手按了按太阳穴。

"这样吧妈，你好不容易才来一次，我带你和馨然、璇璇一起，去吃滨江这里的特色菜。"

秦母知道儿子是在打圆场，但丝毫不给他面子，闻言又看了一眼始终没有抬起头的孟馨然，冷笑一声："昨天见你的时候我就说了，你还年轻，感情上的事还没个定性，有的时候分不清身边人的虚情假意，所以真的没必要——"

"妈。"秦佑白也沉下脸，语气有些严肃地叫了一声，场面顿时冷了下来。

这是什么诡异的气氛，救命啊！胡璇捏着手指偷偷瞟了一眼周围，现在还有可能脱身吗……脱身是不可能脱身了，她只好认命地在心底悄声叹息，面上努力活跃起来。

"阿姨，咱们走吧，这太冷了。我正好肚子也饿了，咱们快去吃饭吧。"

终归顾忌是在外面，秦母没有再多说，于是这经典的偶像剧四角关系正式成立。

胡璇忍不住神游，想起了昨天邓北的调侃，越发对号入座。

秦佑白是财团富二代男主角，自己是那个空有婆婆宠爱的白富美女二……只是孟馨然却不是那个奋起反抗生活不公的女主角，她似乎毫不在意秦母对自己的冷遇，能避则避，避不开则冷淡以对，丝毫没有想要主动改善婆媳关系的意思。

餐厅，钢琴曲静静地流泻，这一顿饭吃的还算是平静。

直到孟馨然去了洗手间，秦母立刻撂下筷子。

"啪嗒"一声听得胡璇心中一抖，手中的筷子差点拿不稳掉下来。

秦母皱着眉头，还记着公众场合要控制住音量："秦佑白，你还是不是我儿子？"

秦佑白揉了揉太阳穴，疲惫地说："妈，你不要每次都用这一句同样的开场白好不好，没有一点儿新意。"

胡璇在心底附和着点头，一只手偷偷地伸到旁边的包里面，蠢蠢欲动地想要将自己的手机拿出来，跟某个人吐个槽。但是这个想法最终并没有实践，因为她刚摸出手机，就收到了那个人的短信。

"你跟秦佑白和他母亲在一起？"

诧异于邓北的消息灵通，胡璇飞快地回复："你怎么知道？"

"你们刚见面就被人认出来了，绯闻传得一向很快，而且我要是想知道什么事情，总会有人告诉我的。"

虽然是冷冰冰的文字，但是字里行间透露出一种狂炫酷霸拽的气质。胡璇有一种异样的感觉漫上心头，所以，他一直很关注自己的动态？她一直在邓北喜不喜欢她之间犹疑着，时而左，时而右，来来回回，感情这种事，格外折磨人。

恍恍惚惚之间，也没听清楚秦母絮絮叨叨地又说了什么，也没看见秦佑白一筷子一筷子给她夹了什么菜，直到自己的名字冷不防被秦母提起。

"又不是妈妈一厢情愿，你小时候不是还跑回家里跟我和你爸说，你长大了要娶璇璇的吗？你不记得了？"

阿姨哎，求别拉我入坑！

相较胡璇无辜又紧张的回视，秦佑白张了张嘴，眼睛中有什么情绪一闪而过，话音不知是不是错觉，干涩了许多："妈，璇璇是很好……可是……"

他的话刚说了一半，孟馨然从洗手间回来了。

秦佑白于是住了嘴，垂了垂眼睛站起身来，体贴地帮她把椅子拉开，这才重新开口。

"妈，我已经准备好过了年就回京都，去秦氏集团上班，到时候馨然也会一起。"

胡璇略睁了睁眼，这是她第一次明确地听到秦佑白说起毕业以后的打算。

她抬起了头看他，昔日那个宽厚温和的邻家哥哥已经长成了一个如此夺目的男人，温雅，而又坚定地一步一步实现自己的目标。

胡璇心里是替他高兴的。

秦母抿了嘴不说话，实力表演出什么叫抗拒。母子俩都是一副绝不会退让的模样，孟馨然此刻更是不适合开口说话，无奈，这几年充当和稀泥的角色惯了的胡璇，再一次义不容辞地又站了出来。

"对了佑白哥，你上次说到运动品牌的新广告，想要拍摄群像，其他的广告演员你找到了吗？"

秦佑白笑了一下，领会了她的意思，故作为难地摇了摇头："还没有呢，一直没有合适的人选，我正为这个事发愁，怎么？璇璇有参考人选？"

"是啊，我在想，我们学校游泳队的男生们不是很合适吗？"

他怔了片刻之后，又笑了起来。

"对啊，这么看来，我们学校游泳队不是还有个美誉叫游泳男模队吗，有颜值，有身材，也有一定的关注度……我怎么一直没想到呢。"

"佑白哥着眼范围广，灯下黑也是情有可原啊，馨然姐你说是不是？"话音一转，胡璇笑眼弯弯地看向孟馨然。

孟馨然一愣，也配合地笑了起来："是啊，我也见过那几个男孩子，我觉得形象气质都很好，而且你们是一个学校的，合作起来想必更方便。"

气氛逐渐破冰回暖，胡璇心底默默松了一口气。

不过，她主动推荐邓北他们倒真不是什么临时起意，而是经过了仔细思考的。一是这对游泳队队员们来说是一个好机会，报酬丰厚，还有助于提升个人形象；二是如果能借此收割一拨关注度，对他们将来的训练也有很大好处——这是一个实际的问题，不管滨江大学怎么倾力支持，它拥有的资源都比不上国家队甚至省队，因此享受到最专业的培养的许赫，尽管天分比不上邓北，努力也比不上邓北，但仍能一直进步。要是滨江大学游泳队引起了更大的关注，说不定会迎来新的机遇……

至于最后一点……要是邓北他们能拿下这个广告拍摄，那不就可以，一起拍摄了吗？

想到这里，胡璇忍不住双颊泛红。

11. 备战冬积赛

多亏了胡璇在其中周旋，这次并不愉快的会面有惊无险地结束了。

秦母回了京都，临行前还是拉着胡璇的手不放，不住地叮嘱秦佑白要照顾好她，搞得胡璇几乎没有颜面面对孟馨然了。

又过了几天，随着寒假正式来临，校园里空了起来。跟纷纷拎着行李箱离开校园踏上回家之旅的同学们不同，她和刘圆圆则收拾了行李，直奔校门口停着的开往冬训基地的大巴车处。

这次冬训的地点定在附近城市的一座山顶训练基地，由于秦氏集团的赞助，他们得以乘坐豪华大巴，舒舒服服地度过中间五六个小时的路途。

刘圆圆率先上车，胡璇则被秦佑白拦下了。秦佑白再三跟胡璇确认了一遍她要带的东西，又问他要不然跟自己一起走——秦佑白由于还有公司的事，要晚一步到，所以是自己开车前往，胡璇自然是拒绝了。两个人说话的工夫，游泳队的十多个男孩子纷至沓来。

"不上车就拜托让一让。"

胡璇一回头，不出所料，是沉着一张俊脸的邓北。

她忍不住也一点儿没想忍地翻了个白眼，神经病啊。

"这里这么大的地方，还不够你上车吗？"

邓北抿抿嘴，没说话，看了一眼胡璇，转身上了车。

胡璇："……"难道男孩子也会有生理期的吗？

上了车，吉大利一屁股坐在邓北旁边，看着窗外车下聊得火热的两个人，同情地看着邓北的头顶。

邓北表情宛如被拔了毛的凤凰，烦躁易怒，加之眉心隐隐地跳，整个人散发着一种"我不好惹"的气息。

等秦佑白交代完，胡璇这才上了车，挨着刘圆圆坐下。

"圆圆，系上安全带。"

"……"

刘圆圆没有反应，胡璇奇怪地侧头看她，却发现刘圆圆身体坐得笔直，面色呆滞，呼吸急促。

胡璇忍不住担忧地碰了碰刘圆圆的肩膀："圆圆，你怎么了？是不是身体不舒服，不行就不要勉强——"

话音未落，她突然被刘圆圆抓住了手，刘圆圆的双眼里闪烁着兴奋的光芒。

"有什么不行的，你看看这满座荷尔蒙的气息啊！我这是被天上掉下来的馅饼砸了脑袋！我！可！以！璇璇，谢谢你！要不是社团里考虑到我和你是室友，这种好差事才落不到我头上呢。"

说完，刘圆圆活了过来，兴致勃勃地翻出了一套照相设备，一路上就在后座碎碎念着怎么能把这群腹肌完美的男人们拓印到相机里，听得胡璇小脸通红。

下午三点多的时候，大巴车一路到了一处山脚下，司机让众人都下了车。

"山路陡，车上不去，再往上你们就得自己爬了。"

望着这座被称之为"小泰山"的料峭山路，胡璇还好，刘圆圆当场就白了脸。

这时候，总有好心人伸出援手——"来来来，你们俩的行李都给我吧，小姑娘家家的，爬山本来就不容易，我给你们拿着。"

是吉大利乐颠颠地挤了上来，伸手接过了刘圆圆的包，得到了刘圆圆的千恩万谢。在他把魔爪伸向胡璇之时——邓北瞥了他一眼，凉飕飕地说道。

"吉大利，在你跟妹子献殷勤之前，能把你死皮赖脸装我包里的两桶水拿出去吗？"

吉大利老脸一红，"嘶——"了一下，用谴责的目光看向邓北："你怎么说话呢？我装在你包里的那是水吗？是室友爱！是队友爱！这么点爱你都不愿意接纳，你太让我失望了！"

吉大利装完就跑，背影都显得格外刺激。

邓北冷哼一声，揉了揉脑壳，也没有再提那两桶沉甸甸的室友兼队友爱，他视线滑到胡璇身上。

"包给我吧，你的脚本来爬山就不方便，更别说背着这么沉的包了。"

胡璇顺着他的视线低下头，看着自己的脚腕，不知怎么地，想起了那一次更衣室里的，他温暖干燥的手掌，覆在她脚腕上的触觉。她脚不由得向后细微地移了一下。

其实，她已经习惯了脚踝的陈年旧伤，也试过连续的攀爬，其实无碍，只是接下来的几天会有点酸酸麻麻的。

瞧见胡璇欲盖弥彰的回避，邓北当下就是一皱眉。

"是我没考虑到这一点，让你来了，却又选了这样一个训练基地，我也有错。"

真诚地检讨完之后，邓北状似烦恼低想了一下，很快就别过头对旁边的队友们说道。

"这样，你们先上去吧，我陪她慢慢走。省得训练还没开始，人就先受伤了。"

于教练冷漠地一笑："你这套是我年轻时候用剩下的。"

黄觉摸摸下巴："北哥，无事献殷勤，非奸即盗。"

已经跑远了的吉大利又溜了回来："北哥你开心就好啊。"

邓北似乎听见了队友们的唠叨，眼皮子蔑视地一撩，一副懒洋洋欠揍的模样，嘴角扯平，缓缓吐出五个字："想让我开心，给我拿包？"

瞬间，跟从自己本心的怂货吉大利再一次溜之大吉。

于是，邓北走在胡璇身边接过她的包，步子不紧不慢，很快，两个人就跟大部队拉开了一些距离。吉大利回头看看已经远到看不清面容的两个人，冲着于教练酸溜溜地抱怨。

"教练，你也不管管邓北，这小子诱拐胡璇妹妹来，分明是有私心。"

于教练瞥他一眼，毫不留情地敲了吉大利一个爆栗，再次印证了打小报告的人都没有好下场的客观真理："小崽子，真以为我糊涂？他那天一开口我就知道那小子脑袋里想着什么。"

"教练，您知道还任由他这么胡来？说好的游泳竞技没有爱情呢？"

"谁还没年轻过呢，我又不是老顽固。"

吉大利感动得眼泪汪汪："教练……"

教练看他一眼："你就免了吧。"

"为什么？爱情面前人人平等，我就没有追求自己爱情的权利吗？"

"邓北上周的1500米成绩已经追平了今年的国内纪录——而且我说追平，只是因为日常用的秒表会有一定误差，如果是正式比赛，他可能已经打破纪录了。"

于教练说到这里就住了嘴，只是下斜着看向吉大利的眼角无一不在表达着发自灵魂深处的叩问：那你呢？

吉大利瞬间蔫儿了下来。楚流和黄觉经过旁边，闻言双双贡献出了今日份的嘲笑。

过了一会儿，在吉大利已经从被打击中恢复过来之后，于教练悠悠地叹了口气，神色忽然正经起来："吉大利，你我师徒缘分几年，我知道你的志向，也真心希望你能得偿所愿。但是现在的事实是，你在游泳队一队队员里，水平是靠后的。"

看着身旁男孩儿逐渐变得与往日欢脱活泼截然不同的表情，于教练拍拍他的肩膀。

"你也是个好样的，我知道你从来没有放弃，我也不会放弃你。这次冬季赛，我们努努力。"

吉大利重重地点点头。

时间一点一点过去，虽说是叫小泰山，但这山其实并不高，一个小时后，已经能看到顶了。可与此同时，胡璇的步子也放慢了，时不时还轻喘几声。

一直在前面一步远走着的邓北转过身，将包转到身前背着，半蹲下来。

"？"

"上来。"

胡璇微微诧异，这个提议虽然很诱人，但她还是摇了摇头："……不用了吧，我自己能走的。"

听到拒绝，邓北的眼睛像某种猫科动物一般眯了一下。

他回头打量着她，如果不是怕她不舒服，他扛着她走是最省力最快的，邓北忍不住摸了摸下巴，盯着胡璇的小身板，思考起这种可能来。

胡璇有些警惕地看他："你干什么？"

对视片刻，从那双眼睛里看到了某种坚定的意味，胡璇颇有些气不打一处来。怎么，自己不给他添麻烦反倒成了自己的不是了？得，反正受累的也不是自己。

胡璇心底冷笑一声，不再犹豫，攀上了他的脖子。

邓北一起身，加上男生的身高加成，她有生以来第一次呼吸到了两米以上的空气……还真清新。

胡璇呆滞了片刻，瞬间反应过来发生了什么。

她不舒服地动弹两下，圈着他脖子的手忍不住缩紧。邓北喉咙微痒，把着她大腿的双手向下蹭了一段距离，她整个人被往上掂了掂。她的肩膀悬空，被他扛在肩上，整个脑袋耷拉下来，就垂在他耳旁。

"邓北，你是故意的吗？"身上某处难受着，加上胡璇的脸由于倒着逐渐涨红，她语气不由自主多了一分森然。

可是在邓北耳中，他耳边的声音小小地，软软地，气息麻酥酥地拂过他脸颊。他顿了一下，倒没有移开脸，反而一脸平静地侧过了头，垂下眸子，对上一双有点羞怯又羞愤的眼睛。

"嗯？怎么了？"两人的呼吸交错间，邓北刻意地敛了敛呼吸。

胡璇心中郁气一口，但实在不知道应该怎么说。

"你放我下来吧。"有求于人又想隐藏，胡璇的语气暖了一些，邓北可能是想岔了，也难得缓和下了脸色。

"放心，背你这点重量，还不够我负重训练的，累不着。"

强撑微笑的胡璇："不行的……你还是把我放下来，哎——"

将人又往上掂了掂，邓北用实际行动证明了他体力很行。

心如死灰的胡璇想骂人，她板起脸，面无表情。"你放我下来，我恐高。"

邓北一脸"你在逗我"，根本不理会在他背上挣扎的少女。

脑袋中的那根弦彻底崩溃了的胡璇："我告诉你，你再不放下我我就吐给你看。"

真矫情，谁爱管谁管去。他冷着脸半蹲着把胡璇放下，冷哼一声当先走出去，胡璇东一脚西一脚地跟着，没几步两人之间就拉开了距离。

邓北暗骂一声，回过头来，粗鲁地一把抓住她的手腕，不耐烦地说道："太阳下山到不了训练基地，路就更难走了，所以你给我好好的，现在，别作。"

胡璇怔了怔。

在你一言我一语的互怼中，伴着漫天彩霞，两人终于到了训练基地。

"你和你室友的住宿地方应该在那边。"邓北随手一指，两层宿舍模样的小楼，拐角有一处独立开门。

胡璇有些惊异："你不是没来过这里吗？你怎么知道？"

"嗤。"邓北又是一声冷笑，笑得阴阳怪气，毛骨悚然："就那有一间独立卫浴的宿舍，怎么，想跟我们一起住？"

饶是镇定如胡璇也不由得涨红了脸，使劲儿推了他一把："你能不能好好说话？"

邓北没有准备被推了一个趔趄，颜面尽失中磨着牙暗想：哎哟，能耐见长啊。

一夜的休息，第二天天还没亮，满楼就听见于教练那嘹亮的大嗓门响彻在隔壁的走廊上："起床，都给我起床！你们是来训练的，可不是来享福的，快起床！"

听到声音，胡璇在被子里拱了半天，顶着乱糟糟的头发，半天才爬起来。一看手机，这才早上六点。

一出被窝，一股冷冽的空气侵袭而来，胡璇瞬间头脑清醒，神采奕奕地跳下床，顺手叫起了刘圆圆。两人飞快地洗漱完之后，刘圆圆从窗帘缝中看着由于匆忙显得衣衫不整的美少年们，感慨道："能叫起我的不是教练，而是美男啊。"

胡璇整了整衣着："不，是我。"

等两个人收拾干净出门时，收到了所有人的注目礼。

刘圆圆用胳膊肘捅了捅胡璇，面上一派严肃嘴里喋喋不休："照相机照相机，快把我的照相机给我！"

胡璇无奈地将照相机递了过去，看着顶着两个肿眼泡也止不住犯花痴的刘圆圆，终是没忍住轻轻笑了起来。

她眉眼弯弯，眯起来像是闪着光晕的月牙，眼里零星的笑意仿佛给她整个人都渡上了一圈金边，背后还自带一对儿白翅膀的那种，队伍里都是精力过剩加上青春年少的小伙子，一时间都移不开眼了。

邓北抿着嘴，听着耳边一群属狼的"苍蝇"嗡嗡嗡嗡地讨论这朵花真好看，大早上的起床气更加消不下去。再看着对面小姑娘无知无觉地俏生生站在于教练身边，微微地低下头去，露出一截洁白的天鹅颈，晃的人心肝一颤悠，他的眉头皱得更深了。

"吵死了。"

"队霸"一发话，立马有"疗效"。

于教练背着手站在众人门前，面色严肃。

"想必大家都知道，这次体能训练回去后，就是冬季积分赛的赛程了。"

"你们在这里是队友，但是在赛场上就是竞争对手！这次的冬季赛出线权，不论是一队还是二队，都用成绩说话！一队表现不佳的，下调！二队成绩优异的，选入一队，实力不行的摁在家里头，我连比赛都不让他去，省得丢人，你们都听明白了吗？"

"听明白了！"

"八公里训练跑——向右转——"

刘圆圆满眼小星星，浑身散发着合格的迷妹的自我修养，无意识地以很诡异的角度抓拍着众人的腰线……

男孩子们齐齐跑走，胡璇犯了难，正踌躇间，被于教练点了名。

"胡璇！"

"在！"她反射性站直了身子。

于教练见她这样，反而笑了："我事先了解了一下你的训练模式，但是这次冬训，你既然也是以增加体力为主，就免不了跟他们那群大小伙子一起做一些户外训练……你就不必跑八公里了，今天就跑三公里吧，之后我看情况再给你增加。"

"……好的教练。"想不到这位严肃的于教练还有这么体贴的一面。

于是，美好的一天开始了。

冬季积分赛，实际上并不是一个竞技为主的标准赛事，而是在一个时间段内，全国范围内所有有资格举行大型游泳赛事的组织，对所有国家级在册游泳运动员进行统一竞赛型检测。

每个游泳运动员的成绩统一汇总上报国家体育局后，根据国际上的成绩变化，确定各大游泳赛事报名的最低成绩要求。

冬积赛就像一个实力检测机一样的赛事，吸引了很多游泳队教练观看，也经常成为一个选拔优秀游泳运动员的通道。

眼看刘圆圆有些魔怔，胡璇无奈地怼了怼她，示意她收敛一点儿，这才兀自活动活动手脚，准备晨跑。

忽然，于教练神出鬼没地平移过来，胡璇吓了一跳，可是这一次于教练却不是冲着她来的。于教练严肃地看了看刘圆圆，冷不防开口："照得惨一点儿。"

刘圆圆："啊？"

一旁追随的数据分析师："这样我们泳队的经费才能多一些。"

胡璇：他们游泳队都是这种画风么……好害怕。

想起自己常年以来的训练条件，跟滨江大学泳队一比，堪称豪华，她突然有些良心过意不去，接下来的三公里丝毫没有偷懒，实打实地跑了下来。

中午草草地吃了一口饭，下午在于教练的安排下，众人又进行了几组素质训练，最后一项训练结束，胡璇已经面露倦色，恹恹地靠在刘圆圆身上。于教练见状，大概也了解到胡璇的极限在哪里了。

老实说，胡璇的体能已经比普通女孩子强了不少，只是由于脚上有旧疾，她平日里的训练团队不敢给她安排过重的体能训练，生怕她在"不必要"的地方过于用力导致旧伤复发，所以体能仅仅只是"尚可"。可是于教练心底里有自己的理论，不管是什么运动，哪怕是围棋这种从头到尾都是坐着的比赛，也是需要体力的，体力好，很大程度就代表着在密集的比赛日程下，夺冠的概率会大一分。于教练打定主意这半个月要磨一磨胡璇的体能，男教练嘛，方案总是有些狂野的。

他的目光在一众东倒西歪的队员们身上逐一划过，又多看了这里面状态最好的邓北一眼，脸色又板起来："这才哪到哪，看你们这一个个的，像什么样子。"

"为了让你们的肌肉放松一下，今天临时增加一项，男生，五公里竞速走，女生，三……还是两公里吧，现在！立刻！动起来！"

众人一片怨声载道，但是都乖乖地服从命令。得到了优待的胡璇第一个返回终点，于教练他们不知道哪里去了，刘圆圆也不在，她只好百无聊赖地坐在横椅上等着训练完返回的队员，可能是今天起得早，加上一整天的训练太累了。胡璇裹上羽绒服，在这几度的凉风里，竟然也昏昏欲睡。

又不知道过了多久，有脚步声缓缓地靠近，一个人影喘息着路过……又迟疑地退了回来，修长的人影一下子遮住了歪在长凳上的女孩。他看了一会儿，然后缓缓地蹲了下来，与她平视。

良久……身后一阵骚动。

"北哥你是'禽兽'吗，告诉我你这又是在蹲坑，还是当着妹子的面。"

邓北回过头，面似寒冰："你眼瞎？没看着我这是要叫她起来？"

吉大利这才看清两人的动作："喔，也对，这里睡觉也太凉了吧，北哥，你先把她弄醒吧。"

看着吉大利身后众人担忧的小表情，邓北莫名心塞。他站起身，突然眼睛一挑，一骨子邪气油然而生，他轻轻嗤笑一声，问道："弄醒？怎么弄？"

两个简短的疑问句，轻蔑得很，又"骚气"得要命。

吉大利："……"

被众人的起哄声吵到，胡璇揉揉眼睛坐了起来，秀秀气气地打了个哈欠，眼睛缓缓睁开没有焦点，呆呆地坐着像只懵呆中的狐獴。

"喂。"

"……邓北？"胡璇的嗓音低且有点哑，跟她迷茫的表情很是相配。

"训练结束了，回去睡。"

"嗯。"

一件衣服披了过来。

"你刚醒，再穿一件。"

"哦，谢谢。"

"不用谢，应该的。"

被忽略的吉大利看着两人一前一后离开的身影，心头总觉得怪怪，智商不足以解析目前情况，只是觉得手里吃了一半的香蕉莫名其妙有了股淡淡的"狗粮"味儿。

第二天，本次冬训最大的"金主霸霸"……不，赞助商秦佑白终于来了，还带了理疗师与营养师。几人都是胡璇常见的面孔了，她也没觉得有什么不妥。以往有高强度的训练后，让理疗师帮助全身放松一下，确实能起到很大的作用。

可是被于教练糙养的男孩儿们基本都没见过这种阵势，硬生生地体会到了他们和胡璇这位艺体明星之间的差别待遇。

连一向不问凡尘事的黄觉都忍不住摇头叹息："啧啧，咱们什么时候能有这种待遇啊。"

邓北遥遥看着相携远走的两个人，紧蹙的眉头就一直没松下来。

不过众人视线中心的胡璇和秦佑白却是正正经经地在说事。

"这次正好来了，我准备找个机会跟邓北谈一下广告的事情。"

秦佑白直接点出邓北的名字，胡璇并没有觉得不妥。因为广告代言人也是实力与人气的代表，而游泳队里最符合这个条件的就是邓北了。如果邓北就不答应，其他人也没有再谈的必要性。

虽然听起来残酷且不近人情，但这就是"物竞天择"的真切表达。

想到这里，胡璇点了点头："应该没什么大问题，广告是在他们冬积赛之前，用时也不多，不费什么精力，而且……秦氏给的酬劳的确丰厚。"

胡璇打趣般地说，换来秦佑白无奈地笑笑。

可是等秦佑白在他们训练间隙将这话一说，邓北想都没想了摇头。

"不用说了，我拒绝。"

秦佑白耐心地询问："怎么了？是有什么难处吗？"

"确实是有点难处。"说完，邓北用毛巾擦了擦头上的汗，这才抬起头来看向秦佑白，慢慢地说："最大的难处……就是秦学长你啊。"

隔着十几米的距离，胡璇一边在旁边的栏杆上压着腿，一边遥遥地望着面对面站着的两个人，敏感地察觉到，他们之间并不愉快的商谈气氛，心下不免有些担忧。

这时候，一个游泳二队的小伙子趁于教练不注意凑了过来，傻呵呵地恭维："胡璇学妹，你真厉害。"

"啊？"

胡璇顺着那小伙的目光一扭头，被压腿折磨得哭天喊地的游泳队员们的悲惨群像映入眼中。她冲小伙子笑了笑："我们这种体育项目，对柔韧性要求很高，所以，这个是我的基本功。"

"哦、哦。"那个男生连连点头，顿了一下，面色逐渐浮现出一抹桃红……

"那个，学妹……我身体太僵硬了，压不下去，一会儿于教练过来肯定是要骂的。你能不能，帮帮我呀。"

一个"呀"字从他口中说出来，竟然还有点娇羞。

胡璇一点儿都没注意到少男心思，心思不在这场对话上，闻言只是随意地点了点头答应，在这个小伙子喜悦的目光中指了指一旁矮了一半的栏杆："你先把一只脚放上，然后另一只脚往后扯一步，双腿尽量叉开六十度以上。"

这位积极向上又双眼含春的运动员立刻按照胡璇的指示一板一眼动起来，然后在胡璇的双手压上他的背时，心跳达到了巅峰。

"我现在帮你压压腿，你要是觉得疼了就告诉我。"

"好！"

胡璇一边帮他压着腿，一边继续忧心忡忡地望着秦佑白和邓北的方向，她看见邓北靠近秦佑白说了什么，秦佑白那张日常温和的脸神色逐渐凝固起来。他摇摇头，抬起手似乎想拉邓北，却被后者毫不留情地拍掉。

胡璇心里一慌——

"啊！"年轻的游泳队员发出惨烈的叫声。

她连忙道歉："对不起对不起，我下手狠了点，那个……你先休息一下。"

说完，她不好意思地笑笑，转身直奔邓北的方向。邓北的性格桀骜，可千万别口吐狂言惹恼了佑白哥才好啊……

小跑过去，胡璇还没站定便急匆匆地开口："佑白哥，你们怎么了？"

见她一上来就叫秦佑白的名字，原本就面若寒冰的邓北这下子脸色更臭了。他看了一眼胡璇，目光又落到秦佑白身上，隐隐带着警告，随后干脆利落地转身离开，姿态潇洒极了。

"佑白哥……邓北是不是，让你生气了？"胡璇眼睛眨了眨，精致的小脸儿上流露出一丝不安，担心显而易见。

秦佑白沉默了片刻，忽然不答反问："你能看得出来，邓北刚才那是什么表情吗？"

说完，他竟然还笑了一下。

"啊？什么表情？"胡璇被吓了一跳，反射性睁大了眼睛。

"啧啧，一副小奶狗随时准备在电线杆子下撒尿圈领地的表情……你放心，我不会跟这样的小屁孩儿计较。"

胡璇："哎？"莫名觉得佑白哥的笑容有点咬牙切齿。

不过还好，片刻后，秦佑白就恢复了正常，他清清嗓子捡了重点告诉胡璇："邓北不肯接广告，我也没办法。"

"那要不然，我去找他说说看？毕竟我们也算是……朋友了。"

"不必，我跟他说就好了，毕竟是男人之间的事情。"

"啊……"胡璇似懂非懂，这个问题要上升到这种高度吗？

不过秦佑白表现出淡定的模样，她也不好反驳，正好那边于教练来了，她匆忙告别了秦佑白归队继续训练。

胡璇不知道秦佑白到底有什么打算，于教练似乎是狠下了心操练她，在最初两天的适应过后，于教练断层似的加大了她的训练量，成天跑跑跳跳精疲力竭。但是不得不说，于教练的训练方案还是有自己的一套的，这么大的运动量下来，胡璇的脚腕竟然也没有比以往难受。训练的时间就这么一天天过去，胡璇也就忘了广告拍摄的事情了。

可是秦佑白没忘。

某天晚上，他在宿舍拐角处拦住了洗澡回来的邓北。

"咱们谈谈？"

邓北站住了脚，意味不明地上下打量着秦佑白，他也不嫌冷，头发只是草草擦干，此刻头发丝儿还滴着水，更透着几分桀骜不驯的架势。

秦佑白叹了口气："你上次说我的那些话……好吧我承认——我确实喜欢璇璇。"

见邓北眉头微挑，看他的目光从不屑变成了凝重，秦佑白只剩摇头苦笑："但是你永远不必担心我会抢夺璇璇，因为我……没有资格。"

"邓北，璇璇应该跟你说过一些我们之间的事，但是她知道的并不完全，你有没有兴趣听完其他的部分？"

邓北脸色变了又变。

秦氏集团是滨江本地的商业巨头，甚至在国内都是排得上号的，但是并不代表就没有竞争，尤其是恶意竞争。但秦家父子都没有料到，这把火会烧到胡璇身上。

她是秦氏集团旗下运动品系列的代言人，这么多年来，秦氏赞助她，她也以自己的成就和形象回馈秦氏，可谓是联系紧密。

在一次省级的比赛中，因为胡璇的参与，秦氏照例成了那一次比赛最大的冠名赞助商。可是就是这次比赛出了岔子。秦氏土建正和另一家土建公司竞标一个合作案，对方手段阴损，竟然利用这次冠名，在赛场布置上暗下黑手，想惹出些麻烦来影响秦氏的声誉。

对方知道胡璇的身份，在她上场前，暗暗将体操场地刻意布置得凹凸不平，可没想到，那天上场的不是胡璇，而是孟馨然。

"璇璇那天发烧了，快要烧糊涂了，不能上场，她师姐就取代了她……刚上场没多久，就摔在一个小坑里，那上面铺满了尖锐的石头。"

"这件事后来查清了，对方也得到了应有的惩罚，可是馨然的伤却没办法挽回了。她是替璇璇挡了这一灾，也是受我们秦氏连累……"

"所以你就义不容辞，承担了人家姑娘的终身大事？"

邓北的表情从一开始的严肃又变为似笑非笑，看得秦佑白竟然有些尴尬。

"她是我的责任。"

"虽然我们算是情敌关系，但这种事情有别的处理方法。你这个人，从我认识你，我就不大喜欢你。看起来温文尔雅，实则活得比谁都压抑，如果总是把不属于自己的责任揽上身，早晚有一天你会承受不住。"

这场夜晚的谈话被浓郁的夜色遮掩，很快就没入寂静中。

胡璇睡了一个好觉，第二日就从秦佑白处得知，邓北答应了广告拍摄。秦佑白跟泳队签完合同之后，在胡璇的劝说下下山去了。虽说两家父母都体恤她，但秦佑白毕竟集团事物繁杂，若让他一直留下照顾她，胡璇反倒会觉得不好意思。

秦佑白走后，山上的训练时光便一成不变起来，短短半个月，因着于教练的魔鬼集训，胡璇跟游泳队的这些小伙子们结下了深厚的友谊，以至于胡璇在众人的心目中，从一个女神，变成了同甘共苦的女汉子。

腊月二十五的时候，他们正式结束了集训，众人纷纷踏上迟来的返家之路。也就是在此时，胡璇才发现，邓北和她一样，竟然也是京都人。

两个人怀着复杂的心思，买了同一趟航班，值机自然也挨着，俊男美女在一块儿，周围人都默认这是一对儿。胡璇和邓北都有所察觉，后者依旧不动如松，胡璇却免不了有些女孩儿的羞赧，不自觉地找起话题来。

"你回家过年啊。"

"……要不然呢？"

天儿已聊死。

邓北笑了一下，难得贴心地对她的窘迫视而不见，转而问起了别的："你过年的时候都做些什么？"

胡璇松了一口气，却又觉得他的问话也很没营养。

"能做什么，无非是看春晚、年夜饭、走亲戚……哦对了，还有京都每年二十九的烟花节都不能缺席！"

邓北皱了皱眉："人那么多，你喜欢那种地方？"

胡璇嗤笑："热闹的跨年夜，谁不喜欢？"

邓北若有所思。

适时登机的提示音响起，胡璇站起来往登机口走，见邓北没跟上来不由得出声催促："愣着干吗？快走啊。"

看着他直愣愣地站在那，胡璇忍不住摇了摇头，要不是看在自己的行李箱是他拿着的份儿上，才不等他呢。

一路舟车劳顿回到家，胡父早就准备好了一桌美食给女儿接风洗尘，裴青也难得露出笑容。问过了她冬训的情况后，点了点头，让她新年期间好好歇上几天，胡璇乖巧地应了。

"美好的时光总是短暂的"这句话在哪里都适用，一转眼就到了腊月二十九这天，胡璇突然收到了邓北的信息。

"今晚去烟花节？"

胡璇回复了一个"嗯啊"过去。

刚回过去，她心头突然涌上一阵奇特的感觉，再回看那条信息，她发现可能有两个意思：一是问她今晚上是不是要去烟花节，可是这个问题的答案前几天两人在机场的时候，她已经回答过了。

那第二个意思就是——今晚去烟花节？和我一起？

胡璇脸上一热，要真是这样，自己的回复……代表着什么？

她正晕乎着，手机又"叮"地响了，是邓北的恢复："嗯。"

嗯。嗯？

胡璇盯着这个字看了半天，还是没弄明白，这到底什么意思啊……

怀着这点隐秘的揣测，胡璇没再刨根问底下去……万一是自己想多了，岂不是很丢脸？还是走一步，看一步。

胡璇花了比平时多一倍的时间才把自己收拾妥当，出门的时候，却没留意到自己岌岌可危的电量。

暮色中的人民广场格外热闹，胡璇逛了会儿，忍不住掏出手机，屏幕是黑色的，她心头一跳，按了按，还是黑色的。

不是吧，这么关键的时刻，手机竟然没电了？

胡璇茫然地看向四周，年轻的男女们大都结伴而来，目之所及根本看不到一个独自一人的。而胡璇自从接到了邓北的短信后，便拒绝了小姐妹们的邀请……只怕是今年要一个人看烟花了。孤独感仅仅是一瞬间，胡璇很快地调整好了心态，自顾自地找起最佳观赏位置来。

随着天色渐晚，周围五彩的灯笼亮了起来，人流量逐渐多了起来，周围尽是热热闹闹的过年的氛围。

一群半大的小伙子们打闹着走过来，一个人没注意到娇小的胡璇，撞到了她的肩膀，胡璇一个趔趄，正想要扶住什么，忽然，腰身一沉，有人环住她站稳。

胡璇惊魂未定地抬头。

"邓北？"

"嗯。"

高大英俊的男生，穿着深咖色的风衣，身姿如松挺拔，像是童话故事里的仙女教母一样，在女主角遇到危险和麻烦时，突然出现。

"啊，你来了，我……我也才到不久，这人真多啊是不是，我特意找了一个好的角度——"

"你手机为什么关机？"

女孩儿的头顶才到他的胸口，此刻，她背着手，脚尖并拢规规矩矩地站在他面前，像一个犯了错误的小学生，全然没有学校里那副当面乖巧背地里挠人的架势。

　　只是，在听到了他的问话之后，却一反常态地没有立即回答。胡璇沉默了几秒钟，忽然抬起头来。周围霓虹灯耀眼闪烁，映衬着她眼底的星光。

　　似乎被女孩儿明亮的眸光啄了眼，邓北的喉咙不由得紧了三分。

　　"那么……你为什么来？"

　　像是生怕邓北听不懂，胡璇又兀自重复了一遍。

　　"我手机没电了，可是你为什么来？"

　　她认真地重复着，像是自己有了什么揣测，尾音不自觉地上扬。

　　她的眼神、她的表情、她语气中带着笃定却又小心翼翼的模样，都在生动地诉说着她极力掩饰的期盼，害羞柔软却又勇敢直率得可爱。

　　邓北竟然一下子不知道说什么好。

　　他为什么来，他比谁都清楚。

　　可是邓北没说话，只是盯着她。像是故事里的一个小男孩，一时冲动从别人的篮子里偷了一只猫回家，反应过来兴许闯了祸后不知道如何处理，因此盯着那只猫咪十分苦恼，不知道是放回原处还是留下藏起来养着？

　　任胡璇想破了脑袋都不会知道他的大脑里现在是什么奇思妙想。邓北的嘴角严肃地抿了起来，时间一分一秒过去，胡璇渐渐不安。

　　为了看起来更窈窕一些，她穿的不多。这时候冷风一卷，寒风顺着衣服缝隙钻了进来，来了个透心凉。身冷，心也冷，刚才那点勇气和猜想的小火苗就在冷风中快要被冻结了，胡璇忍不住后退了一步。

　　邓北动了一下，表情更加压抑。

　　可是胡璇是谁呢，倔强起来连教练和父母都没有办法的人，如果就此退缩就不是她了。人群的喧嚣中，有些话此时最易说出口。

　　"邓北，我一直想认真地问问你，你对我，有没有一点儿——"

　　忽然，一只大手盖了下来，一根修长的手指，轻轻点住了她的唇。邓北盯着她的眼睛，声音有沙哑的调子，眼中有宁静的冰川。

"胡璇，我现在什么也没有。"

"就连未来我也不能向你保证什么。"

"因为对于我们来说，心里都有一个不能动摇的目标，可是相比于你，我还差得很远。我不知道现在的我究竟有没有把握能让你一直都像现在这样，开心、明媚、一往无前。"

"胡璇，终有一日，我配得上你的时候，我再来回答你，好吗？"

鲜花，掌声，他曾经拥有，其实他也想将一个冠军的奖杯，连带着自己的心意一起送给她。可是现在，他离那个梦想之地还很遥远。胡璇不是一个平凡的女孩儿，如果他不能站到和她一样的高度甚至超过她，两个人一定会被外界非议，他不想看到这个局面。

被他突如其来的心路剖析彻底眩晕，胡璇讷讷不成言。

忽然，天空中传来一声破空的锐响，紧接着三两声在空中炸开，一片金光闪耀。

从此刻起，各种颜色样式的烟花，争先恐后在天上绽放，映衬着人间浮生。

胡璇不知道邓北为什么会有这样的坚持，可是不妨碍她知道，此刻漫天的烟花，都抵不过一个他。

热热闹闹地过了年之后，在裴青的安排下，胡璇终究是插空去了一趟国外，见到了一位十分著名的理疗师。可是再出名的理疗师，也无法违逆人体的自然规律，那位理疗师甚至毫不留情地建议，胡璇今年就退役，否则年长之后要吃大苦头的。

裴青当场就发了脾气，面对裴青无处宣泄的怒火，胡父也显得分外无奈，只有胡璇，依旧温温柔柔，在旁边轻声细语地安慰着，其实自己现在的状态很好。

这么翻过二月里去，就要开学了。

冬积赛虽然带了个"冬"字，一般却是开了春才提上日程，是以邓北和胡璇还能相约着一起回了学校。

自从烟花节之后，胡璇和邓北的关系有了一个隐秘的进化，比如，邓北开始经常给胡璇发一些没营养的对话，多是汇报行程；再比如，他盯着大半寝室楼内女生的目光，亲手帮她把行李箱抬到了寝室，天知道打开门刘圆圆看到邓北时的眼睛睁得有多么大。

对此胡璇恼恨地低声斥他："你这是做什么？会有谣言的！"

对此，邓北只是舔了舔后槽牙，一副饿极了的表情："哪怕我现在还不能吃，也要做个记号。"

胡璇闹了个大红脸。

临走前，邓北又恢复了正经，低声跟胡璇说："下周一我就去京都了，冬积赛一个多月的赛程，我都不在学校。"

胡璇点了点头："嗯。"她其实有点不明白邓北为什么要汇报行程。

"所以明天，一起过周末吧。"

"？"

第二天一大早，晨跑回来的陈词一进门就瞧见某个弯腰在箱子里翻找东西的胡璇，她视线下移，疑惑地问道："你这一身是什么衣服？我记得你秋天都穿得比这个多。"

胡璇从箱子里找出一顶八角小帽对着镜子仔细地戴好，这才低头看了看自己的装束："挺好的呀，一会儿我外面再套个外套。"

"你不嫌冷就行，不过你要去哪？"

胡璇眼睛亮了起来，但仍故作姿态，扭扭捏捏半天没说出什么有用的话。

陈词扶额叹息："算了我不想知道。"

"……哦。"一副挺失落的样子。

又磨蹭了一会儿，胡璇才矜持地下了楼。

冬天的积雪未消，白色与褐色相间的地方，她一眼就瞧见穿薄羽绒服的修长身影。

胡璇的心跳莫名地漏了几拍。努力告诉自己这就是个朋友间的正常社交，她抬头挺胸，像一只矜持的小天鹅一般走过去。还没等靠近，就被男生伸出手，拉住她的衣袖抬起来，刻薄的视线在她身上上上下下打量了一遍。

胡璇："？"

邓北无语地看着她的呢子短裙和长筒过膝袜，好看是好看，但是——

"你有病？你不冷啊，换条正常的裤子去。"

你说换就换？多大面子？胡璇大步向前迈，用实际行动无视了他的话，下一秒——

"哎哎，你别拽着我，你干什么！"

邓北任由她扑腾了一会儿，才又重新半拎着这只扑棱着翅膀的小天鹅不由分说地丢回女生寝室楼。胡璇冷着脸重新下楼的时候，在里面加了一套秋衣秋裤。

邓北沉下了脸，一言不发地把背包往身上一甩，大长腿迈开径直往前走了两步，在胡璇的怔愣中，又转身将她身上的单肩包也一并拿走，却无视了包的主人。

胡璇跟在身后小声嘟囔："你就不能慢点。"

邓北依旧板着脸，步子却真切地慢了下来。

胡璇也知道邓北这是生气了，运动员的身体健康格外重要，她今天却有些得意忘形，心里还是有点羞愧的。可是这并不代表，邓北就能给她使脸色了，也不管他能不能听到，胡璇只是在他身后碎碎念地找补面子："你现在竟然冲我发火。"

任由小姑娘在身后冷嘲热讽，邓北只是低头瞥了她一眼，不咸不淡地说："我什么时候冲你发火了？"

"但是你跟我摆脸色了没错吧！你现在就知道摆脸色给我看，要是我们俩以后——"

邓北来了兴致："以后怎么样？"

胡璇含糊地唔了一声，皱着眉头摸了摸鼻子不说话了。

邓北看她这样，脸上的冷意再也绷不住了："走吧。"

本想教育教育她，谁知最后还是自己先举起了白旗，这样下去可不太妙。

胡璇"哦"了一声："我们今天干什么去？"

邓北："先去给你买件衣服。"

胡璇有些傻眼，咦？还能有这种操作吗？

片刻后，胡璇站在某著名运动服店前，一副抵死不从的架势，邓北又开始头疼，明明之前乖乖巧巧的，外人看来就像是一个岁月静好的仙女。可是自从自己表露心意之后，她就变得有恃无恐起来，现在都有底气踮脚掐腰瞪眼睛的勇于挑战他的权威了。

邓北吸了一口气，拍了拍她的肩膀，然后一边推着她往里走，一边劝说："你这件大衣太薄了，会冻坏的。"

敌弱我强，胡璇十分任性："不穿，'丑拒'。"

"试试，不喜欢就脱了。"

"现在就可以告诉你，我不喜欢，我是不会穿的！"

邓北面无表情地住了嘴。

抗争的结果就是，胡璇垂死挣扎地进去，垂头丧气地出来。嫌弃地看着自己身上几乎长至脚踝厚重的羽绒服，撇撇嘴——"直男"审美。

"直男"邓北倒是满意了。

接下来就是没有新意的吃饭、看电影、逛街三件套，邓北还在商场的游戏城里大发神威，在花了两百多块之后，终于夹上来一个小巧的钥匙链娃娃给胡璇留作纪念，这一天宾主尽欢。

隔日，邓北和泳队的男生们就在于教练的带领下赶赴京都参加冬积赛。

不知是不是因为上了心，胡璇走到哪里仿佛都能听见有关冬积赛的消息。

校园里，是校方拉起的横幅，上面写着：祝我校游泳健儿再创佳绩。

论坛里，是圈子里的人对这一次冬积赛的预测，许多人提到邓北，也是毁誉参半。胡璇闷着头，还注册了小号跟人家吵过几轮。

甚至某一天她打开视频软件，就看到了秦氏集团运动品牌最新一季的广告推送，年后拍了广告之后，秦氏加紧制作，短短不到两个月广告就上线投放了。许多风华少年们之中，最打眼的，还是他。

她人在教室，心却已经飞到了京都。

距离冬积赛结束，还要一个多月呢……

胡璇的心思被陈词看在眼里，她拍了拍胡璇的肩膀："你放心吧，听说最近邓北状态都挺不错的，而且他心理素质好，冬积赛的赛程又不累，肯定稳。"

胡璇欲盖弥彰地别过头："谁担心了？"

陈词虽是随口调侃的，可事实证明，邓北也确实是稳。

继第一个比赛日，他游出了自由泳100米场区域第一之后，他又在几天前的1500米自由泳比赛中游出了他今年的个人最好成绩，就连凑数性质的蝶泳100米，他也仅仅和身为冠军的京都体大选手差了0.08秒。

京都。

赛场上，前来观赛的京都体大游泳队丁教练忍不住啧啧感叹："于大伟，你教出了好徒弟啊，按照你们队邓北这个成绩，等今年排名出来，国家队试训名额妥妥的，那孩子，天生就是该当冠军的料子。"

于大伟背靠椅子高深莫测地点点头，云淡风轻地说了一句："是啊。"短短两个字，充分显示出一个优秀的教练应该有的沉稳，如果不看他一直抖得像帕金森综合征的腿的话。

丁教练并没有戳穿他，挂上羡慕而又恭维的微笑柔声说道，"怎么样，跟你得意弟子说说，转来京都体大？我带他。"

于大伟不作声，丁教练又推推他，苦口婆心地劝："讲道理，邓北明年就毕业了，没有所属单位一切都要靠自己，如果成绩好进了国家队，有国际比赛国家队征召的时候自然能接受最好的集训，可是没有国际赛事的时候，你让他上哪儿训练？"

"我不是危言耸听，也不是说你教得不好。只是，他是优秀，在滨江大学游泳队里数一数二。但是人外有人，山外有山，你就拿我们京都体大游泳队来说，许赫就是我们这儿走出去的。我们设施好教练阵容强，能给他最好的训练条件，也不耽误国家队集训，一举两得啊老于！"

于大伟没应承也没拒绝，沉思片刻，叹了一口气："不是我不放人，而是他自己不想走……"

说着，于教练扬起下巴指了指最前排观众席上的一群人："看着没，那些人，全是来这儿想要趁火打劫的……老子辛辛苦苦督促这帮小崽子训练，却一年一年的便宜了你们，许多孩子有了好归宿我都放了，所以，真不是我不放。"

于大伟说得好笑，却莫名有伤感流出。丁教练却没有再抬杠，只是伸出手在他肩上拍了拍。

又过了一会儿，于教练整理好了情绪，自己开解自己："不过一想到你们每年都要哭着求我，感觉也挺爽！啧。"

赛程日安排得并不满，大半个月过去，随着自由泳、蛙泳、蝶泳等项目的相继结束，冬积赛也慢慢步入后半程，选手的成绩从各地逐步汇聚到中国游泳协会进行登记造册。

胡璇丝毫不怀疑邓北的成绩，毕竟他每天都有优异名次的消息，还在学校正门显示屏上来回滚动播出，他的名字高高挂在校门口光荣榜上，看起来真是，就连一寸照片也那么帅气。

正在胡璇悄悄掰着指头算日子的时候，裴青来了滨江，还带来了一位特殊的客人："璇璇，这是国家队的周淼教练，快点问好。"

胡璇意识到了什么，连忙上前鞠躬问好。

听着周淼的连连夸赞，她脑袋里想的却是：我也可以去京都了……

周淼此行是来滨江办事，走的时候将胡璇一并带走，说是要进行一个试训测试，这无疑是一个"登天"的机会。她资历本就足够，如果这一次表现良好，就可以在今年进入国家队。

飞机在天空上划过一道长长的白色弧线。

上飞机前，胡璇摸着手机，想了半天，还是没告诉邓北自己的行程——反正要在京都待上一段时间……现在还是不要打扰他比赛了吧。

到了京都，周淼先带着胡璇去办理了一系列手续，然后告诉她要等待其他几个艺术体操运动员到齐后，一起进行考核。因此胡璇尚有几天的休息准备时间。

冬积赛的最后一个比赛日如约而至，来自滨江大学的游泳队队长再一次以绝对的领先优势，扩大了跟第二名之间的积分，虽然最终结果还没有发表，但是内部人士都知道，他已经提前锁定了冬积赛的第一名。

"邓北"这个名字，时隔三年多，终将再一次强势地闯进泳坛。

冬积赛比赛全部结束后，有众多媒体的小型采访，许多运动员和团队工作人员都聚集在体育馆内，会场热闹非凡。于教练被一小撮人围在中间，一派春风得意。邓北看着向周围人不断夸耀自己的于教练，忍住扶额的冲动，颇给面子的露出营业性假笑。

　　正当他嘴角浅薄的弧度终于挂不住的时候，手机突然响了起来。

　　电话里是胡璇的声音，背景音隐约嘈杂，可是她的声音依旧穿过电流，痒痒地，钻进了邓北的耳朵里。

　　"邓北，恭喜你。"

　　"嗯。"言简意赅，但是隐隐的音调的不稳，还是昭示了他内心的波澜："过几天我就回去了。"

　　"你出来。"

　　"什么？"心中微动，邓北握着手机的手骤然缩紧。

　　女孩儿焦急地催促："就现在，你快出来啊！"

　　邓北心里隐隐地有所预感，穿过熙熙攘攘的人群往外走，一扇门之隔，外面万籁俱寂，只有风在轻抚。

　　女孩儿手捧着百合，递给他："恭喜你，邓北。"

　　晚风中，初春的第一个嫩芽悄然从枝头上长出来，女孩儿笑靥如花。

12. 你又懂什么

冬积赛落下帷幕，但是各个地方来的游泳选手还需要等待最后的体检结果出来，才可以返回原处。

胡璇和邓北两个人约好了要一起去京都出名的饭庄私下庆祝一下，邓北说，要去她暂时入住的酒店接她。可是第二天的时候，邓北并没有如约前来，快到约定的时间才给她打了一个电话。

"我这边有点事现在走不开，你先过来吧。"

"哦，好吧。"

邓北听出了她的快快不乐，却只能抱歉地回了一句"对不起"。

按照邓北给出的地址一路找过去，胡璇一进院门，就瞧见一排人齐刷刷地背对着她的方向坐在长椅上，只有邓北侧身，倚靠在一旁的栏杆上，也是微微抬着头，神情放空。

气氛有些沉重，抿着唇的邓北一抬头就看见了入口处的胡璇，脸上的表情柔和了少许，侧过头跟旁边的几人不知道说了什么，在众人的连连点头中，才站起身向这边走来。

他面上的表情寡淡，胡璇一时间不知道该怎么打招呼。

"他们这是……怎么了？"

"说来话长，边走边说吧。"

这场"游泳质检比赛"，让许多运动员一跃出现在人前，也让许多运动员心生怯意或黯然神伤，更有甚者，冬积赛的赛事会成为一些人最后的比赛。

滨江大学大四两个游泳队的学生，在冬积赛半程的时候，已经向学校递交了退出游泳队的申请——他们这次冬积赛的成绩并不理想，而他们的年龄眼见已经到了一个运动员的巅峰，却没有相应的成就，只能怀揣着失意，回归正常的学业。

两个人并肩走着，邓北的侧脸看上去有几分不同以往的落寞，仿佛他不是那个刚刚夺得所有人瞩目的闪亮的星星，而是被乌云遮住的灰暗的天幕。

冷清的街道上，邓北垂着眸："对不起，你特意替我庆祝，今天本来应该开开心心地吃一顿饭。"

胡璇连忙摇头："没关系的，我都理解……这个时候，你本来应该陪在他们身边。"

"但是，这条路上，没有谁会一直陪在谁身旁。"

胡璇抿了抿嘴，没有吭声。邓北也不指望她附和，这句话倒更像是他随口感慨而出的。

只是两个人都明白，不是所有人都能在这片湛蓝的泳道上完成自己的梦想，有些人，走着走着，就离开了笔直的大道，还能留下的人，是最努力的，也是最幸运的。

他们唯有继续勇往直前，孤注一掷，直到累得再也动弹不得——或者，终于到达梦想的巅峰。

"那个，不如我们就随意地吃一口吧。"

看着小心翼翼睨着自己的女孩儿，邓北心中一软。

"不用，我听说这附近有一家京都很有名的甜品店，我们一起去尝尝看。"

话音刚落，就看见胡璇的表情亮了起来——

一开门，随着叮叮咚咚的门铃声响起，有一股糕点的甜香扑面而来，还夹杂着咖啡的醇香。最关键的是——这里有猫！

看着一只只白团子黑团子花团子，胡璇艰难地调转目光，但是心思却开始飘忽不定。

邓北默了一瞬，有些后悔，他低估了这些毛茸茸的小东西对软萌程度几乎可以被它们划分为同类的小姑娘的吸引力，现在注意力都被夺去，他原先想要说的话只好又咽了下去。

邓北自力更生点了甜点和饮品端到座位上，双手交叉在胸前，很有气势地往后一靠，看着脸上带着梦幻般表情的胡璇。

胡璇还站在猫窝边上，看着三三两两在屋里走来走去像主人一般的猫咪，胡璇的心都要化了，一时也就忘了要说什么，眼睛目不转睛地盯着一只通体纯白的小奶猫，要不是邓北一把拦住，她几乎都要扑过去抱了。

邓北把糕点盘子推到她面前，似笑非笑："想不到你也会喜欢这些小东西。"

胡璇脸一红，飞快地瞪他一眼："我怎么就不能喜欢了？"

邓北看了看胡璇，没有同她呛声，只是嘀咕了一句："我也没说什么啊……喜欢就喜欢呗。"

胡璇："？"

怎么变得这么好说话？

甜腻的气氛中，两个人不自觉地也变软了许多。

粉红色的泡泡逐渐蔓延。

这时候，邓北的手机响了起来，他瞥了一眼来电显示，接起来也不说话。没过几秒，对面的吉大利果然撑不住，咋咋呼呼的声音穿透听筒。

"哎哟北哥，我听见猫叫了，你不是去了那家猫咖？我说你昨天在网上搜索什么呢。说，你跟胡璇妹子发展到什么关系了？"

邓北深吸一口气，俊朗的眉眼蹙了起来："有什么话，直说。"

刚才还东说一撇西说一撇的吉大利瞬间偃旗息鼓，声音沮丧了下来。

"那个北哥，你做好心理准备啊……这其实也算个好事吧。"

"……"

五分钟后，默不作声换了位子的邓北漫不经心地叠着腿，一只手虚虚地搭在胡璇背后的沙发上，另一只手拎着逗猫棒和蛋糕店里的小白猫玩得十分和谐，偶尔看着胡璇如临大敌般刷着某知名游泳论坛。

国家游泳队官网上的试训名单被搬了上来，官网上不到三行的通知底下就四个名字，邓北两个字明晃晃地列在了第一位。

不比最终试训名单都是按照积分来排，这批名单全依总教练和教练组讨论决定，因此每年争议声最大。

邓北能出现在这个名单上，代表着国家队对他的肯定，而且就算他不在这个名单上，按照积分，他也妥妥地能拿到这个试训名额——可关键就是，冬积赛的最终成绩还没有对外公布。所以这个消息一出来，不光滨江大学校内，这些和游泳相关的圈子里也炸成了一锅粥。

"听说冬积赛还没有结束，这几个人这算不算开后门？"

"当然不是，这个名单是为了捕捞那些发挥不佳但是确有实力的遗世明珠，是两回事。"

"不会是看脸选的吧。"

"我就喜欢怎么了，看颜有罪啊。"

"歪楼了吧，这个邓北绝对有实力，他三年前，也曾经被誉为是天才般的选手啊。"

"别动不动就天才，哪有那么多天才？他要是真有实力，还需要通过这种途径进国家队？"

胡璇一脸严肃地刷着手机，再也没有耐心的某人终于忍不住伸手盖住了手机屏幕。

"别看了，没什么好看的。"

胡璇却没有邓北那么轻松："不过这件事挺奇怪的，你的成绩明明就很稳，为什么还会出现在名单上？"

"这些都不重要了。"

胡璇紧锁着眉头："那什么才重要？"

邓北的神情忽然有些些微妙的变化，五官愈加柔和，他贴近胡璇的耳朵，薄唇张张合合，胡璇突然红了脸颊。

他说："我和你，都在这里。"

他们都踏上了更高的舞台，在这条独木桥上，结伴而行。

但事实证明，男生的话都不可信。邓北隔日体检报告出来后，就和队友们一起飞回了滨江。

但胡璇也没机会一直沉浸在这隐秘又甜蜜的苦恼中，在周淼的安排下，她跟几位全国各地来的艺术体操运动员们一起，迎来了一个全面而专业的测评，每天跟邓北联系的时间很少。

除了交流一下她的状态以外，两个人也聊一下一些有的没的生活上的事情。这个话题一般都是由邓北掌控，所以有一天当邓北因为被教练找去，没时间给胡璇发短信的时候，胡璇一时之间竟也想不到有什么必须要联系的理由。

不知道胡璇的心思，邓北此刻正处于水深火热当中。

比赛结束不过两天的时间，神通广大的于教练已经率先知道了这一次冬积赛的成绩分段，大体上能确定入选国家队试训的名单。

他一遍一遍确认着泳队成员的成绩，相比较青运会上的低迷，于教练觉得现在是自己扬眉吐气的时刻了！扬眉吐气自然应该有一个扬眉吐气的样子，对于于教练来说，将邓北绑在身边，像炫耀小孩成绩的家长一样带着他在学校的各个老师面前走来走去，见缝插针的搭话，再假装不经意地说出邓北的成绩，就是于教练扬眉吐气的方法。

邓北觉得很丢脸，但他又有什么办法呢？

他只能一边丢着脸，一边用泳池发泄他无处安放的暴躁。受此牵连，冬积赛结束后本应该迎来一段休闲时光的游泳队队员们，又自发地开始训练。

于教练热泪盈眶，认为是自己这么多年的言传身教深深影响了他们……

楚流身姿利落地双手撑地从泳池中上来，还没来得及用毛巾擦干身上的水珠，抬头就看见邓北严肃的目光。

两个人视线相对，楚流率先移开了脸。这时，远处传来于教练的大声呼喊。

"邓北，吉大利，你俩过来。"

邓北看了一眼楚流，还没等开口说话，后者就露出了个微笑，推了一把邓北。

"你们快去吧，我在这儿等着。"

于教练面色严肃，手里拿着他片刻不离身的小本本，身后站着数据分析师和助教，非典型黄金三角圣斗士的构图。

"叫你们俩什么事知道不？"

吉大利连忙摇摇头，余光看到漫不经心岿然不动的邓北，又觉得自己太草率了，掩饰性轻咳一下，学着他力求摆出一副云淡风轻，脑袋上却不轻不重挨了一下。

"好的不学学坏的。"

于教练横了他一眼，看向邓北。

"你们俩的试训通知下来了，有天赋的人不是少数，有天赋并且还努力的人更是遍地都是，希望你们不要辜负了国家队的期望。"

于教练先是义正词严地教育了一番，然后又看向邓北。

"你的名单，是国家队主教练钦点的，你该明白这是什么意思。"

邓北还没什么反应，吉大利先不满地嚷嚷了起来。

"教练，你说国家队的主教练是不是脑袋有水啊，本来北哥的积分入选国家队就妥妥的，他非要整这么一出，现在好了，网上到处都在说北哥是走后门进的。"

于教练忍无可忍，又伸手使劲儿地在吉大利的脑袋上抽了一下。

"我叫你皮！你飘了是吧，我告诉你你这回是压线进的，但凡你在泳池里再慢个零点几秒，今天这个名额就是其他人的！"

"还有，这次你们一队的四个人入选了三个，二队也有一个人入选，我真心为你们感到高兴。但是楚流……哎，他这次的成绩下跌的厉害，原本我以为他明年还有希望，可是他的父母昨天来找过我，说是希望他继续好好读书，楚流本人也同意了，所以以后……"

所以以后他们再无法在泳池里碰面了。

"总之你们到了国家队训练营，好好训练，学业这边不必担心，由我来跟学校说。"

于教练离开后，吉大利担忧地看了一眼邓北，吞吞吐吐地叫："北哥……"

邓北率先迈开步子，"没事，每个人都有自己的选择，而我们只能习惯。"

他说得云淡风轻，可吉大利却知道，他的内心并没有表面表现出来的这般无所谓——在得知楚流的成绩并不足以支撑他进入国家队试训的那天晚上，邓北背着所有人在走廊尽头的窗前抽了半盒的烟，他以为他们不知道这件事，可他们也让他以为他们真的不知道这件事。

"队霸"也有一颗柔软的内心啊。

与此同时，刘圆圆也问到了一个相似问题。她趴在寝室的床上，透过手机屏幕看着胡璇："那你的学业怎么办？你不回来了？"

"这学期是不能回去了，到时候看具体情况吧。"

刘圆圆很忧伤："怎么这才大二，你们一个个就都不回来了，我好孤单啊。"

胡璇听出些不对劲儿来："怎么就一个一个了？还有谁要离开滨江吗？"

"肖妮啊，她跟学校申请了去京都的交流机会，过两天就要过去了，估计也要待上半个学期呢。"

胡璇似懂非懂的"哦"了一声，只觉得肖妮十分上进。再加上室友能过来陪自己，心情更加明媚。可是……肖妮要过来的事，怎么不跟自己说呢？

这个念头只是在脑海中一闪而过，胡璇很快又投入了新一轮的选拔当中。艺术体操的比赛有很多小的项目，哪怕是家学渊源，并且从小就有名师指点的胡璇，想要在每一项都脱颖而出，也是一件十分艰难的事情。

选拔足足用了一周的时间，可是公布结果仅用了半天。胡璇对自己的成绩很有信心，可是当她发现自己的评分是所有人中最高的时候，仍然吃了一惊。

与此同时，双喜临门，邓北一行人，处理完了琐碎事务，在于教练的含泪挥别后，终于来京都了。

在邓北安顿下来之后，胡璇为邓北接风洗尘。虽然胡璇也不知道，明明两个人都不是京都人，为什么还有"接风洗尘"这个说法。

饭也简单，吃饭的时候，胡璇绞尽脑汁地想提起一个话题，但是鉴于两个人平日里说的话太多，一时之间竟没有什么不矫揉造作的话题可谈。一抬头，就是邓北饱含笑意的目光。

胡璇："……"

就是这样她才觉得有点尴尬好吗。就好像两个人之间有了一点儿心照不宣的暧昧情愫，可她还没有想好以怎样的态度来接受这段感情，邓北好像就单方面调快了进度……

秦佑白的电话及时地将胡璇解救了出来。

"佑白哥？我已经吃中午饭了……对，和邓北。"

她对面的某个人立刻抬起了头，炯炯有神地看向她。

胡璇又和手机对面的秦佑白讲了几句话，这才撂下。

"秦佑白也在京都？"

邓北的语气有些微妙。

胡璇心中觉得好笑，但面上却不显，依旧是一派懵懂不觉的样子。她点点头："秦氏在京都的业务也不少，佑白哥在这里不奇怪……怎么了吗？"

"没什么，对了，刚才说到哪儿了？你在国家队的训练已经开始了对吧。"

胡璇也不拆穿他，只是点了点头："一切都很顺利，放心吧。"

"可是我听说，在最后一天的测试中，你又把脚腕扭伤了？"

"你听谁说的？"

话一出口，胡璇就忍不住闭了闭眼睛，哀叹一声，自己这算是不打自招吗？

她一直是处于训练和理疗同时进行的状态，脚上的伤势时而好转，时而反复。但这些她早已经习惯了，有些疼痛痛着痛着甚至都不觉得痛了，因此一点儿也没放在心上。

可是邓北好像并不是这么想的。

果然，邓北的脸色暗了暗："你跟你的室友说过，你的室友又跟我的室友说了。"邓北无意在无关紧要的细节上纠缠太久，"你知不知道这已经属于惯性扭伤了，你是不是从来没把你自己的身体当回事儿？我之前跟你说过的那些话你都当作耳旁风……你笑什么？"

"我是笑，你现在这个模样，倒是比你之前傲娇高冷的时候还要可爱一些。"

"你——"

邓北才说了一个字，就哽咽住了，他掩饰性地咳了咳，别过了目光。

阳光正好，明亮的窗户下，他的耳朵尖儿透出丝丝粉红色……浅淡得几乎叫人以为是错觉。

胡璇悄悄地笑了，她好像，找到反制邓北的办法了。

她扬起一抹笑："放心吧，我心里有数。"

在实现心中那个目标之前，她绝不会有事。

胡璇身后站着财力雄厚的秦氏企业，在京都的衣食住行都有人帮忙打点，这一天，秦佑白刚刚给胡璇落实了住宿的情况，转头就接到了一个令他惊奇的电话……毕竟这个人从来都没主动联系过他。

秦佑白按照那人的地址找到了一处茶室。

那人已经在等着了，见他进来，撩了撩眼皮，漫不经心的神情，开口时却是耸人听闻的尊称。

"秦学长。"

秦佑白浑身一抖，古怪地看了一眼邓北，犹豫了片刻才开口："你有什么事就直说吧，你突然这样，我不适应。"

邓北微微一笑，毫不动摇，有礼貌地伸手一指："秦学长，您先坐。"

秦佑白狐疑地坐下，又一言难尽地看着邓北亲自烧了水给他泡上一杯茶。

悠悠茶香中，邓北抬了抬眼。

"你认识胡璇很久了吧。"

　　果然是跟胡璇有关系啊，秦佑白心中浮现出一种果然如此的感觉，原先那种小忐忑此刻全部烟消云散，兀自淡定起来："……是，我和小璇算是……青梅竹马。"

　　邓北自动忽略了某个令他极度不适的词语，干脆单刀直入地问："我想知道，胡璇为什么要跳艺术体操，明明她的身体状况已经不适合再做一个专业的运动员了……起先我以为她是热爱，可是后来我发现，比起热爱，她更像是在做一件不得不做的事情，为此，她背负了出乎我想象之外的压力。"

　　说到这里，邓北顿了一下，皱皱眉头，仿佛自己也为此十分疑惑："我不明白，是什么让她宁愿承受日后可能双脚永远有疾的风险，也要继续跳下去，这对她来说，太危险了。"

　　秦佑白沉默片刻，喝了一口茶水，热气腾腾模糊了他的面容。

　　"胡璇的母亲，也是一名艺术体操运动员……曾经的。所以小璇跳艺术体操，也是家学渊源。"

　　邓北侧耳，神色认真，可是秦佑白说完这句话之后便闭口不言了，他看向邓北，却又像是透过他看着什么人。

　　"邓北，更多的事情，我不能告诉你。你如果真的喜欢她，你就要自己去了解她，彻底地了解她。邓北，你喜欢胡璇吗？"

　　杯子中的茶水逐渐凉了。

　　邓北低着头，看着最后一缕热意抽离。

　　"是，我喜欢她。"

　　两个人不约而同地沉默了片刻，秦佑白低下了头，眼睛看着杯子，仿佛有什么从他的精神抽离出去，令他久久不能回神。

　　秦佑白听见自己的声音冷静、平和。

　　"那么，希望你能好好待她。"

　　邓北的五官蓦地柔和下来："我会的。"

此刻，两个男生中间，似乎有什么默契的氛围，在缓缓流动交互。

胡璇的训练按部就班，尽管她是以第一名的成绩正式进入国家队试训，但是面对诸多强劲的队友，胡璇仍是感觉到了压力。曾经在国际的比赛上比她的自选动作难度更高的人，更是不计其数，一种明显的压迫感向她袭过来，胡璇只能沉下心思，迅速地将全部精力投入到训练中。

她两耳不闻窗外事，注意力一经投入，便有些无法兼顾其他的事情，以至于好几次都忘记了给邓北回复信息。

后者在自己的短信再一次被忽略之后，终于沉不住气，像个怨妇一般找上了门来。

队友告诉胡璇有人过来找她的时候，胡璇半天都没反应过来，只觉得队友神色暧昧的笑容有些莫名其妙。她穿着体操服，刚刚走出训练室，就看见走廊上懒懒地靠着墙站着的男生。

走廊的光线并不明亮，他的半张脸陷在阴影里。听见声音，邓北抬头看她。

"大明星还舍得出来见我？"

"你怎么来了？"

——两个人的声音几乎同时响起。仅仅是几天没见，胡璇突然有了一种恍若隔世的感觉。

邓北若有似无地轻声笑了一下。

"算了……走吧，再忙也得吃饭，我请你出去吃晚饭。"

胡璇略微犹豫了一下，实际上，在此之前她已经在食堂吃了三天的饭了。在这密集的训练日程中，抽出一整段时间来出去悠闲地吃个饭，似乎已经成了一种奢侈。

邓北还在看着她，等待着她的回应。男生眼睛略微睁大，他的眼形本就接近杏眼，只是平日里经常垂着，给人一种冷漠疏离之感，此时刻意地柔和下来，倒有了一种无辜的感觉，令人不忍心拒绝。

胡璇很快就动摇了。

"行，那你等我一会儿，我去找教练请个假。"

邓北的唇角勾了勾，露出一个满意的神色。

"嗯，我等你。"

忽然，训练室门口传来了一个女声。

"胡璇？你在做什么？"

胡璇回头，一个同样穿着体操服的高挑女生，双手抱胸走了出来。她的身材很好，五官之间也有一种掩饰不住的张扬的艳丽。

虽然不知道她为什么突然出声叫自己，胡璇还是冲她点了点头："高妍姐。"

高妍是艺术体操国家队的选手，曾经替国家队出战过世锦赛等许多国际赛事，成绩不俗。但人颇有些傲慢，几乎从没跟胡璇等新加入国家队的队员们有过交流，胡璇甚至暗自揣测过她可能都不知道自己的名字……

难不成这个师姐的队友爱突然被唤醒了？事实证明是胡璇想多了，高妍虽然叫了胡璇的名字，可是显然注意力并没有放在她的身上，她身姿优美，径直走向了邓北。

"你是邓北对吧，我听说过你，我叫高妍，艺术体操国家队的队长。"

胡璇：行吧。

按捺住想翻白眼的冲动，胡璇悄悄地看了一眼邓北。

邓北皱着眉，用眼角睨了一眼高妍，极为敷衍地点了一下头，然后看向胡璇："我出去等你，你请完假了之后过来找我。"

"好。"发现自己这一声答得有点儿欢快，胡璇随即掩饰性地咳嗽了一声。

高妍的神色看起来有一瞬间的僵硬，她像什么也没发生过一样，扭头看向胡璇："你和邓北是什么关系？他是你的男朋友？"

胡璇言简意赅地回答："朋友。"目前为止，的确只是朋友而已。

高妍的神色松了松，微微抬了抬下巴："哦，我倒是忘了，你们都是滨江大学出来的运动员……你们是要出去吃饭吧？你走吧，我帮你把假请了。"

"那就谢谢学姐了。"

胡璇说完就走了，没有理会盯在自己后背上的目光，更不想分析那到底是什么含义。

邓北站在路边，靠着一辆车，见胡璇出来，又绕到了副驾驶的位置，替她拉开了车门。

胡璇略微诧异："你的车？"

"代步而已，上来吧。"

胡璇坐到了副驾驶上，车门一关，狭小的空间更显得气氛奇怪，也不知道是出于什么原因，胡璇一直没有说话，汽车平稳而沉默地行驶着。

邓北双手把着方向盘，骨节分明的手指轻轻地在方向盘上敲了敲。

"怎么不说话？生气了？"

"别看你刚来京都没多久，倒是挺会招蜂引蝶的。"

邓北"噗嗤"笑了出来。

"我以为我刚才的表现已经算得上是良好了……最起码不应该得到这个待遇吧？"

被他调笑性的目光一看，胡璇也觉得有点不好意思……以旁观者的目光来看，她大概就像一个吃醋的女孩。

一路艰尬。

说是吃饭，邓北果然驾着汽车，东拐西拐进了一个小巷子里，在一处不起眼的地方停了车。正对着就是一家装修古色古香的中餐馆，一看就是事先查好了攻略，否则邓北是无论如何都不会知道这里的。

见胡璇一直看着他，邓北言简意赅地说："别误会，这是前两天有朋友上这来吃，觉得好吃才推荐给我的，我训练那么忙，哪有时间查攻略。"

"哦。"

胡璇点头，看着面前一道一道完全是她爱吃的菜，也不去计较到底是哪个朋友。

饭吃了一半，胡璇想起来一件事。

"你这算是已经正式进入国家队了吧。"

"差不多，下周一正式开始试训。试训的队员是跟正式队员一起训练，只要试训结束后成绩排在及格线之上，就算是正式进入国家队。"

"我听说，亚洲游泳锦标赛就快要举行了，你会上吗？"

邓北犹豫了一下，还是摇摇头："应该不会，这个参赛名单是在我们入选国家队之前就提交了的，如果让我们参加，应该不符合流程。"

胡璇虽然失落，但也只能表示理解。

聊着聊着，邓北的电话响了。两个人对视了一眼，莫名其妙的，面对这个似曾相识的场景，都有了一种不妙的预感。

电话果然是吉大利打过来的，他的声音果然也是带了三分焦急。

"北哥！你在哪？"

"下次再吃饭的时候，我应该把手机关机。"

"什么？"无端被怼了一句的吉大利有些懵。

邓北揉了揉太阳穴，无奈地叹了口气："没什么，有事您说。"

"你和许赫的那点陈年旧事被扒出来了，还是陈博涛说出来的。"吉大利的语气有些冲，连陈教练都不叫了，直呼大名。

撂下电话，吉大利甩过来一个链接，是一个体育类小报采访陈博涛的视频片段。

记者问："我们了解到这次以第一名的优异成绩进入国家游泳队进行试训的邓北，和许赫一样都是您昔日的队员，那么您更看好哪一个呢？"

陈博涛低头沉默良久，抬起头，目光看向镜头："比起更看好谁这个问题，我更想说，邓北不适合游泳这个项目。"

陈博涛的话没说完，但视频已经戛然而止。

就是这么一小段断章取义的视频，在小范围内还是激起了水花，蜂拥而来的评论家们不计其数。

胡璇板着脸熟练地登录了某知名游泳论坛，看着上面不断刷新出的消息，指尖止不住颤抖。

邓北中间曾经试图打断胡璇的动作，可是刚准备吭声，就被她冷冷地扫了一眼。这一眼严肃且不容抗拒。

邓北：行吧。

这似曾相识的场景，在小姑娘眼中，自己似乎总是弱势群体呢。

又过了一会儿，眼看她有沉迷的架势，邓北无奈地叹了一声，拿过她的手机，按下电源键，一只手按上她的太阳穴，将她的脑袋戳得歪了歪，轻嗤了一声。

"别看了，我都说我不在乎了，而且你想要知道什么问我，别瞎看，他们什么都不知道，只会看看热闹。"

胡璇的目光从手机屏幕上抬起头来，"他们说你走后门，双保险，浪费国家资源。他们还说你人品有问题，所以现在就连你昔日的教练都不认可你。"

邓北丝毫不以为意："行了，我都没怎么样，你先替我委屈上了。"

胡璇继续面无表情："所以上面有人爆料你，你曾经因为嫉妒许赫，所以蓄意将他推进水池里，后来被你们当时的教练陈博涛发现，这才撤销了你保送省队的名额，这是真的吗？"

邓北从她手中抽出手机，淡笑着说："你不是一点儿都不相信吗？"

"我的确不相信，你这个人刻薄又傲慢，不会做这样的事——嘶，你干吗碰我头发？"

胡璇看了他的手一眼，但是也并没有躲开。

因为我喜欢你。

——但是邓北也没有说。

邓北想，还不是时候。

可是邓北的这番沉默在胡璇眼中就有了其他的意味。

胡璇皱着眉开口："你和许赫之间到底是怎么回事？三年前你到底怎么了，不是说让我问你么，我现在问了，你会告诉我吗？"

邓北垂下眼睛。

得不到回答，胡璇愤愤地抬起头来，大眼睛满是控诉。

邓北"哦"了一声，坐直身体，表情看起来很是可惜，声音带了点漫不经心。

"你不是听吉大利说过？"

"你怎么知道——不对，就算你知道，但是吉大利说得也很笼统，而且我的直觉告诉我，那不是全部事实！"

"啧，你以为你是柯南。"

"女孩子的直觉你懂什么？"

"你怎么知道我不懂？"

"……"

路过的服务员也不是很懂这几句没营养的话有什么意义……

邓北叹了口气，看了一眼店里挂着的电子钟，时间显示星期五下午五点，快到平时约定的时间，他站起身："走吧。"

"去哪？"

"去揭开一个你想知道的真相，啧啧，女孩子的直觉有时候真的准得可怕。"

看着邓北起身去结账的背影，胡璇眨了眨眼，还有点没反应过来。

这么简单就妥协了？

半个小时的车程，周围的商场店铺越来越少，多了些四季常青的松树类，邓北弃了车，又带着她走了一段路。

拐过一个上坡就是一处看不到任何标志的店面，一推门，门口的风铃发出一阵清脆悦耳的碰撞声，开门时的气流带动了屋内的绿植，花花草草的叶子随之摆动，窗外的夕阳斜斜地透了进来，气氛正好——如果忽略着周围熟悉的医疗器械的话，胡璇大概会以为这是一家蛋糕店或咖啡屋。

她的眼睛刚从早春就盛开的不知名的花上移开，就看见一个年轻的男人走了出来。

"你今天怎么来了，我一会儿还——咦，胡璇？"

年轻男人的目光落在胡璇身上，金丝框眼镜好像闪过一道白光，这熟悉的感觉让胡璇突然觉得在哪里见过他。

"白医生？"

胡璇曾经在青运会上见过这位医生。

邓北一边脱了外套随意地搭在一旁的衣帽架上，一边拿下巴点了点那个男人。

"这是白白。姓白，名白，你别看他一副吊儿郎当的样子，他实际上是一个非常有名的心肺科医生。这是胡璇，我的——朋友。"

身为邓北的旧识，白医生没有错过邓北一抿嘴中微不可察的不自然，他偏头饶有兴致地打量着胡璇："用不着你介绍，光看脸就知道了，艺术体操界的明星——胡璇嘛。"

"行了，别在这儿秀你的记忆力了。"

邓北见不得白医生自来熟的样儿，生怕胡璇分分钟被他迷惑，于是反手将胡璇的外套也挂起，然后在白医生大开眼界般浮夸的演技中将她往沙发上一按，弯腰说道。

"我进去做个检查，很快就出来。你自己在这儿先坐一会儿，白白这儿也有只猫。"

像是叮嘱女儿一般苦口婆心，白医生看得直摇头。

"行了，我这儿安全得很，你别磨磨唧唧的。你不请自来，我就不说什么了，晚上我还有事，咱们速战速决。"

眼看这位白医生就要没有风度的发起火来，胡璇有再大的疑惑也默默地吞回了肚子里，余光中瞥见了一只黑色的毛茸茸的小东西拱着桌子钻出来，她的注意力立刻被抓走了——这一趟没有白来！

看着立刻神志全无的胡璇，邓北觉得自己的贴心都喂了狗。

两人从白医生那出来的时候已经是繁星满天，夜晚又降了温，邓北还没穿上的大衣就落在了胡璇肩上，大了好几个码的厚外套瞬间就将她埋在了里面，只剩一个小脑袋。

白医生关了灯锁上工作室的大门，坐上自己的车，近光灯开着，照亮车前的路。

车厢里钢琴曲缓缓流淌，叮叮咚咚的旋律里带着乐器之王的自矜，清冷而动人，就像邓北一样。

他以为邓北今天过来，是因为国家队的训练强度令他的身体有些无法负荷，因此想寻求自己的帮助。可是没承想，他来仅仅是为了让身边的小姑娘听一个故事。

啧，年轻人的爱情。

白白随手打了一下方向盘，车向着另一条道路上驶去。

初见邓北，是在京都著名的三甲院里，这家医院汇聚了全国顶级的心肺科专家，也包括自己的恩师。恩师亲自将一位患者引荐给他，嘱咐他好好上心。

那是一个还没有成年的男孩儿，但他已经早早地摆脱了稚气，身上有着超越这个年纪的深邃和沉稳。

他身边是他的父母，他的母亲垂着泪，请求自己多加尽心，说自己儿子的愿望就是继续待在泳池里比赛——这个叫邓北的男孩儿，早已经通过了考核，是国家一级游泳运动员。可是这多么不可思议啊！

这个男孩天生就患有一定的呼吸系统疾病，病症已经影响到了肺部。寻常人甚至会影响到日常的生活，可他竟然还从事着一个运动量那么大的行业，更令人惊奇的是，他还在这条路上，一路打败了许多身体素质比他好的人，走到了现在。

本着对病人负责的态度，他回家便通过各种渠道搜集了这个男孩儿的资料，看着网上满满的追捧和赞誉，白白不得不惊叹——这是一个天才！

邓北如此年轻，就已经打破了国内多项游泳纪录，在专业上，根本就找不到任何短板，他已经可以预想到，如果邓北是一个身体素质优异的人，再过几年，在他体力的巅峰到来的时刻，将会取得一个什么样惊人的成绩。

而一夜之间，这位泳坛新秀，在关键时刻放弃了一个至关重要的决赛，错失了这一年入选省队的机会，其中因由，就连他这个局外人也为之叹惋。

善囚者溺于水，这话不假。他为了救一个朋友，在湖中挣扎了太久，等到上岸的时候，在他体内堆积了很久的病症，一下子爆发出来，打了所有人一个措手不及。

从那之后，他便自发地担任了邓北的"私人医生"，除了帮助他调理身体之外，也经常会跟着他去比赛，以防止比赛过程中出现什么意外情况。

邓北也不知是什么时候考下的驾照，尽管没见他开过，但他的车技流畅，不一会儿就回到了胡璇住的地方。

他拔了车钥匙，两个人下车，沿着街道慢慢地走着，他眼神中的光彩随着迎面而来的车辆明明灭灭。

"其实这件事情说来也不复杂。我为了游泳，隐瞒了自己的身体健康状况，无论是教练还是队友都不知道。"

"我跟许赫，也不像谣言中那样，势不两立，生死仇敌。什么他在背后捅了我一刀，什么他串通了教练踩着我上位，都是假的。"

"有一场比赛，半决赛之后，我和许赫约好了去公园拉练，就是那一天。天气很好，再加上我们俩的半决赛成绩也都不错，导致了许赫那个小崽子兴奋得忘乎所以，非追着几个在湖边玩的小孩打闹——小孩没事，他自己没站稳，踩到了一个湿滑的石头，栽进湖里去了。"

在胡璇的脑海中，许赫那张还看得过去的脸已经逐渐模糊，取而代之的是一个熊孩子的身影。

胡璇冷哼一声："他是专业游泳运动员，怎么可能不会游泳？"

"没错，他会。"邓北双手插着兜不紧不慢地继续说："可是那湖水太凉了，又深不见底，他刚掉下去，脚就抽筋。我眼见着他挣扎了几下就要往底沉，就也跟着跳下去了。我忘了一句话，善泅者，溺于水。我本来以为，我可以轻松地将许赫捞上来，再痛骂他一顿。但那个时候他喝了几口水，慌了，脑子开始不清醒，我没办法顺利地把他带往岸边。"

他就好像是在说别人的事情，神色中一片浑不在意。胡璇的心怦怦地跳了起来，几乎能勾勒出当时惊险的画面。

"然后呢？"

"然后……我在里面坚持了一会儿，耗费的体力比平常训练还要大得多，身体坚持不住了，一边往水底沉，一边连咳嗽也忍不住。如果不是刚好安全员将船开了过来，我们俩都得凉在那儿。在医院里，许赫那小崽子看到了我的体检报告，才刚死里逃生，他一个害怕，就把我的身体状况告诉陈教练了——后面的事情你也知道了，依照我当时的身体状况根本没办法参加决赛，陈教练也觉得，按照我的身体状况，勉强也登不上巅峰，甚至还有可能危及自身，因此，我应该就此离开游泳池。"

邓北的语气七分淡漠，三分自嘲。

"你看，事情就是这么简单，说开了，就一点儿也不惊心动魄。"

路灯下，两人的身影被押的很长。

胡璇垂着头，听着他用平常的语气说着这些在她心中翻腾起惊涛骇浪的事情。

她又不合时宜地想起，两人初相识的时候，邓北用漫不经心的口吻反问她：

"你又懂什么？"

胡璇鼻端涌上酸涩，想安慰他，想抱抱他，想对他说他理解他，并且说她会一直陪着他，但是话到嘴边，却又觉得……亵渎了他。

他一直都是一个人坚强地撑了下来。

邓北低下头，看向那双刚刚被水洗过似的闪闪发亮的眼睛，想要说什么，最终化作一声轻笑。

"好了，故事讲完了，你该回去了。"

13. 物种差异

两天后，又是崭新的周一。

新人入队对于国家游泳队来说是一件大事，虽然正值亚洲锦标赛前夕紧张训练的阶段，总教练仍是让人办了一个简短的入队仪式。

前面站了一排教练和专项教练以及各位数据师、分析师、助教……乌泱泱二十多人，而他们对面，是十多个局促不安的国家队小萌新，一个个束手跨立，乖得很……也包括神情寡淡却随波逐流站好的邓北。

主教练满意地点点头。

"首先，我要恭喜你们，你们能站到这里，就证明了你们的实力，是在我们国家游泳项目上，站在金字塔顶端的一批人，可是对国家队来说，对国际泳坛来说，你们的挑战才刚刚开始，丝毫不能松懈。"

"不管你们来自什么队伍、什么机构、什么学校，在国家队征召的时刻，你们都是代表着祖国。"

"……"

总教练退场，接下来就是各位助教的自我介绍及带领小萌新们参观国家游泳馆，刚进到灯火通明的泳池场地，几个人便在白炽灯的照耀下走了过来。

为首的男人只穿着黑色的泳裤，结实的肌肉透露出常年锻炼的优美线条。

"邓北，我们终于在这里见面了。"

许赫勾着笑，眼睛弯起来让他整个人显得无害，他刚从泳池里出来，身上的水珠不断地下滑，沾湿了他脚下的一片地面。身后赶过来的助理连忙拿出不知道从哪里拽来的一条白毛巾蹲下来擦。

吉大利皱皱眉头，可能是被于教练骂习惯了，见不得人这么不将助理的劳动成果放在眼中，加上他本来就厌恶许赫，当下就皱着眉头，语气不友好地怼了过去。

"你就不能擦干再出来吗？你这样走一路水流一路，还要别人给你收拾，不好吧。"

听见吉大利的话，许赫的视线从邓北身上移开，没有看吉大利，而是低下头，看着还在擦着地的助理。

"抱歉小王，有事你去忙就好，这里我们自己擦就好了。"

被唤作小王的男人也就二十多岁，听见许赫的话连忙摇了摇头。

"没事的，这是我应该做的，你们平时训练已经够辛苦的了。"

许赫于是笑了笑，这才抬起头看向吉大利。

"还没有，恭喜你，没想到你也能走到今天这一步。"他的笑彬彬有礼，却又有种说不出来的不舒服。"还有后面的……这几位，抱歉，我没记住你们的名字，总之今后加油吧。"

吉大利气得鼻孔冲天："许赫！你要是不会说话，就把嘴闭上！"

许赫好脾气地笑笑，目光再次掠过邓北，扫向了他身后的人："对不起哦，每年来集训的人不少，最终能入选的却寥寥无几，我记性再好，也记不住所有人的名字……对了，我叫许赫。"

这一番话说的这群小萌新的面色都有些不好看。

怎么会有人不知道他是许赫，鼎鼎大名的许赫，明明都是差不多的年纪，却比他们早的加入国家队。

但这话没毛病，集训只是个开端，每年都有好苗子冒出头，可是一年国际赛事就那么几项，能代表国家出战的名额少之又少，众人不光要跟同期竞争，还要跟这些已经在国际上崭露头角的知名运动员竞争。

而许赫，恰好就是那一颗最亮的明星。

他身后的几人，也是成绩远远超越众人的国家队成员，站在一起，有一种令人无力的压迫感——他们之中，甚至有人年纪比他们还要小。

察觉到这边几个人的沉默，邓北不耐烦地皱起了眉头开口。

"我们还是先去看看泳池吧，名字这种东西……只在颁奖的时候有用。"

助教多少感受到了这无声的硝烟，此时听见邓北开口简直就像抓住了救命稻草，急忙点了点头。

"大家跟我来吧，不是我吹牛，我们国家队游泳池里的水质可好了，游到一半渴了喝下去都没问题……"

看着被助教半真半假又活跃起来的气氛，许赫低头笑了笑。

"还要再说一次，欢迎你们，助教，我后面还有训练，就不陪大家参观了。"

"好、好，你忙。"

助教送佛一样送走了这几个人。

吉大利看着他的背影嘀咕着："之前在滨江的时候还没有这么深刻的感觉，这家伙真以为到了自己的主场，就可以任意妄为了吗？"

邓北睨他一眼："行了，再多看他也不会让你的成绩快一秒钟，走吧。"

从国家队游泳中心出来的时候已经是夕阳西下了，几个人陆续上了大巴，邓北站在车下挥了挥手。

"你们回宿舍吧，我还有事先走了。"

众人都无精打采地应了，只有吉大利智商不在线般丝毫没有被打击到，挤眉弄眼地朝邓北手中的手机努努嘴，一副天知地知你知我知的样子——刚才，他不经意地一瞥，恰好看见某个女孩子给他们北哥发来了信息：就别出去吃了，我请你吃我们体操中心的食堂。

邓北丝毫没有察觉好兄弟想要交流的心态，扭头就走。只是走了两步，他又停下脚步转过身，看了看那辆载着吉大利远走的车，又低头看了看自己的手机……

打好菜，胡璇带着邓北找了一个安静的角落刚一坐下，胡璇立刻就睁大了眼睛开启了连环炮似的发问模式。

看着她像接第一天上幼儿园的小宝贝回家时东问西问的年轻妈妈一样满脸紧张，邓北一噗，忍不住手按了按她的脑袋，才漫不经心地回答道："唔，水质还不错。"

胡璇：有病？

她将了将被邓北揉乱的头发，忍不住白他一眼："你认真一点儿啊，我问的是教练好不好，队友好不好相处，你——"

突然，胡璇的手机响了起来。

胡璇低头看了一眼。

"你的手机还真关机了啊？"

"吉大利的电话打到你那去了？"

两个人几乎异口同声，随后又都陷入了深深的无奈。男主角有个太过黏人的朋友该怎么破？

但好在这一次吉大利并没有带来坏消息，这个少年完全不晓得邓北关机是因为他，反而单纯地向胡璇请求，让她转告邓北，回来的时候给自己带一份饭。

胡璇突然有点同情吉大利。

见她起身想要往食堂档口走去，邓北伸出一只手拉住了她。

两个人目光交接，胡璇秒懂了邓北的意思，她不可置信地瞪大眼睛。

"不是吧，他陪你睡了这么久，你连一顿饭都不让我买给人家？！"

远远看见胡璇跟一个帅哥一起吃饭正准备过来打招呼的队友：……

溜了溜了。

邓北不置可否地牵牵嘴角："这是你食堂的饭。"——只能给我吃。

吉大利本以为，作为金字塔顶端的一部分被招来国家队集训是一种荣耀，这是他苦尽甘来的开端。可是万万没想到，他从一个小森林里的食草动物变成了一个大草原里的食草动物，而北哥依旧是那个站在食物链顶端的北哥。

第一次适应性训练，正值亚洲锦标赛赛程将至，国家队所有现役的队员到了个齐全，大家对这群小萌新进行了强势围观。

吉大利的手脚都在微微颤抖，幸好他这几年被邓北的毒舌打击成了不破金身，众目睽睽之下，自己擅长的仰泳依旧游出了一个中等偏上的成绩。

主教练点点头表示认可，一旁的助教面色严肃地在本子上记录着什么。

陆续几人的成绩都是达标。

直到邓北入了水，吉大利敏感地察觉到周围的环境静了一瞬，似乎所有的目光都投在他身上，曾经"天才"的名号，让许多老将都有了危机感。

运动员中的优胜劣汰，其实非常残酷。

邓北利落地入水，泳姿一如往常流畅，也并没有因为想要展现自己就铆足了劲儿冲刺，主教练看看秒表，对助教说道。

"他的入水反应特别快，换气的频率比正常人都要多，但是并不影响他的速度。"

　　换气的频率少，意味着他天生的肺活量要强于一般人，这能让一个游泳运动员拥有更长的潜游冲刺时间，往往零点几秒都能够决定一个冠军的诞生。可是看邓北的情况却完全反了过来，他换气比旁人的频率要多，代表着他的肺活量或许没有旁人大。但即便如此，他依旧能比别人领先到达终点。

　　助教也赞许地点点头："他状态不错，要不是这次亚洲锦标赛的名单已经敲定，我还真想建议您让他也参加队内选拔。"

　　主教练沉默了片刻。

　　"那就破格让他参加队内选拔。"

　　一锤定音。

　　集训的时间只有半个多月，快结束的时候，教练召集了众人，宣布要举办一场队内热身赛，并且将殷切期盼的眼神慈爱地投向了邓北。

　　"队内赛？"

　　邓北皱起了眉头，不是很明白主教练的意思。

　　"不只是个普通的热身赛，因为近几年大众对泳队的关注度还是很高的，所以我们还请了一些媒体，也算是为即将到来的亚洲锦标赛做一个宣传，对于试训队员来说，这一次热身赛的成绩，将直接决定你们是否可以留在国家队。"

　　吉大利在旁边听出了门道，这是要搞事情啊！

　　他连忙露出了标准的姿势，双手攀上邓北的胳膊，就差跪下抱住邓北的大腿。

　　"北哥北哥，这次热身赛我可全指望你了。"

　　"你指望我有什么用？"

　　吉大利振振有词："我单人成绩就这样了，这两天怎么练都不会再快一点儿，但是接力赛就不一样了，只要北哥你给力一点儿，您一人得道我鸡犬升天！"

邓北嫌弃地一只手指怼住他，义正词严地教育他："成绩是自己的，不要总是想着不劳而获。"说完，他掏出手机看了看时间，心思又飞走了。

吉大利：……

别以为我不知道，你训练时间试图谈恋爱。

散会之后，国家队的队员们不约而同分成了两拨。看着邓北等人远走的背影，许赫的脸色有点难看。

旁边有一个年龄稍大的队员狠狠皱起眉头："许赫你说，教练这是什么意思？"

许赫冷笑一声："什么意思？你这还没看明白吗，教练希望让邓北参加亚洲游泳锦标赛。"

"可是这不符合规定！邓北现在还不是国家队的一员，哪怕他的关系落过来，那也是报名截止之后的事情了。"

"规定？规定是死的，人是活的，所以教练这不就是想借助媒体的力量吗？"

那个人显然有些慌张："那……那我们怎么办？"

许赫这才扭头正视他，他面前的这个人水平中等，状态不好的时候，甚至能在国家队内成绩垫底。眼看快要接近退役年龄，这次亚洲游泳锦标赛很有可能就是他退役之前的最后一场比赛，不管成绩如何，他也希望能参加，最起码是一次名头响亮的经验。

"什么怎么办？有能者居之，这句话不用我教给你吧？"

"可是这不公平！"

许赫往前走了两步，闻言又停下来，回头冷笑着："什么是公平？干脆给你自己办一场比赛得了？你永远也别去想比赛场有多么残酷，因为它远比你想象中的，还要残酷，你要是接受不了，就趁早退出。"

许赫走后，那位游泳队员在原地，攥起了拳头，久久都没有说话。

第二天，当这群国家游泳队的小萌新们，又一次来到泳池训练，却发现泳池里已经有了人，远远的还有几个拿着话筒和相机的媒体记者。

吉大利一脸懵地掏出手机看了一眼："我没记错啊，这个时间应该是我们训练的时间……北哥，怎么办？"

邓北亦是皱了皱眉头："过去看看再说。"

一行人走了过去，一个小萌新蹲在泳池边上，问正在训练的一个前辈。

"哥，你们怎么现在训练啊？"

那人睨了一眼他们，嘴角勾出了一个不屑的笑容。

"抱歉哦，今天许赫有一个采访，教练的意思是采访地点定在泳池里比较好，所以我们的训练时间临时提到了这一道，难道没有人通知你们吗？"

众人面面相觑，吉大利嘀嘀咕咕地说："搞什么嘛。"

"算了，走吧。"

邓北一刻都没有停留，转身就走。其他人面面相觑，也都纷纷离开了。

吉大利和黄觉一左一右走在邓北身旁，吉大利皱着眉："北哥，你向来不是最遵守训练时间的吗？今天怎么就这么算了？"

邓北没回答，倒是黄觉叹了口气："不这么算了又能怎么办？别忘了，这可是教练的安排，只不过是没有人通知我们罢了。"

这软钉子，他们倒是碰到了。

众人本以为这只是一个意外事件，可是当接下来几天，他们每次在规定的时间去泳池训练的时候，都会发现泳池已经被占用了。

如此几次，谁都能发现其中的不对劲儿。吉大利发现，他们北哥的忍耐力似乎已经达到了顶峰。

在他们又一次被"泳池临时有别的安排，但是忘记通知你们了"为借口，被拦在入口，邓北终于爆发了。

他沉着脸，撕下了门口布告栏的训练计划表，一马当先走了进去。泳池里此刻倒是真有三两个人，只是姿态散漫，完全不像是正在训练的样子。

一个人看到他们，原本正在说笑的神情，立刻冷了下来："怎么回事？谁让你们进来的，不是说你们的训练时间改了吗？"

说话之人就是之前三番两次诟病邓北的刘青。

邓北不慌不忙地蹲下身子，神情就像是看着路边的野花野草之类的，有一种居高临下的怜悯。

"师兄，你知不知道狮子和猫的差别在哪里？"

那人皱了皱眉头，虽然不明白邓北在说什么，但是也知道应该不是什么好话："你说什么？"

邓北站了起来，嘴角轻扯，一半冷漠一半傲慢。

"因为狮子就是狮子，猫就是猫，这是两个物种。就像我就是我，你就是你，不管你在背后做什么，都改变不了我们之间物种差异的事实。"

他话音一落，空旷的泳池瞬间陷入了死一般的寂静。

吉大利在心底疯狂地吐槽，什么叫不鸣则已，一鸣惊人！来京都之后，他们北哥乖巧得令人流泪，但是总给人以不和谐之感。直到现在，吉大利方才找回了那种久违的安心……

但显然泳池里那位学长，就不怎么安心了。

刘青阴沉着脸，双手撑着，从泳池中爬上来。

"邓北，你是不是觉得，我们这些人都不如你？"

邓北没来之前，他已经属于国家队里吊车尾的人。邓北来了之后，有了这一批新鲜的血液做对比，他更显出几分庸碌无为，连日以来叠加的嫉炉，令他此刻的眼睛都冲上一股诡异的红。

见他如此，邓北微微蹙眉，不着痕迹地后退了一步，离他稍微远了一些。

"这就是你该跟师兄说话的态度？"

"但凡师兄对师弟们有一丝爱护之心的话，我也不会是这个态度。"

"看来你是一定要同我做对了？"

像是觉得这话荒唐，邓北竟然笑了一声。

"师兄，这里是泳池，我们是运动员。能让我为之作对的，除了我的成绩，别无他物。"

刘青每多说一句话，都像是往自己的脸上多打一巴掌。他垂在身侧的拳头紧紧地握起，肉眼可见地颤抖着。

邓北无意再与他纠缠，别开了头，与刘青擦肩而过，走向了更衣室的方向。

变故就在此时发生——

"啪"的一声。

邓北的耳后有风声传来。

他心下一沉，在这一瞬间，他看不到后面的动静，只能凭直觉往一边躲避。

"北哥小心！"

吉大利的身手从未有如此敏捷过。

三四步的距离，叫他并成了一步，而后便是纵身。

邓北被一股来自背后的力量推到了一旁。他跟跄了一步，随即站稳了身体，扭头看去。

一声巨响，还有一声闷哼。

看清了游泳池边上的情形，邓北本就沉下去的心，骤然停跳——

14. 桃花小劫

这短短的几秒钟，对于吉大利来说，是一个史诗级别的灾难。

谁也没注意到，刘青的脚边有一个玻璃杯，"啪"的一声是他红着眼睛，拎起那个水杯，磕到了泳池边将它打碎。

那风声是刘青饱含着巨大的嫉妒，拿着破碎的玻璃向邓北脑后袭去。

然后，吉大利爆发了他有史以来最快的反应速度，冲上来将邓北推开。刘青收势不及，撞倒了吉大利。

吉大利下半身正正好好，压在了那堆碎玻璃上，触目的鲜血瞬间蜿蜒开来……

救护车很快就来了。

医护人员将吉大利抬上担架，吉大利眼泪汪汪地抓着邓北的手，抓得很紧很紧，仿佛想要说些什么。可他最后仅仅是张了张嘴，突然一咬牙，别过了脸去。

随着主教练满脸严肃地带走了刘青，这一场骚乱逐渐平息。

邓北站在原地，低头看着刚才被吉大利抓紧的手腕，很久都没有抬头。细碎的春日阳光照进来，却没有让他感觉到丝毫温暖。

半个月之后。

阳光从顶棚巨大的透明玻璃上投射下来，照耀在泳池中间，显出水波粼粼的光彩。

几十架长枪短炮般的摄像机在禁止线之后，拥挤地排列着。

许赫刚从游泳池里出来，拿过助理递上来的毛巾，就被一众记者团团围住，一个个争前恐后将麦克递到他嘴边。

"最近的集训对你的状态来说有帮助吗？"

这就是属于很温和的问题了，许赫有条不紊地点点头，表达了自己的努力和平稳的心态。

"请问这次亚洲游泳锦标赛，4×100米混合泳的阵容同上一届有什么调整吗？"

"国家队什么时候启程，会有适应赛吗？"

"……"

一派热火朝天祥和之色。

忽然间，有个男记者问道。

"不是说今天的队内赛会有新成员参加么，那么请问，要是新成员成绩优异，有机会出战此次亚洲游泳锦标赛吗？"

听到这个问题，不止许赫，许多队员都面面相觑，场面一度极其尴尬。

许赫轻咳一声，重新挂上笑意。

"这次比赛，仅仅是确定国家队这一期的正式队员，至于亚洲锦标赛……出战的名单早就已经定下来了，虽然我也觉得很可惜，但规则就是规则。"

隔着一个偌大的游泳池，主教练收回了目光，看向身前的邓北，意味深长地说："你要知道，你的选择会让你无法拿出十分具有说服力的答案，没有傲视所有人的比赛成绩，我就无法破例让你插队，去比亚洲锦标赛。你错过的，可能不只是一场比赛而已。"

邓北静静地站在原地，阳光打在他的脸上，高挺的鼻梁，令他的脸一半陷在阴影中。

可他的声音却如此坚定。

"谢谢主教练，这是我的选择。"

——这次队内赛是积分制，全部赛程比完，会录取前十名正式加入国家队。

邓北参加了全部的团体比赛，和吉大利一起。因此，他不得不放弃一些可以大放异彩的个人项目。这样的选择，目的仅仅是希望通过他自己的努力，让吉大利也能得到积分，名列前茅。

因为这将是吉大利最后的比赛。

吉大利，众多天分平平的游泳运动员中的一员，可他异于常人的努力，硬是让他冲到了现在，他或许还能冲得更高——如果不是半个月前的那场意外事故。

有一片尖锐的玻璃，从他的脚后肌腱深深地扎了进去。

哪怕是现代医学如此发达，面对吉大利殷切的目光，医生也只能遗憾地摇头。

吉大利十多年的梦想就是要加入国家队。

今天，邓北想要替他的跟屁虫实现这最后的愿望。

主教练悠悠地叹了口气。

"你没有告诉他，你放弃了什么吧。"

邓北毫不在意地撇了撇嘴："没必要，毕竟就算我告诉他，吉大利那个脑子，转不过来这个弯儿。"

主教练摸了摸鼻子："但我还是觉得不值啊——吉大利的情况我们都心知肚明，哪怕他这次沾你的光进入国家队，也只不过是走个过场，还是要马上退役的。你付出的代价这么大，值得吗？"

"您不用试探我。"邓北转身离开，只留下一句："我自己做出的选择，我不会后悔。"

回到准备区，吉大利忧心忡忡地凑了上来："北哥，主教练跟你说什么了？他是不是不想让我参加比赛？"

"别想这些有的没的，你还是多担心一下自己吧，防水的绷带都缠好了，可别游的不快，伤口再裂开了。"

吉大利乖巧点头："放心北哥，我绝对量力而行，一旦感觉不对，我就立刻弃赛。"

他言之凿凿的样子，令邓北几乎有些后悔做这个决定。

很快，比赛就要开始了。

虽说是队内赛，但是比赛规制十分严谨，流程按部就班。第一项就是4X100接力，吉大利摸了摸受伤的小腿，戴上了泳镜。

出发前，吉大利忽然扭头看向身侧的邓北，目光闪动间，有什么晶莹的情绪迅速湮没。

预备——

"啪"。

发令枪声响起。

春天的脚步匆匆掠过。

这一年春天的亚洲锦标赛跌破了所有人的眼镜。

赛前大热的国内选手许赫和他的老对手日本泳坛知名选手于自由泳项目多项比赛中相遇，赛前惺惺相惜的两位冠军级运动员还通过媒体放话相约一较高下，引起万众期待。可结果出乎预料，两人均被一个韩国不知名小将——斩落马下。

韩国近十年来最年轻的世界冠军，尹相。

这个叫尹相的韩国小将打破了去年世界锦标赛上许赫创造的1500米自由泳纪录，摘得桂冠。

尹相创造的奇迹还没有结束，在十多天的赛程中，他先后斩获了自由泳100米、400米、1500米的金牌，并协助韩国游泳代表队夺得了4×100米混合接力的金牌。

最让人津津乐道的，除了他的年轻和俊秀的脸，还有他的资历——在此之前，尹相一直默默无闻，就像是突然之间从天而降到亚锦赛似的，夺去了全世界的瞩目。

泳坛里的奇迹——媒体是这样形容他的。

其他的运动员，成绩或前进，或退步，所知者寥寥，运动员的世界，往往随着冠军的头衔，一瞬天上，一瞬地下。

赛程结束回国之后，主教练叫来了邓北，指着报纸上对这位突然冒出来的冠军的采访说：

"据我了解，这个人的成绩跟你训练的成绩差不多，他打破纪录的自由泳的成绩，你也曾经在训练中游出来过。如果你能参加，说不定今天报纸上的主人公就会换一个人。"

邓北瞟了一眼假装从旁边飘过、行迹鬼鬼祟祟的吉大利，忍不住轻笑一声。

"那他也是倒霉。"

"？"

邓北说完就找了个借口离开了。主教练琢磨着他话里的意思，半天才听出来这句话的言外之意，忍不住朝他的身后喊了一句。

"你小子，太狂妄了！"

邓北追上吉大利，伸手拍上他的肩膀："鬼鬼祟祟地干什么呢。"

吉大利讪讪地笑了笑，扬了扬手里的表格："北哥，我不是故意偷听的，我就是无意间路过。"

邓北扫了一眼他手中的表格内容，看不出来是什么表情："你真的决定了？"

吉大利挠挠头："是啊，下定决心之后，我反而觉得这条出路很适合我。"

吉大利的退役申请很快就批复下来了，他也成了国家游泳队历史中为期最短的在役选手。他以后无法从事专业的游泳比赛，但是吉大利热爱这个赛场，他并不想离开，因此产生了一个很有意思的拉扯结果——吉大利留了下来，以助教的身份。

邓北"嗯"了一声，视线下移，忽然定格在他的小腿处，盯着他脚腕上绑的脚踝护腕问道："这个……"看起来有几分眼熟。

吉大利低头，恍然大悟道：

"这个啊，这个是胡璇学妹送给我的，我俩也算是同病相怜吧，她在脚伤方面特别有经验，推荐了这个给我，说她平常用的就是这一款。"

看着吉大利就像个大傻人似的在那里叨叨着胡璇学妹有多么贴心，人有多么好，邓北就忍不住涌起一阵烦躁的情绪。

——这就是她这段时间不怎么回自己消息的原因？

邓北忽然从鼻子里溢出了一声冷漠的"哼"，连招呼也没打，扭头就走。

邓北回到宿舍，沉着脸歪在沙发上，他摆弄着手机，盯着上面漆黑的屏幕，就像是盯着一个千古难解的谜题。然后，他决定去破解这个千古谜题。

他打开手机，拨通了那个熟悉的电话号码，电话响了好几声才被接起来。

"邓北？"

女孩似乎刚睡醒，声音还有些沙哑，并不如平日里那般悦耳动听，可是奇异的，邓北心中一直以来的焦虑就这样被抚平了。

他想问，昨天晚上给你发的信息怎么没回？可是邓北再开口，仅仅是说："吃晚饭了吗？"

对面似乎犹豫了一下，才回答："……吃过了。"

邓北听出她话里的犹疑，没有戳穿，可眸色却暗了几度。

"那明天一起吃晚饭？"

胡璇依旧没有答应，但她也没有直接拒绝："明天可能要训练，没有时间，这样吧，这两天等我忙完我去找你。"

"既然你都不怕你过来找我，会让他们说闲话，那好，我等你。"

轻松且满含笑意的语调，可撂下电话之后，邓北的神情却越发严肃了——胡璇这是，在躲着他吗？

胡璇放下电话，长长的睫毛垂了下来，遮盖住了眼底的神色。

对面的女人小心翼翼地看着她："胡璇，我们现在可以继续了吗？"

胡璇收起手机，淡淡地"嗯"了一声，重新躺在铺着白床单的床上。

女医师扯过旁边的仪器，重新贴在胡璇的脚踝上，电流接通，密密麻麻针刺似的痛觉瞬间顺着她的身体，传到了她的脑袋里，

她并不是因为睡了一觉才喉咙沙哑，她只是累了。

一个小时之后，女医师抹了抹头上的虚汗，叹了一口气。

"胡璇，你不应该再这么拼了，如果你继续按照这个强度训练下去，我真的不知道应该怎么办了。"

胡璇坐起来，整理着身上的衣服，表情平和。声音平稳："你是我的复健老师，如果你都不知道应该怎么办，我会考虑转告我母亲，让她另换一个。"

女医师的表情有些难看。

"胡璇，我给你做了几年的复健，你和我都很清楚，你这是积年累月形成的旧伤，我只能保证你一时的好转，但是早晚有一天它会累积到一个顶点——"

"所以这就是每次比赛前，你都会给我开镇痛类药物的原因吗，因为你已经认定了那个顶点，迟早会来。"

胡璇面无表情地打断了她的话。

女医师板着脸，硬邦邦地回答："我没有别的办法。"

"你有办法，你可以选择辞职，但是没有，你一方面舍不得丰厚的酬金，另一方面却又受到职业道德的折磨。你不敢跟我的母亲去说这些话，也不敢跟我的教练去说，你就只会在我的面前诉说着你的不容易，再责怪我的努力——哪有这个道理？"

胡璇穿上鞋，试探性地用脚尖点了点地，在熟悉了这股力道之后，她才站起来，往门外走去。

"胡璇。"女医师忽然叫住了她。"你说我没有为你争取过，那你为你自己争取过了吗？"

胡璇的背影似乎顿了一下，却没有回头，女医师静静地看着她。

"我记得我当你的复健医师的第一年，我们的关系还不错。我第一次给你做详细检查，就已经当众说过你的状态不适合从事职业体操选手这条道路，可是你还记得你当时是怎么说的吗？"

女医师的话带着气恼，却也隐藏着一丝不易察觉的心疼。

"你说——就算你的脚废了，你也要拿冠军。"

"胡璇，可能没几个人看得出来。艺术体操不是你的热爱，只是你的执念。如果你无法挣脱这种执念，没有一个人能帮你。"

胡璇未置一词地离开了。

京都的温度似乎每天都在升高，人间四月，可她还未来得及欣赏春色，枝头的桃花不知何时，就已经衰败了。

这一次亚洲游泳锦标赛成绩不佳，主教练没有大发雷霆，只是简单地开了一个总结会，将每个参赛者的表现都做了点评分析，到了许赫那里，主教练皱了皱眉头。

"以后媒体采访什么的，和教练组沟通之后再接受，自信过了别人就会以为你张狂，你看看外界写成什么样子了，过大的关注不只是对你，对你的队友都是一种压力。"

"都是媒体自己找上来的，许赫不接受采访反而让人觉得怂了吧。"

许赫的助理小声反驳着，主教练一个瞪眼，他蔫蔫地低下头。

"教练，您也别说他了，是我说话时不小心，下次我会注意。"

许赫微笑着，似乎比赛失利并没有对他造成多少困扰。

主教练叹了口气："还有几个成绩不理想的队员，我念到名字的……解散后找我谈一谈——"

谈一谈的结果……也许是几年无缘国家队的比赛。

解散后，主教练率先离开了会议室，许赫和他的助理也匆匆离开了，原本凝重的气氛，忽然有些诡异的安静。

不知道从哪里冒出了一个声音："老实说，要论状态不佳，这次许赫的状态是最差的吧。"

"比赛前，主教练还特意给他加训了几天……"

有些隐秘而又不安的种子，在这一刻，缓慢地破土而出。

邓北皱了皱眉头，也起身离开。

国家队的日常训练是枯燥而又有规律的，大部分的运动员经过层层选拔来到这里，都是怀着一个单纯而又炽热的愿望，那就是游出好成绩。所以游泳馆中，不分昼夜，总是有人在训练的。

可是仍有一些人，凭借着所谓的天分来到这里，发现强者比比皆是，于是心态不平衡之下选择了搞事情。

夕阳西下，游泳馆整个被镀上了一层金黄。泳池也显得波光粼粼，配上泳池里若隐若现的"小鲜肉们"，给人一种积极向上又岁月静好的感觉。

"许赫，你还在训练啊。"——一声不和谐的问话打破了这片平静。

许赫刚游完了一个800米，正坐在边上休息，一抬头，就对上了两个男人挑衅似的目光。

他脸色平静，似乎没有听见，目光还落在泳池中还在冲刺的邓北的身上。

被忽略的两人脸色都有些难看。

"许赫，你也休息休息吧，正好泳道也给我们练一下。"

"还有空泳道，你们想用就用，不用问我。"

其中一个人干笑道："可是我迷信啊，我想要用四泳道，都是队友，谦让一下？"

三、四泳道，就像许多比赛中都是预赛成绩较好的人，训练时也一向默认是成绩最好的队员使用。

见许赫没说话，另一个人又接上："许赫，我们知道你要训练，但是你也要给别人机会嘛。"

这种明里暗里的刺挠，自从亚洲锦标赛结束后就没有断绝过。这要是放在从前，根本就是不可能发生的事情。

许赫站了起来，将肩上的毛巾随意地往椅子上一扔，脸上还带着平日里阳光的笑意，可说出来的话却令那两个人勃然变色：

"我又不是你们爹，怎么给你们机会？还有，如果我没有记错，你们试训没有通过吧，我们很快就不是队友了。"

"许赫，你可别太狂妄了。"

许赫用毫不停留的背影告诉这两个人，他还可以更狂妄。这桀骜又目中无人的身影，令人莫名有点眼熟……眼熟又令人讨厌。

"许赫，你一个人占据了那么多的资源，这次亚洲锦标赛游得这么丑，你就不感到羞愧吗？"

"确实，啧啧，这次亚锦赛真辣眼睛。"

许赫站住了脚步，垂下的手逐渐握紧成拳——

忽然，一阵哗啦啦的水声。

一个男人拉着围栏，从泳池中走出来，身上的水渍湿漉漉地淋了一地。他摘下泳帽，拿起架子上的干毛巾擦了擦头上的水渍，又随手围在腰间，语气不紧不慢。

"泳道而已，怎么第八泳道就不能训练了吗？实力就这么差，非要靠封建迷信取胜？"

说完，他扭过头，打量了三人一遍，意味不明地又补了一句："——或许还真要。"

他的表情明明白白地写着：我不是针对在场的某一个人，我是说，你们都在我的射程范围内。

或许是这位身上"唯我独尊"的气质太盛，一瞬间就冲散了方才剑拔弩张的氛围，直到邓北的身影消失在更衣室门口，场上的三个人还眨巴眨巴眼睛没反应过来。

邓北洗了个澡，围上浴巾径直回了更衣室，一抬眼，就在自己的柜子门口看见了许赫。后者低着头靠在他的衣柜门上，还别扭地点着脚尖。

邓北一皱眉，警惕地退后一步："你干什么？"

许赫没抬头，闷闷地说："为什么替我说话？"

"这几个人原本就没通过试训，马上就要离开了。主教练都知道，取其精华去其糟粕的道理，你还上赶着去跟他们杠，也是闲的。"

"那你也可以不管，你为什么要帮我说话？"许赫执着地、不抛弃不放弃地继续着发问。

十分钟后。

男更衣室，胡璇坐在长凳上，姿势端正的像是等待老师发小红花的幼儿园小朋友。

听着身后传来窸窸窣窣的换衣服的声音，胡璇力求放空神志，没注意到身后已经很长时间没有动静了，直到一个温热的气息出现在她耳畔。

她连忙起身，撤出了三米远。

邓北一步一步靠近，带着笑意的声音在她头顶响起。

"怎么也不提前告诉我一声就过来了。"

胡璇低着头，摸了摸鼻尖："我以为，我过来对你来说是一个惊喜。"谁料变成了惊吓。

邓北没有提及她前几天的冷淡，只是披上了外套，对胡璇说："走吧，去吃饭。"

胡璇站起来跟上，忽然想到了什么，于是发问，"那他们俩呢？"

"你还嫌不够尴尬？"

成年人之间的小暧昧向来都是看破不说破。邓北没有问胡璇，到底是什么导致了她对他突如其来的冷淡、又突如其来的热络。胡璇也没有问邓北亚洲游泳锦标赛他最终为什么没能参加，也没有问刚才看到他和许赫之间的怪异气氛，到底是什么原因。

吃完饭，邓北提出要送胡璇回去，两个人刚走出餐厅，吉大利就打来电话，说是主教练有事找他，让他赶紧回来。

邓北撂下电话，嫌弃地看着黑下来的屏幕："这小子是不是跟我犯冲？"

胡璇又好气又好笑："训练日程不就是这样的吗，一天二十四小时不分昼夜，随时都有新的情况。"

邓北还是站在原地不动弹，像是跟谁在赌气。

胡璇不由得推了他一下。

"我陪你一起往游泳馆走一走吧，正好秦氏给我准备的房子就在那儿附近。"

对哦，秦氏。

秦佑白给她准备的房子，宽敞舒适，邓北略有耳闻。

"我也可以给你准备房子。"

看到胡璇略带愕然的目光，邓北才意识到自己说了什么。但他可不是什么纯情少男，见胡璇的耳尖儿有点儿泛红的趋势，邓北不退反进，嘴角勾起一抹邪气的笑容。

"怎么，害羞了？我可没说要你跟我一起住？"

暧昧。

好不容易送走了一脸不乐意、又显出几分孩子气的邓北，胡璇轻轻松了一口气，没有往住宅的方向走去，反而准备拦一辆出租车回训练场馆。

她很感激邓北的不追问，可是哪怕邓北追问了，她也不可能如实告诉邓北自己的情况。那个将运动员的身体健康看得比什么都重要的人，一旦知道她为训练付出的代价，一定会生气的吧。

这里是体育场附近，这个时间基本行人很少，自然也没有多少空车经过。胡璇沿着大路走了五六分钟都没有看到一辆，她只好扭头拐进一条巷子里，想着穿过这条巷子，到大路的另一边去打车。

巷子不宽，本就路灯稀少，中间还坏了两盏。

胡璇的脚步慢下来，正犹豫着，不知道是应该前进还是扭头回去，忽然就听见了一阵嘈杂的脚步声，还伴随着几个不干不净的字眼。

"许赫，你是故意的吧？"

胡璇的脚步停住了，巧合？

她的身影隐藏在暗处，抻着脑袋往声音的源头望过去。几米远的地方，三四个男人围着一个人，那个人恰好长着一张胡璇认识的脸，真的是许赫。

许赫似乎是喝了酒，被推搡了一下，有些站不住，跟跄了两步才靠着墙壁站稳。虽然势单力薄，但是他并没有将对面的几个人放在眼中，闻言更是嚣张地笑了起来，和往日阳光的形象截然不同。

"我是许赫，故意的又能怎么样？"

胡璇皱起了眉头，留心到围着许赫的几个人中，有一个人的衬衫布满黄褐色的污渍，而许赫的手中正拎着一罐啤酒，她立刻脑补出了这件事情的起承转合。

啧小伙子，神智不清醒的状况下还口出狂言，有点活该啊——不过这副神态也莫名有点熟悉呢。

尽管内心吐槽着，但胡璇下意识地没有离开，而是关注着那边的发展。

显然许赫对面的那几个人也是这么想的，其中一个人不忿地上前抓住许赫的衣领："你还以为你是那个谁都得让着你不敢说一句不好的许赫？我告诉你，如果不是捧你，你就是个废物，一个用炒作和金钱堆积出来的废物！"

胡璇的心下一紧，这话说得有些过分了，许赫那个外表阳光和善实则小肚鸡肠的人能受得了？

"砰！"

"啊！"

两个声音同时传出来。许赫晃悠着，一拳狠狠地挥在了叫嚣之人的脸上。那人自然不能白白受了一拳，骂骂咧咧地招呼着同伴们围住许赫，混战就这么开始了。

看着许赫咬紧牙关，宛如一只小狼崽扑向强过它数倍的敌人，胡璇这才明白那种挥之不去的熟悉感是怎么回事——哪怕身处下风，许赫脸上的傲慢都没有消减哪怕一分一毫，这分明就是一个翻版的邓北。

如果时间能倒流一个钟头，许赫觉得自己进便利店的时候一定不会拿易拉罐的啤酒，而是要拿个玻璃瓶子的。玻璃瓶子好啊，玻璃瓶子一摔就是一个炫酷的武器，挨揍的时候说什么也要跟对方来个两败俱伤。

又一拳挥在自己的脸上，余光里，这几个连试训都没通过的人，终于将往日压抑的嫉妒，全然显露出来。

忽然——

"你们在干什么？"

一个清脆悦耳的声音从巷口传出来，有个女孩站在离他们十来米远的地方，她背对着灯光，看不清脸，语气显得十分疑惑。

"你们看起来有点面熟啊，我是不是在报纸上见过你们……"

队内选拔那天，所有试训的队员有一张合影被刊登在报纸上面，这些人以为女孩子认出了他们，对视间都有些惊慌——就像键盘侠突然被扒出了马甲一样。

这条巷子很快就恢复了它往日的寂静，只留下一男一女遥遥对视着。

许赫不由得咳嗽了一声。

"胡璇？"

女孩往前移了两步，露出了她的全脸。

"堂堂国家游泳队的明星选手许赫遭人围堵暴打，说出去也算是个新闻了吧。"

许赫咧了咧嘴，由于牵动了伤口，他又忍不住倒吸了一口凉气："我以为看到我这个样子，哪怕你当面不嘲笑我，心中也会觉得出了一口气。"

胡璇用一种关爱智障般的眼神看了他一眼："为什么？"

"因为我跟邓北不对付，而你是邓北的女朋友。"

"首先，你不是跟邓北不对付，你是单方面不对付邓北。其次——我不是他的女朋友。"一边说着，胡璇一边踱步到许赫跟前，用挑剔的目光上下打量了他一眼。

"还可以走吗？"

"麻烦师妹扶我一下了。"

胡璇翻了个白眼，但毕竟是五讲四美的好少女，她还是上前支撑住了许赫。

"我送你回宿舍。"

"我今晚不回宿舍。"

胡璇皱眉看着他："为什么？"刚问出口，她就看到了他脸上的伤，堪称是青红交接，十分精彩。胡璇恍然，这是爱面子了。

"那怎么办？你要露宿街头？"

许赫顶着个跟猪头似的俊脸，看向马路对面一个亮晶晶的牌子，莫名的，眼底也晶亮起来："那就只能在那儿凑合一晚咯。"

胡璇顺着他眼神的方向望过去，酒店的霓虹招牌在夜色里分外打眼。

胡璇将许赫扶到酒店门口便立刻嫌弃地离开一米远，许赫没有准备，不由得跟跄了一下，扶住栏杆才堪堪站稳。

看着袅袅婷婷站在他面前的女孩儿，许赫忽然心思一动。

"师妹，好人做到底，帮我去买点药呗。"

胡璇："……"

她为什么这么想不开，在本应该训练的美好时光里，却偏偏要来做好人好事？

二十分钟后。

胡璇坐电梯上了二十二楼，顺着长长的走廊对应着房间号一间一间找去，2101、2102……2105，是这儿。

咚咚咚。

门一开，露出了许赫带着几分邪气的笑脸，脱掉了凌乱的大衣，还微微泛着凉意的春天晚上，他只穿着运动背心也看不出冷，胳膊一伸就把胡璇拉了进去。

"喂许赫——你干什么！"

门"啪嗒"一声关上了。

看到许赫冲她露出了兴味盎然的表情，胡璇有些莫名其妙。

"这是药水和绷带，你自己处理一下，我走了。"

"胡璇。"许赫突然收敛了笑意，看着她的眼神让她发毛，忍不住后退一步，却被他陡然间抓住了胳膊，上前一步，颠倒了站位拉近了距离。

"我突然发现，我有点喜欢你，既然你说你不是邓北的女朋友，那么你做我的女朋友吧。"

这告白来的猝不及防，却丝毫不能让她心动，她皱起眉头掰扯着抓住自己胳膊的五指，完全不觉得可惜了这双盛满深情的桃花眼。

"做我女朋友吧，我再也不会让你看到今天的事情，我会把每一次胜利都送给你，把冠军的荣光送给你。"

胡璇摇着头，不明白许赫这家伙是怎么从被揍了一顿的小可怜，摇身一变成了调戏女孩子的大尾巴狼："你是不是感染了什么奇怪的病毒？"

许赫摇摇头："你也是对我有感觉的吧，不然你不会帮我，现在又这么照顾我。"

胡璇的鼻尖闻到了一股熟悉的味道，她的眼睛掠过许赫，落在了他身后敞开着的小冰箱上。

她伸手拦住许赫的靠近，言语多了几分无奈："我只是觉得，运动员是否成功不能仅仅用这一段时间的状态来衡量。他们做得太过分，你好歹也是曾经夺得许多项目的冠军，不应该被那样侮辱。"

许赫却仿佛从她的话里找到了灵感，他眼睛明亮异常，眯了眼一如狩猎前的狼，逼着她后退。

"如果你愿意在我每一次比赛的时候都坐在台下为我加油，我一定有动力为你赢下每一个冠军……胡璇，你愿意吗？"

许赫看着面对表白依旧淡定的少女，将她整个人都逼到了一个角落里，胡璇退无可退，手推拒着他的胸膛，直到后背抵住了冰凉的墙壁：

"胡璇，我真喜欢你，做我女朋友好吗？"

这算什么，以身相许？公主拯救癞蛤蟆的副作用吗？

她叹了口气，抬起头看向许赫，冲他脸的方向伸出了手——

面容清俊的男生沉着脸走过酒店长长的走廊，站到2105的房门前，伸出手重重地敲了上去，紧接着，他听到一个拖鞋踢踢踏踏的声音由远及近。

门开了。

许赫只穿着一条四角内裤，头发上滴着水，一只手正拿着毛巾擦着头发，抬头就看见门外站着的邓北，他诧异地动了动眉毛，还未待出声，便被毫无预兆地一拳挥到脸上。

"搞什么？你看不到我脸已经受伤了吗？你有病啊！"

许赫捂着眼睛咆哮着，想也不想地一拳还回去。

邓北躲开，面色冷如寒冰，不发一言绕过他进门，双眼往路过的卫生间里一扫，接着直勾勾地盯着屋里仅有的一张大床。

床上虽然乱得很，但是空无一人。

邓北："？"

邓北：……对不起，打扰了。

身后的许赫还在嘶嘶地揉着脸，手上不知道哪来的血迹，蹭到了脸上，更显得脸的主人遭受了一场极大的不测。

邓北站在床前，目光莫测，而许赫阴郁地堵了门，势必为自己要一个合理的解释，一时之间两人都没有开口。

这就有点尴尬了。

"邓北？"

一个饱含诧异的声音从敞开的大门外传来，邓北僵硬地回过头，满脸怒气的许赫身后，俏生生地站着他脑海中的那个女孩儿。

一直强自按捺的心跳，终于有规律地重新跳动了起来。

胡璇拎着一件男士衬衫，搞不清现下的情况，目光在乱糟糟的床铺、站在床边的邓北，和衣衫不整……啊，辣眼睛的许赫之间徘徊，眼中充满不解与警惕。

"跟我出来。"

"哦。"

胡璇将衣服递给许赫，甚至没有问一句为什么，跟邓北走了出去。

门缓缓地关上，许赫低头看着被塞进手里的衬衫，唇边溢出一丝苦涩的笑容。

果然如此啊。

酒店楼下是一条大路，邓北带着胡璇左拐右拐进了一条小巷，将一辆辆飞驰而过的汽车的噪音抛得远远的，静谧的夜里，只有两人头顶上昏黄的路灯散发着昏暗的光。

忽然，邓北停下了脚步，胡璇没注意，撞了上去。男生骤地回身，她眼前一下子陷入黑暗，不由略带惊慌地抵住他的胸口。

"你干吗？"

他低头看着她，下颚的弧线异常完美，从她的角度看来，他的单眼皮始终慵懒得像没有睡醒，浓密的睫毛就像是成了精，面色严肃，紧抿着唇，面相看起来有些刻薄。

两个人的距离不到一拳。

"我还想问你要干什么，半夜三更，孤男寡女，嗯？"

被他的气息笼罩着，她竟然还能分心在想，这个尾音用他低音炮般的声音哼出来，就显得很有灵性……

胡璇半天才找回了自己的声音。

"许赫跟人打架，我正好路过，总不能袖手旁观，结果——"

"结果他一下子陷入爱情了？跟你告白？"

胡璇噎了一下，手指揉了揉太阳穴，忍不住叹了口气："他要住酒店，让我帮他买点药，结果他自己紧张上了。酒还没醒，又把酒店冰箱里的酒喝了，然后开始耍酒疯，我浇了他一身。"

短短几句话，将她为什么跟许赫在一起，为什么手里会提着他的衣服都做了解释，可是邓北依旧不满意。

"耍酒疯就可以跟你告白？"

邓北冷笑一声，眼中的浓黑仿佛要将她整个人都包裹起来："或许我该这么问——你喜欢许赫吗？"

胡璇一下子蒙了。嘴巴张张合合了半晌，不知道该说什么好。

"怎么可能，你明明知道——"

男生挑了挑眉："明明知道什么？"

差点被带到沟里，胡璇及时住了嘴，硬生生地转了话题："不过，你是怎么知道我们在这里的？"

"许赫那小崽子，打电话回队里，跟他的朋友说他晚上有事不回来了，还说你在旁边。"

"哦，这样啊。"

胡璇低着头，两个人的步子都很慢，可是还是一步一步地接近巷口。忽然，胡璇的手腕被扯住了，她猛地抬头，邓北似笑非笑地垂眼看她："你知道问我怎么知道你们在哪儿，就不知道问问，我为什么来？"

胡璇愣住，看着夜色浓郁中男生依旧英俊的脸庞，心突然扑通扑通地跳了起来。

"按照我们现在的情况，我本来想再等一等的，可是有些话，如果我不说明白，我就没有资格管，就像今天，我很生气，可是却又没有立场。"

"胡璇，我没有许赫的名气，也没有站到最高的领奖台上过，我什么都没有，但我会倾其所有爱你，会对你好。如果是这样，你愿意和我在一起吗？"

　　他是顶着风雪赶路的旅人，而她，却像是一颗散发着盈盈光辉的明珠，不动声色间就能夺取所有人的目光，他亦如是。

　　胡璇张了张嘴，彻底失语，整个人都呆呆的。

　　这剧情变化太快她有点儿跟不上。

　　"你还有一分钟的时间来思考是否要拒绝我。"

　　什么？胡璇只看到他的唇一张一合，可是他说什么她为什么听不懂？

　　"邓北，我……唔。"

　　未说完的话被堵了回去，他的唇有点凉，胡璇却热得要炸裂飞上天了，什么理智、逻辑都靠边站吧，邓北……在吻她。

　　"一分钟到，拒绝失效。"

　　眼前的女孩儿明显在犯蒙，脸蛋儿红扑扑的倒不似刚才雪白，邓北叹息一声，握住他肖想了很久的纤腰，将人揽进怀中。

　　良久，胡璇终于圆满……哦不，消化了。

　　她终于从他怀里挣了出来，睁着大眼睛瞧他，丝毫没有羞怯。

　　"你现在有我了。"

　　他绝对不会知道他在自己心中有多好。

　　这意外的话语，邓北微怔。

　　——我什么也没有。

　　——你现在有我了。

　　她的眼睛太明亮。

　　"闭眼。"

　　眼前一黑，一双温热的大手捂住了她的眼睛，轻吻又袭来，黑暗中，他的喟叹就在耳边。

　　"璇璇。"

邓北有些无奈，那个小男孩儿，最终还是舍不得手心的那只绵软小猫，决定将她藏起来，成为自己的——只是自己的。

胡璇晕晕乎乎地回了住处，晚上，躺在床上翻来覆去最终把自己和下铺的陈词都折腾得筋疲力尽才沉沉入睡。

她做了一个梦，还是杂物间那狭小的空间，那个人一只手勾起了她的下颌，缓缓地凑近，那双黑眸异常明亮，让她不由被控制住钉在原地。

那双眼睛好像在说。

空气中有种醉人的花香，窗外星子异常明亮，她似乎遇到了那个桃花满溢的春天。

"'苟且'了？"

跟陈词通着视频电话，胡璇小鸡啄米式点头。

陈词无语："在我说恭喜之前我觉得我还是应该提醒一句，你好歹算是个公众人物，而且邓北刚进国家队不就，他现在谈恋爱好像——"

话一出口，陈词顿了一下："算了，有些话不必我说，你心里也清楚。"

撂下电话，胡璇呆坐了一会儿，忽然掏出手机，飞快地发了一条信息过去。不一会儿，手机就亮了起来。

邓北：怎么回事？

胡璇：通往冠军之路荆棘遍地，你哪里有时间儿女情长。

那边沉默了一会儿。

邓北：你好好说话。

胡璇：你刚进国家队就爆出恋爱消息，我怕你们教练骂我，我们地下恋爱吧，多刺激。

邓北：下午两点，我去找你。

　　胡璇从体操馆一溜出来，就看见站在树下的邓北，他穿着休闲服，单手插兜，整个人显得十分清爽。胡璇老脸一红，她是个为了训练能对自己下狠手的人，可是眼看有一个赛事将近，教练对她寄予厚望，可她却在这关头找借口逃了训练，这对胡璇来说有点刺激了。

　　可是，谁让这是两个人交往后的第一次约会呢。

　　胡璇按捺住不规律的心跳，径直迎着邓北的微笑走去，而后……擦肩而过，顺便压低了声音："我们快走吧。"

　　邓北：他是有多见不得人？

　　两个人就这么一前一后，像是特务接头般小心地走出了学校大门。邓北选择的地方离这里不远，恰好一辆公交车几站就到达。邓北先上了车，站在前面翻着钱包，一张张红彤彤的百元大钞，就是没有一元纸币，他刚一回头张张嘴想说什么，就看见胡璇做贼似的往里扔了两个硬币，然后路过他走到了车厢后面。

　　邓北幽幽地叹了口气，行吧，自己找的女朋友，除了认命，还有什么别的办法呢？

　　车上人不多，只是一上车，还没从离开日常活动范围中松了一口气的胡璇立刻就注意到后座有两个女孩目光频频看过来。她默默地往旁边移了移，两人之间站得不远不近，是一个尴尬的距离。车行驶了几站，终于一个声音响起。

　　那两个女孩从后座走了过来，一个人怯生生地问道："请问，你是邓北吗？"

　　邓北看向胡璇，后者一副"果然不出我所料你看被人认出来了吧"的表情，又悄悄地远离了一步。

　　"什么事？"

　　邓北攒着气扭回头，冷着脸看向面前这两个陌生的女孩子。

　　两个女孩子仿佛很激动，不顾这是在摇摇晃晃的车上，互相捅咕着。

先前说话的那个女孩子一手捂着脸，激动地说道。

"你真的是邓北学长，我们是滨江大学的，趁着休息日来京都旅游，没想到能见到你。我们看过你的比赛录像，真是太帅了！听说你已经进入国家队了，要加油哦。"

"还有你的体育用品广告！我买了你的情侣款呢！"

"是啊，真的好巧，邓北学长，你可不可以跟我们合张影啊？"

旁人都觉得有些奇怪，这是什么明星吗？长得倒是仪表堂堂的，可是明星怎么也没在电视上见过，而且就这么一身便装乘公交，未免也太没有偶像包袱了吧。至于胡璇，被那两个姑娘一挤，彻底被围观群众定义成了陌生人。

正赶上车又到了一站缓缓停下，邓北瞥了一眼老远独自站着看起来委委屈屈的某个人，扬起声音，"到了，下车吧。"

那两个姑娘愣了一下，还没明白他在跟谁说话，邓北已经又看了回来，轻飘飘地留下一句。"下次吧。"

说完，他夹在一众下车的人群中离开了。车又重新开动，两个姑娘只来得及看见他的背影，其中一个女孩手机已经开了摄像头，只好又关上，扭过头不满地跟同伴抱怨。

"什么嘛，还没出名就这么拽？我还和许赫合照过呢，人家一个体育明星都没有他这么拽。"

"可是许赫没有他帅啊。"

"……这倒是。"

不过这些话胡璇是听不到了，下车后，陌生的地方给了胡璇安全感，她终于走在邓北的身边："想不到你一个游泳运动员还有'粉丝'呢。"

邓北面不改色道，"那不是'粉丝'，是'颜粉'，即使我不是游泳运动员，她们见过我也会说喜欢我。"

要是吉大利在这儿一定会暗骂他骚气外泄，然而换了胡璇，一时之间竟不知道怎么接话,半晌才憋出一句:"你那么敷衍,她们会不会生气啊。"

邓北瞥她一眼:"我又不靠脸吃饭,在乎那个干什么。"

胡璇还是觉得不好,没待分析,就被邓北一揉脑袋,"别废话了,进去。"

由于邓北一直没明说,胡璇一抬头,这才看见两个人准备去的约会地点。

胡璇有些莫名其妙:"怎么突然想到要看电影?"

"就是突然想到的,你不喜欢?"

胡璇摇摇头,倒不是不喜欢,只不过是没想到邓北会喜欢,毕竟,他看起来生活中除了训练就没有别的爱好了。

两个人选了一部最近大热的爱情片,买票观影的大多都是情侣,昏暗的大屏幕光线下,人影影影绰绰,根本看不清旁边的人。胡璇正准备全身心投入到剧情当中,忽然,身侧的手一热。男生的掌心温度有点高,顺着交错的手指一直蔓延燃烧到她的心口,耳边电影的声音逐渐褪去,她只能听见自己的心跳声逐渐乱了节奏。

她忍不住偏头看他,邓北却淡定异常,就连在黑暗中的剪影都透着自在的模样,好像紧张的只有自己而已。

电影都演了什么胡璇已经不记得了,她所能记得的,只有整场电影当中,两人都十指紧扣的手,还有幕灯亮起前,那一个一触即离的吻。

电影散场,两个人并肩走了出来,一到灯光的投射下,胡璇忽然反应过来似的,甩开了邓北的手。

邓北:……气到自闭。

上电梯的工夫,胡璇偷偷勾住了邓北的手指,小声说:"你刚进入国家队,你们教练知道你这个关头动歪心思一定会骂你的。"

邓北回握,眼角似笑非笑地睨她一眼:"对你动了歪心思我承认,但是教练什么时候对我友好过了？"

咦？这样回答也可以吗？胡璇垂下眼睛，稳了稳被撩乱的心态："不只是你教练，还有很多别的……"她声音渐渐低沉下去。

邓北不冷不热地开口："慢慢想，理由要是好好找，找个一两千条都不是问题。"

"……"

"怎么不说话了？想不到？我可以帮你想。男朋友这么帅，坐个公交车都能被小姑娘搭讪，万一以后变心了没人知道就不丢脸。男朋友事业也厉害，稳稳地进国家队，万一以后夺了冠军成了明星，媒体曝光私生活对自己肯定有影响。甚至，反正我们俩的关系不曝光，你万一后悔了，就可以——"

胡璇一直低着头用实际行动表达自己的愧疚，直到邓北说了这么一句话她才皱起眉头，对上他的眼："不会的，我不会后悔。"

邓北盯住她，像是陡然间遇到了什么难题，除了深沉，再没有旁的情绪，却又像是把想说的话都藏进了眼中，胡璇忽然很沮丧。

邓北说她在找理由，那么不管她说什么，在他眼中都像是因为胆怯的借口吧，嘴里说着喜欢他，可是真正交往却又怕被人发现。

两个人走出了商场，一股清新的空气迎面而来，正当胡璇被一阵难以言喻的沮丧感缠身时，腰间风衣上的束带忽然被身后的男生扯住。他看着她，忽而带上了三分笑意。

"但是抱歉，让你有这么多顾虑，是我不对。我没想到这些在我看来不是问题的问题，对你影响这么大，我应该事先考虑到的。"

胡璇闻言，蝶翼似的睫毛呼扇了一下，故作可怜巴巴地看着他："真的吗？"邓北心中最后一丝怨气也烟消云散，谁让……谁让他看上的就是这么一个忧天忧地的呢。

"自然是真的。"

女孩儿的眼睛于是弯成了月牙形，双手一下子牵起了他的左手，指缝穿插贴近，无比契合。

邓北状似无意地扫了一眼胡璇的嘴唇，刚才被她咬得泛白，这会儿又红润得让人心烦意乱，看着还沉浸在感动之中的女孩，邓北勾了勾唇角，倾身过来——

"邓北？"

突然，一个娇媚的女声从身后传来，高跟鞋特有的咯噔咯噔的声音走了过来，掠过胡璇身边时，铺陈开了浓郁的香水味。胡璇不由顺着脚步抬头望去，是同为艺术体操队一员的高妍。可是分明她请假离开的时候，高妍还在训练，怎么这会儿就遇见了？最关键的是，有眼睛的人都能看出，自己和邓北的关系非同寻常，可高妍却好像对自己视而不见。

胡璇用聪明的脑袋迅速分析了敌情，得出了一个不能再明显的结论：她是跟着自己，奔着邓北来的。

高妍挂着落落大方的笑容走了过来。她的身高足有170厘米还多，还穿着高跟鞋，衬得胡璇的头才堪堪到她的下巴。

胡璇：莫名很气。

高妍捋了捋头发："自从你加入国家队，还一直没有当面恭喜你。"

她一靠近，男生就嗅到了她身上的香水味，邓北于是毫不掩饰地退后了一步，皱起了眉头："你就站在那儿。"

高妍："……"

高妍的笑容僵硬了片刻，看着面前只维持着基本礼貌表情的男生，有一瞬间察觉到了他刻意释放的疏离。只是，毕竟是俊男美女，哪怕只是面对面站着，便能引起所有人的瞩目，感受到周围一些掩藏不住迷妹属性的陌生路人投来羡慕的目光，她更加挺直了身板，仿佛有了无限的勇气，继而笑了笑："你来这里是做什么？"

"跟女……跟朋友一起看电影。"或许是胡璇的话令他有了顾忌，邓北并没有直言两人之间的关系，胡璇瞬间有了一种被反将一军的糟糕心情。

邓北话一开口，高妍的脸上就挂上了意味深长的笑容，显然将邓北的话当成了撇清关系，她重整旗鼓："邓北，我们队过一段时间会有一场全国艺术体操锦标赛，你可以来看吗？"

"不好意思，到时候可能没有时间。"

"你一定要来看，我希望你能看着我夺冠。"高妍说完就走，连反击的时间都没留给胡璇，胡璇忍不住吸吸鼻子。

好气哦，但还是要保持微笑。更气的是，她再一次确认了一个现实，高妍在明知她和邓北关系匪浅的情况下，仍然决定介入这段关系……看着高妍高傲离去的背影，胡璇心下警惕，有点危险了。

15. 执着的意义

邓北看了一眼魂不守舍的少女，忽而开口："什么艺术体操锦标赛？你怎么没告诉我？"

胡璇见怪不怪地瞟了他一眼："我以为你知道，世运会还有不到半年的时间，为了角逐出最后参加世运会的运动员们，每个项目应该都会有自己的选拔方式，你们不是也会有一个冠军赛吗？"

世运会，四年一届，是国际顶尖，也是最全面的体育赛事。每一种不同的运动都有不同的选拔标准，但是就艺术体操和游泳这两个常见的体育运动来说，通常都会在各自国内的专业赛事上，让队员们之间来一场公平而专业的对决，再加上各自教练的调剂，确定最后的出战名单。

邓北对自己说，胡璇见惯了大大小小的各种比赛，不觉得有什么格外需要提起的必要，也是自然的。可是尽管如此，好像还是有什么地方不太对劲儿……

已是黄昏时间，夕阳给周围的建筑都镀上了一层金灿灿的光辉，胡璇偷偷摸了摸鼻尖，不想让邓北知道，自己之所以没有主动谈及比赛的相关事宜，是不想让他太过关注，进而留意到自己的身体状态……没那么好。

眼看邓北还皱着眉头不知道在想什么，胡璇连忙上前打断他的思绪："好了，别说这个了，比起比赛的事儿，你不觉得你现在更应该跟我解释一下，高妍怎么会出现在这儿的？"

邓北一脸无辜："我又不认识她，我怎么会知道？"

这个时候，邓北的手机忽然响了起来，两个人对视一眼，都有一种强烈的预感，不出意料的——

"吉大利。"

吉大利既憨厚又傻傻的声音从手机里传出来："北哥，你见没见到高妍，她刚才给我打电话问我你在哪儿来着，我就推测了一下告诉了她，嘿嘿。"

很好，这下破案了。

"吉大利啊。"

"嗯，怎么啦北哥？"吉大利问道。

邓北偏过头看了一眼正在眼巴巴看着他的女孩："你想让我劈腿吗？"

"劈腿？北哥，你训练什么时候还有劈腿了哈哈哈哈——"

"你敢。"

一男一女两个声音，一个电话内一个电话外。

吉大利的笑突然之间就卡住了，像是公鸭子被掐住了嗓子，被自己的口水呛到，吉大利疯狂地咳嗽了一阵儿，而后才小心翼翼地问道："北哥……您旁边的是？"

邓北丝毫没有压力地接上："我女朋友，你认识的。"

电话对面陷入了死一般的沉寂。

邓北的电话第一次被别人挂断。

大约一分钟后，胡璇的手机亮了起来，是吉大利发过来的"挽尊"短信。

"胡璇妹子，实在是抱歉，高妍电话打过来的时候我一开始骗她北哥正在训练，但被她戳穿了……我是站在你这面的！求你顺毛撸一下北哥，让他晚上回来别找我算账！"

邓北看了一眼胡璇的手机屏幕嗤笑了一声："这么小的胆子，还敢被别人收买。"

见胡璇低着头，一副苦大仇深的模样。邓北扬了扬眉："放心吧，我不会去的，我对除了你之外的任何女人都没有兴趣。"

"你必须得去……因为那场比赛我也上。"

胡璇一手握成拳，心底忽然燃起了无限的战意。

生动又可爱。

邓北的心底一痒痒，忽然转过身来，双手握住了胡璇的肩膀，目光幽深而又深情。

"别动。"

胡璇莫名其妙地看着他，突然觉得自己周遭的气氛诡异地改变了。

"胡璇你知道吗，此时此刻，我突然对未来充满了担心。"

"啊？为什么？"

邓北微微垂下头，鼻尖几乎贴近她的："因为遇见你已经花光了我此生所有的运气。"

胡璇嘴角抽动了一下，在零点一秒钟之内稳住了自己的表情。

这是什么诡异的爱？

"哦……那个，谢谢你？"

邓北一挑眉："不客气。"

邓北自我感觉良好地在心底冲自己竖起了大拇指，原来百度上的情话技能，也不全都是骗人的。他要回去多参考一下，省得被胡璇发现——他是初恋。

啧，怪没面子的。

邓北是胡璇也是初恋，她以为情侣之间的相处模式就是这样的——油腻黏糊又有点土，所以胡璇没有敢表露出一丝一毫的异样。她根本就没想过……邓北，也是初恋。

京都的夏天格外燥热，燥热的蝉鸣，仿佛能让人的心也跟着浮躁起来。

世运会可以说是胡璇和邓北两个人进入国家队以来遇到的最重大、最具有国际性的赛事。两个人嘴上不说，但心底都是严阵以待，主要的心思都还是在比赛上。体操锦标赛比游泳运动员参加的冠军赛要早上一段时间，胡璇的精神本就更加紧绷，雪上加霜的是，周淼教练替她挑的那一套组合动作，难度系数极高，在一次日常训练中，胡璇本就隐隐复发的脚伤又一次发炎。

也没心思管旁边高妍若有所思的表情，胡璇谢绝了队医的治疗，挺直着腰板走出体操馆叫了车，直奔女医师所在地。

女医师给胡璇的脚踝喷上了药："氯乙烷只能在短时间内止痛，并且很可能有二次受伤的风险，你要慎用。"

胡璇站起身整理了一下，冲她点点头："嗯，我心里有数。"

"真的不用跟你母亲说一下吗？"

"不用。"

"你的脚伤是由于那些高难度的动作引起的，你别看它现在只有激烈训练时会疼，好像不影响你平时的生活，可是一旦加重引起了病变，可就说不好了……我可以很负责任地说，你现在已经在复发边缘了。"

胡璇叹了口气："四年一届的比赛，我这辈子可能就只有这一个机会了，你让我怎么说？"

女医师也沉默下来。

胡璇不敢告诉裴青自己的真实情况，她甚至不想去揣测，假如有一天裴青知道她无法在艺术体操这一条道路上一直走下去，她会不会……很失望？就连周淼也只是知道胡璇有陈年旧伤，但并不了解具体是什么程度，毕竟运动员没有几个是没有旧伤的。加之胡璇平时训练刻苦，看不出什么异常，也就没有将这事放在心上。

过了几天，迎来了休息日，已经一周多没见到女朋友的邓北，饱含怨气发来了约会邀请，胡璇没有什么愧疚感地拒绝他，直言自己比较想睡觉。邓北最终没有丧心病狂地提出陪同，于是只好悻悻而归。可是没想到，晚上，胡璇就接到了自己爸爸的电话。

胡父给了他心爱的女儿一个惊喜："我跟你秦伯父刚到京都，晚上我们自己吃个饭，明天我们准备去香山游览一下，你跟着一起来？"

胡璇："……"

这是一个注定睡不了懒觉的周末。

第二日，秦佑白一大早就到胡璇的公寓楼下来接她，他穿着一件八分袖的白衬衫，黑色的单西裤，整个人显得身量修长温文如玉。

"给。"秦佑白给胡璇递过一杯豆浆，纸杯握在手中温热，是可以刚好入口的温度。

"谢谢佑白哥。"

秦佑白开了车，就停在公寓门口，驱车到胡父他们住的酒店不过十分钟，刚好够胡璇慢条斯理地填饱肚子，顺便给秦佑白的车里填了一股子包子味。

两个中年男人各穿了一身名品运动服，双双戴着墨镜，意气风发的模样。

秦佑白绕道副驾驶打开车门。

秦父从副驾驶外飘过直接去了后排入座，嘴里还念叨着："璇璇啊你坐前面吧，离香山远着呢，你们年轻人也有共同话题，我和你爸两个老年人就坐在后面看风景。"

胡父也连连点头，两人哥俩好似的勾肩搭背地钻进了后排，秦佑白维持着开车门的姿势看着胡璇，胡璇来不及多想，连忙道了声"谢谢"，一边从善如流地坐上了副驾驶。

胡璇一早就跟邓北报备了今日的行程，此刻不意外地收到了来自男朋友的深切怨念。

"所以你今天不能陪我，原来是去陪别的男人。"

"那是我爸爸。"

"我是说秦佑白！秦佑白都能跟你一起过周末！就我不能！"

三个非常有灵性的感叹号，充分显示出了邓北同学的不平静，胡璇笑着回复：

"这样吧，要是今晚结束早，我就找你去吃晚饭。"

过了一会儿，邓北又发过来一条信息。

"不用晚上，我准备给你一个惊喜。"

后面还跟了一个娇俏可爱的小姑娘转裙子表情包，虽然不解其意，但就是这样傲娇且别扭的邓北，胡璇一想到就会偷偷地笑。

"怎么了？"

秦佑白低低的嗓音在耳边响起，胡璇吓了一跳，抬起头就看见后视镜里后排的胡父那堪比探照灯的目光狐疑地扫过来，她赶紧放下手机，正襟危坐。

"我就是在想，爸爸和秦叔叔今天真帅。"

打小胡父就追着胡璇求夸夸，长大后的胡璇奉承起来也毫无压力，胡父立刻就相信了。

秦佑白车开得很稳，几乎不到十分钟，早起的胡璇就已经昏昏欲睡，更别说什么和秦佑白来一段深入交流了，倒是后座的两个中年男人叽叽喳喳地停不下来。

一个小时的车程到了郊外的香山景区，香山四季常绿，夏日荫浓将景区渲染得苍翠迷人。

胡璇一开车门就被扑鼻而来的特属于山野的清香陶醉得心旷神怡，刚眯起眼睛，一件尚且带着体温的外套就罩了下来。

秦佑白温和地说："山间风大，早提醒你穿的厚一点儿了，我带了外套。"

胡璇立刻就拿了下来还给他："不用了学长，我真的不冷。"

秦佑白笑笑，又将多备的外套放回车上："爸，胡叔叔，票我已经买好了，我们进去吧。"

忽然一阵不符合夏季的凉风吹来，胡璇狐疑地看了看周围，眼见三人走在前面，这才提步跟上去。

不知道为什么，总觉得刚才有那么一瞬间，气温骤降了十多度，胡璇抬头望了望天，怎么觉得哪里有点奇怪？

相当隐秘的射程范围内，有两个奇怪的人沉默相对，他们穿着低调的黑色T恤，为首的男人还戴着棒球帽，低头的时候，只能看到他下颌优美的弧线，和紧紧抿着的薄唇。

另一个人小心翼翼地问道："北哥，我们走？"

吉大利在一旁瑟瑟发抖，一半是被这突如其来的山风冻的，一半是被身边这位乔装成正常人的"寒冰射手"的无差别攻击冰的。

他简直要给邓北跪了，心中的小人在咆哮。

没天理，北哥想过无辜的他么，不过就是没扛过那个高妍的威逼利诱，为什么要让单纯的他撞破这个惊天秘密！跟大魔王来千里追妻也就罢了，撞见另一个男人献殷勤是什么鬼？那个男人还有点眼熟……秦佑白啊，从滨江一路跟过来的秦佑白啊。而且这都见家长了！

吉大利摇了摇头，同情地看着邓北，让你们秘密恋爱吧。

"北哥，淡定，要想生活过得去，你当然是选择原谅她啊。"

邓北露出一副关爱智障的样子，一边利落地掏了钱包买了两张票，一边不咸不淡地瞥了他一眼："你当我傻？"

"璇璇守身如玉的拒绝你没看到？眼瞎？"

"她为我小鹿乱撞还来不及哪有闲心注意别人，在我的身边，一切雄性对她来说都是反动派的纸老虎，黯淡无光。"

"单身狗"受到会心三连击。吉大利不顾形象地翻了个朝天的白眼，想说，那你眼巴巴地跑过来像个变态似的到底是为哪般？

可是这话他不敢说，只是憋憋屈屈地跟在邓北身后像个受气小媳妇，时不时还要配合他魔鬼似的闪现步伐以躲避"敌人的侦查"。

"璇璇，累不累？"

胡父走在前面，不时回头看看胡璇，见她额头上已经沁出了薄汗，小脸蛋红扑扑的，不由问道。

胡璇摇了摇头。

胡父眼神一溜就看见了一直跟在胡璇左后方的秦佑白，距离不远不近，既不会让她有负担，如果出现什么意外也可以及时上前帮助，他皱皱眉头，刚张口想说什么，就被一旁的秦父拽了拽，在他耳旁悄悄动了动嘴皮子。

"就当给我个面子，咱俩先走？"

对这话胡父嗤之以鼻。

"别以为我不知道你在想什么，告诉你，你们家那点破事儿，可别想我们家璇璇掺和进去。"

"老胡你这话就不对了，璇璇也是我看着长大的，你总不能还把她当成小女孩看得死死的。"

胡父："关你屁事，谁家还没有个小公主？哦我忘了，你家就没有。"

胡璇一抬头，就看见两个爸爸之间刀光剑影，两人察觉到自己的视线，又飞速地停止了说话，胡父还像模像样地望着天咳嗽了一下。

胡璇："……"我的爹，说你闺女的事情的时候你还能表现得再明显一点儿吗？

最怕空气突然的安静以及气氛有些微妙的尴尬。

"啊，爸爸，下面好像有棵果树，我去看看。"

眼见秦父挂上小时候诱拐她去他们家时候的真诚笑容正要开口，直觉告诉胡璇，脱离话题的中心是最明智的选择。

她哒哒哒地就跑远了。

她顺着小道拐了一个弯，直到看不见三人才缓缓地舒了一口气，深深地呼吸了一口大森林的新鲜空气。

这里是5A景区，此时虽然游客少却也是三三两两路过的，安全问题她从来都不担心，是以她突然被一只手蒙住了眼睛，又被另一只手搂住腰间拖进一个充满清香的怀抱的时候，只一秒的慌张过后，胡璇凭借着打小就聪慧的脑袋瓜和异常敏锐的嗅觉几乎立刻就辨认出了来人。

她惊喜地拿下了眼睛上的大手，在男生的怀里回身，双手反抱住男生。

"你怎么来啦？"

男生丝毫没有恶作剧的兴奋，反而微微皱了皱眉头，薄唇轻启。

"咦？"带着无穷无尽的遗憾。

这又是百度教给您的？在一旁假装看风景的吉大利脸上挂着"我这是在哪里""这到底叫什么事儿"的蜜汁微笑疯狂地在心底吐槽着。

好在邓北很快就恢复了正常："你怎么知道是我？"

胡璇毫无心机地单纯笑着："我闻到你身上的味道了呀，还有你的手。"

"哦？"邓北嘴角一勾，眼神似乎无意识地往身边一瞟。

系统提示，吉大利拒绝接收您的眼神信号并试图踹翻这一碗"狗粮"！

胡璇："对了，你们怎么会来这里，我不是说晚上结束早就过去找你？"

邓北的大手摸上她的脑袋，心满意足地说道，"今天正好没什么事情，说要给你一个惊喜，惊不惊喜？"

"好好说话，吉大利还在这儿呢。"

胡璇一边羞涩地应着，一边红着脸蛋儿偷偷地看了一眼吉大利。

系统提示，您的队友吉大利受到暴击即将失血而亡。

关键时刻，一道中气十足的声音夹杂着十万分的怒火扑面而来拯救了濒临灭绝的"单身狗"吉大利。

"放开我女儿！"

胡父站在一棵大树下怒目而视。

胡璇暗道糟糕。

邓北面无表情地缓慢别过脸去。

邓北收回目光，关切又疏离地看向胡璇："学妹你没事吧。"

胡璇娇柔又造作地摇摇头："谢谢学长，我没……哎呀，脚还是很疼。"

邓北一副想上前又有些犹豫顾虑的样子："这——我扶你去你爸爸那里吧。"

胡璇红了脸，看起来有几分羞涩："麻烦学长了，多亏刚才学长扶我一把，不然我就从这儿滑下去了——对了，邓北学长你怎么在这儿？"

邓北假装不经意实则微微提高了音量的："哦，刚训练完准备放松一下，所以就想着和我的室友爬爬山散散心。"

吉大利面无表情地做着他的背景板。

这演技真溜啊，奥斯卡欠他们一对小金人。

胡璇一瘸一拐地走到了胡父身边，胡父显然还没有从神速发展的事态里缓过劲儿来，直勾勾地看着胡璇介绍她的小伙伴。

"爸爸，这个是我学校里的学长，现在是国家游泳队的正式队员。"

胡爸爸立刻就相信了，想到自己刚才不分青红皂白把小伙子劈头盖脸骂了一通，心里颇为过意不去，恍惚地伸出手："哦，你好你好，谢谢你啊，谢谢你刚才救了我们家璇璇。"

邓北有礼貌地点头。

"叔叔客气了，这是我应该做的，没想到这么巧碰到了胡学妹。"

"说起来，胡学妹可是我们学校的风云人物，多少人都羡慕她年纪轻轻就能加入国家队，现在还有机会为国争光。"

自家孩子被夸赞是对一个家长最大的恭维，尤其是这种理所当然认为自家姑娘就是"小公举"的中年男人。

胡父立刻就被邓北的花言巧语蒙蔽了，向他发出了邀请："既然你是璇璇的学长，又这么巧，我们干脆一起走吧。"

吉大利：……咦？

且不说，吉大利那一副深沉的懵脸，单单是随后赶来的秦佑白得知了"事情经过"那变得一言难尽的表情就让邓北嘴角微微勾起一扫心头的闷气——噎死人不偿命什么的，他平时只是不屑于做。

结束了一天快乐的亲子时光，秦家父子还有事情就先离开了，其余四个人你看看我、我瞅瞅你，气氛陷入了微妙的尴尬中。

胡父突然笑呵呵地说："小伙子，你叫邓北是吧，京都我不熟悉，你介不介意送我回酒店？"

胡璇："？"爸爸你看看我？

"走走走，咱们不理璇璇，我在京都还要待上一段时间呢。"丝毫不顾及自己一脸蒙的女儿，胡父亲切地拉着邓北就走，仿佛那才是他的亲生儿子。

吉大利也被胡父的操作闪到了，半天才讷讷地说："那个胡璇学妹，我送你回去？"

"行……吧。"

胡璇捋了捋头发，给邓北发了条短信叮嘱一下，也回公寓了。

雾气缭绕的茶室里，服务生动作轻巧地将茶具准备齐全，而后悄悄离开。走出包间，她才擦了一下额头上的汗，包间里面的两个男人也太严肃了，严肃到仿佛有什么深仇大恨。

包间内，胡父脸上亲切的笑意早就如同潮涌一般褪去。

"邓北。"

"胡伯父。"

"你和璇璇……交往了？"

"……伯父敏锐。"

胡父哼了一声："别跟我套近乎，我不吃这套，你当我傻？看不出来你们什么关系？看到你们俩的第一眼我就知道你们不对劲儿了，璇璇还想瞒我。"

"伯父，我——"

"别说了，我不同意，你出国吧。"

邓北愣住了，抛开性别这点微妙的不同，怎么一下子就过渡到了家庭伦理剧？

见邓北不说话，胡父抬起头，将手中的茶杯重重地一搁："你跟璇璇分手，然后出国，我认识一个著名的游泳教练，我介绍给你。"

胡父说了一个名字，那是今年新冒头的泳坛新星尹相的恩师，也是曾经的泳坛霸主。

邓北深深吸了一口气，按捺住内心的烦躁，认真地看向面前的中年男子："伯父，您再这样，我就带胡璇离家出走了。"

胡父："？"

邓北的表情十分认真，被小了半辈的男人威胁，胡父不禁有些恼羞成怒。

"我说，我反对你们交往，你没听明白吗？！"

"但是您的反对也要有点道理，不能一上来就凭主观感受让我离开她。"

"小伙子，我再给你一次机会，你把话收回去。"

邓北丝毫不慌："不。"

胡父威胁似的半眯了眼睛："真不？"

邓北掷地有声："不！"

胡父忽然拍桌而起，激动不已："对！就是这种气势！"

邓北维持的冷脸险些挂不住，他甚至分神去想离这里最近的精神科医院在哪里："伯父您？"

胡父起身，伸手拍了拍邓北的肩膀，神色霍然欣慰："早在你敢跟璇璇联手蒙我，我就知道你这个小伙子不简单，你可要牢牢记住你刚才的决心啊，等璇璇妈妈发现你们恋爱的时候，你就拿出这种气势抵抗她！"

邓北险些跟不上胡父的节奏，但他还是在短短几秒钟内迅速抓到了关键词："伯母？"

胡父看起来心有余悸。

"璇璇她妈妈，也曾经是个艺术体操运动员……"

这是一个漫长的故事。

曾经，胡璇的母亲天分有限，一直成不了顶尖的运动员，最终抱憾退役。但是她发现，胡璇有这个天分，因此在她很小的时候，就不顾胡璇的意愿让她学艺体。胡父劝过，但是没用，后来渐渐地，让胡璇得冠军已经成了一种执念，胡璇仿佛生来就是要实现母亲的夙愿，她拼尽全力，也不知后退。这种气氛下，小胡璇和父亲都十分痛苦无奈。

等胡璇大一点儿之后，她也开始在艺体圈声名鹊起，也好像真的将艺术体操当作了此生的追求。可是困境也随之而来，她的脚踝，在日复一日的训练中挫伤，随着伤势加重，不得已从省队退下来休养，半年后，才有起色，却又选入国家队。

"她的脚伤有复发的迹象，这是她的理疗师告诉我的，你还不知道吧。"

邓北微怔，随后低下头，声音很轻："对不起。"

胡父短促地笑了笑："与你无关，璇璇的性子你我都知道，外表看起来乖乖巧巧的，实际上有主意着呢，你哪怕知道了，你也劝不动。就像我这个爸爸，不也得装傻吗？"

"就没有……别的办法了吗？"邓北的声音显得有些干涩。

胡父也显得很挫败："我找了二十几年，都没办法。"

邓北呼吸了几瞬，抬起头，目光灼灼又坚定："伯父，我一定让胡璇得到她真正想要的。"

胡父很是感动，几乎泪光闪烁："邓北……"

"伯父……"

"邓北……"

两人一瞬间完成了心与心的沟通，只差执手相看泪眼。

胡璇担惊受怕了一整夜，可是邓北却像是没事人似的，第二天早上，单手插着兜，一副酷帅的样子准点出现在她公寓楼下。

邓北一看见胡璇就催着她上车。

直到胡璇坐进副驾驶她还迷迷糊糊的："我们去哪？"

"去见白医生。"

"嗯？"

邓北发动了汽车，瞥她一眼："怎么，不可以？"

"这倒不是……你没拿驾照多久吧，好好开车。"说着，胡璇极其自觉地系上了安全带，然后便双手置于膝盖，乖巧地等待着汽车上路。

邓北忍不住轻笑，女朋友真是对他信任又放心呢。

胡璇其实很乐意来白医生这里，她太喜欢那只通体纯黑的小猫了，逗猫棒在她手里能使用得翻出花来。

白医生也喜欢胡璇陪着邓北来，他觉得这姑娘就像是那只小猫，还是别人家的，偶尔逗弄一下就能看见立刻紧张起来的主人，看见邓北那张面瘫禁欲的脸上露出隐忍无奈的表情，娱乐生活不要太滋润。

一个小时的检查时间很快就过去，白医生还是一如既往戴着他那金丝细框的眼镜，话却依旧犀利："我早就想说了邓北，你不用每周这么准时地来我这儿报道，你当我不要工作的啊。"

邓北随手转着从白医生桌子上顺来的笔，眼光瞄着玻璃窗外坐在长椅上和猫玩得开心的女孩，神色莫名地说道："白医生技术高超，听说除了心肺领域，也很擅长外伤。"

"你什么意思？我收一份钱，还想我给你打两份工？"

"唔。"

邓北没什么诚意地附和着，视线不由自主地就放在了窗外的胡璇身上，小猫已经跟她混得很熟，此刻踩着爪子在她周围转来转去，胡璇也就像向日葵一样扭着脖子转向这团毛茸茸。

一人一猫玩得开心，看得邓北心都要化了。

唔，以后一定要养一只猫。

砰砰砰——察觉他陷入了深深的臆想中，白医生无语地敲响了桌子。

"既然是来治疗，请给我一个作为医生的基本尊严好吗？不要一眼就让我看穿你那张痴汉脸下的小心思——"

"我想请你找个借口，给胡璇做一个检查。"邓北突然回头说道，"我需要你告诉我，胡璇的脚伤，到底到了什么程度。"

猫的爪子上小小的肉垫几乎令胡璇爱不释手，心中根本就腾不出来多余的心思去思考怎么会有这么可爱的小东西，手指头捏来捏去，不经意一抬头，就看到隔着玻璃，邓北露出的刀削般的侧脸。

薄唇张张合合在说着什么，神色平和，视线落在对面偏下桌子的一角，很远，很疏离，胡璇皱皱眉头，移开目光，伸手摸了摸猫咪的毛。

没过一会儿，邓北出来了，他蹲在胡璇面前，用比往常更加柔和的声音说：

"来都来了，让白白给你做个心肺筛查吧。"

墙上时钟的时针走动了两格。

从白医生的地方出来之后，邓北显得很沉默，他低着头走在胡璇旁边，脚下的步子配合着胡璇放慢。

胡璇站住了。

"邓北。"

邓北还沉浸在纷乱的思绪中，又往前走了两步才反应过来停下，他回头看向胡璇："怎么不走了？"

女孩儿的眼中闪着细碎的光，乍一看，分辨不出是阳光的反射，还是别的什么晶莹的液体。

她走上前两步，站到男生身前，微微扬了头问他："白医生怎么说？"

"啊？哦……"邓北顿了一下："你的心肺——"

胡璇截断了他的话："我是说我的脚伤。"

邓北不自然地摸了摸鼻尖："你怎么知道的？"

胡璇仔细地打量着邓北由于被话语戳穿而飞上两朵红霞的俊俏脸蛋儿，忽然踮起脚，一个爆栗敲在邓北头上。

长这么大，从来都是高冷一挂的邓北被这突如其来的一下险些打傻，随之而来的胡璇嫌弃的目光更是重重一击："检查心肺非要给我的脚腕照X光片，是你们傻还是我傻？"

邓北："……"他怎么知道白医生那么直接。

"好了，别那副傻样子，不适合你。白医生怎么说？"

这副姿态让邓北想起初见她时候的样子，他不是早就知道吗，他的小姑娘除了软绵乖巧的外表，还有一颗坚韧的心。

"他说，你应该立刻退役。"

胡璇露出了一个果然如此的表情，随手轻轻叹了一口气："哪怕是退役，也绝不是现在。我要站上那个最高领奖台。"

说完，她又想起什么似的，单手捏住邓北的下巴，强迫男生低下了头："我告诉你，你休想阻止我。"

知道了她的执念，他怎么舍得阻止她？他又凭什么阻止她？他只会在她身边保护她、陪伴她、心疼她……可唯独不能同她一起承担。

心底的痛意一闪而过，可是邓北只能悄悄捏住了衣袖下的拳头，脸上做出一副云淡风轻的样子，甚至还勾了勾唇角。

"我不阻止你，但你用什么回报我？"

忽然，一只手指轻轻地捏上了他的上衣下摆，然后小幅度地摇了摇。

她在撒娇。

16.荣光之巅

　　邓北觉得今天的脑子几乎不够用了……但也仅仅是几乎，下一瞬间从对面传来了一个妹子惊喜的惊呼声——这颤巍巍的声音，这娇羞的语调，胡璇有种难以言喻的耳熟。然后，胡璇的手飞速地移开。

　　她抬起头，果然，几个女孩满脸兴奋地一路跑过来，捂着嘴惊喜地说着什么诸如"邓北哎""是本人吗？"之类的话。

　　一直很优秀，从未被超越的胡璇几乎立刻就认出，带头喊出邓北名字的那个女孩，他们前段时间曾经在公交车上见过。胡璇悄悄地后退一步，脚尖对脚尖低着头，分神疑惑地想着：不是说来京都旅游吗？怎么还不走？没有课吗？

　　忽然，她的手被紧紧地攥住。

　　看到那几个女孩子惊疑不定的神情，胡璇简直想表演一个当场暴毙，邓北这个时候装什么霸道男主角！他挣了挣，但邓北瞳孔黝黑，抓着她的手一点儿也没有松开的意思，似乎铁了心要放飞自我。

　　终于有人注意到了两人之间的暧昧行径，一个女孩犹豫地开口问道。

　　"邓北，这是你女朋友吗？"

　　她一开口，周围瞬间就安静下来，胡璇立刻就感觉到自己的存在感从一只萤火虫上升到了五千瓦的大灯泡，巨亮巨晃眼的那种。

　　她的头摇成了拨浪鼓，刚想伸手摆一摆，就感觉到腰被一拦，靠在他身侧。

脑袋顶上是他毋庸置疑的回答："是，她是我的女朋友。"

与表情呆若木鸡的少女们相对的，是胡璇砰砰砰剧烈跳动的心脏。

她抬起头，正好他也低下头看她，他漆黑的瞳孔里有什么骤然闪烁了一下，像是天上的星星，又像是深井一望不到底。

他的眼里只有她，他手心的温热源源不断地传到她身上。

周围的几个女孩子还在窃窃私语，邓北就那么站着注视着他，眼神平和，好像在告诉她，他可以为她遮风挡雨，也可以站在她身后赞同她做出的决定。

她想，或许，她应该再勇敢一点儿。

久久不见胡璇说话，女孩子们的议论声大了一些，眼神中都是不确定，那个有过一面之缘的女孩子目光移到邓北揽在胡璇腰间的手，冲着胡璇语气有点捻酸地说道。

"你真的是邓北的女朋友吗？不会吧，我没听说他有女朋友啊，他这么忙，还要训练，你——"

"是，我就是邓北的女朋友，谢谢关心，他训练状态很好。"胡璇的声音本就清丽的，一句话不显得多冷淡，但是宣示主权的意味极为浓厚，她抿了抿嘴，回握住了邓北的手。

那个女孩子眼中的不服气显而易见，见女孩子张了张嘴还想说什么，胡璇果断地牵了邓北就走，模样颇有几分牵着宠物遛弯的主人，见宠物太招人稀罕反而迫不及待要牵回家里的样子。

邓北眼里不易觉察地亮起来，乖乖地跟着胡璇离开，胡璇在前面吭哧吭哧地走，他被牵着悠闲地迈着大长腿，半晌才懒洋洋地开口："胡璇学妹，好有勇气，羡慕。"

胡璇冷呵一声："羡慕什么，你都已经在当她的男朋友了，别得了便宜还卖乖。"

"啧啧，我还是喜欢你躲在我身后瑟瑟发抖的样子。"邓北无不可惜地挑了一下眉头，也没理胡璇，自顾自地转身向外走去，又扔下两个字。

"走吧。"

胡璇一愣，"还要去哪？"

邓北扭过头来看她，面上挂上一丝不友好的嘲笑："你不打算见见我的队友，给我一个名分？"

胡璇当然不打算。

可是道理是这么一个道理，话到嘴边却无论如何说不出来，只好息事宁人般的将自己的手往男人的手里一塞权作安慰。

邓北不动声色地将女孩儿的手攥住。

"胡璇。"

"嗯？"

邓北握着她的手捏了几下："你怎么这么软啊。"

臭流氓！这样的话在胡璇嘴边转了一个弯儿，才反应过来这人是自己的男朋友，她只好羞红了脸，半晌闷出一句："你住嘴啊。"

邓北忍不住轻笑出声："那不摸手，摸头？"

"摸头容易笨，万一以后分不出哪个女孩子是蓄意接近你，你会不会瞒着我接受那些投怀送抱？"

邓北摸摸下巴，仿佛在沉思，在胡璇逐渐气鼓鼓地睁大了眼睛之后，才慢悠悠地说道。

"……是什么造就了你以为你现在是智商取胜的错？"

嗯？

邓北说到这儿顿了一下，格外真诚地看着她，认真地开口："我爱的是你的美貌。"

胡璇："……"

"你没有出现之前，我也是以一人之力拒万千少女于方圆十里之外。"

"所以，你不用担心。"

"我并非出自本意的招蜂引蝶是真的，但是我会为你守身如玉也是真的，我只会接受你的投怀送抱。"

轻易地被感动了，于是胡璇再也忍不住紧紧地回抱住这感动的来源。

两个人在户外手牵手遛遛了两个小时，结果就是……在这初秋并不萧瑟的风中，体质一向健康的邓北，感冒了。

运动员感冒是一件可大可小的事，游泳队的主教练在发现后，立刻停了他的训练，责令他回宿舍休养两天，务必在冠军赛来临之前休养好。

邓北面无表情回到住处，长腿一伸躺倒在床上，双目无神地望着天花板，不知道在想什么。

五分钟后，胡璇接到了邓北的电话。

"璇璇，我难受。"

"？"

胡璇无语地挂断了电话，一扭头，就看到高妍双手交叉着，睨着眼睛看着她："胡璇，你跟邓北是什么关系？"

胡璇看了一眼周围，体操队的队员们都在各自训练。她冲高妍勾了勾唇角，在对方居高临下的注视下，脸上的笑容没有丝毫动摇："高妍姐，偷听人讲话可不是什么好习惯。"

胡璇一向以清新乖巧的形象示人，平日在训练时跟队友们谈笑风生，对教练也恭敬有礼，总给人以肉包子一般柔软的错觉。可此时，她分明是笑着的，却让高妍感受到一股不寒而栗的错觉，仿佛眼前的少女，因为自己的话，放出了属于自己的锋芒。

高妍的表情僵了僵："我是担心你，体操锦标赛的比赛日程已经定下来了。你我都很清楚，锦标赛的冠军分量有多重。我把你当作唯一的对手，所以奉劝你，还是把心思都用在训练上的好。"

胡璇仔仔细细地打量了一下高妍，忽然意味不明地笑了一声，一句话也没再说，扭头离开了。

她先到药房买了感冒药，然后顺着地址找到了邓北的集体宿舍。

坐电梯上了楼，一路走到走廊尽头，胡璇敲响了501的房门。

等了一会儿……没人开门。

胡璇不信邪地继续敲，使劲儿敲，没人应答的时候，她脑子里不由冒出了十多种越来越耸人听闻的可能性，促使她使出了吃奶的劲儿开始急促地砸向面前的大门。

终于，听见了隔着门传来的沉重的拖沓声。

里面的门锁被人拧开，一张颓废的俊颜露了出来，沙哑的男声响起。

"不是说了，你们训练你们的，别来——"

三秒钟的大眼瞪小眼后，胡璇被不怎么温柔的手一把拽了进去，门被砰的一声重新关上。

胡璇被困在门板和邓北的胸膛之间，男生一只手撑在她耳边的门上，微微俯下身子，面色严肃地看着她，像是在研究什么稀有物种。

良久，等到胡璇快被盯得发毛的时候，邓北才淡淡地用明显喑哑的嗓子开口说道。

"在我睡觉的地方见到你，感觉果然很奇怪。"

嗯？

如愿看到小女友一脸蒙，邓北嗤笑一声又晃悠晃悠回到床上"躺尸"。

一看他那个没精神的样子，胡璇有些心疼。

"你怎么样啊，还以为你电话里是糊弄我的，真的这么严重啊。"

"还行，见到你之后就好多了。"他的声音有些恹恹地，根本就不像还行的样子。

"吃药吧，你发烧没？"

"没。"

"我摸摸。"

胡璇手贴上去，只觉得滚烫得厉害："嘴硬，你都发烧了也不吃药。"

邓北瞥了她一眼："是你的手太凉了。"

也有点道理。下一秒，娇小的人影蹲在了他的床头，试探着用自己的脸蛋触碰着他的额头。

邓北一脸惊悚："你这是干什么？"

"我的手太凉了，用额头给你测测体温啊。"

邓北的声音有些古怪："你还用这招给谁测过？"

"……我爸爸？"

"……算了。"他偏了偏头，想要躲避来自女朋友亲切的探寻，胡璇皱着眉又追了过来。

邓北无语地叹了口气："你再这样我可忍不了了啊。"

胡璇心系他的病，一时之间没听懂，只顾着感受他的温度："什么忍不了？"

邓北伸出手指抵在她的脑门儿上，认认真真地解释："我的寝室、我的床、没人、你又离我这么近。天时地利人和，只可惜，我却病倒在床。"

胡璇这才反应过来冷笑一声："邓北你真的发烧了，有病，要吃药。"

"我不能吃药的，你不知道么，运动员对于药物都很敏感。"

"呵，等你到了比赛的时候早就代谢干净了。"

邓北一时语塞，意识到根本没办法糊弄胡璇之后，干脆转过了身子拒不合作："不吃。床头柜里有酒精，吉大利昨天买的，给我擦擦。"

"啊？"邓北竟然还信奉这么简陋的物理降温？

邓北扭回头，神色颇有些傲慢："啊什么，要不让吉大利或是寝室那帮人给我擦？想想都发麻，谁知道有没有人觊觎我。"

"呵，那我——"

"你不算，我属于你。当然，你……咳咳，也属于我。"

胡璇决定不能再任由邓北将这个危险的话题发展下去了。她依言转身，找出酒精，又在邓北的衣柜里翻出了一条毛巾，倒上酒精沾了沾，坐到邓北的床前。从额头顺着侧脸往下擦，到了脖子，又把他的被子往下拉了拉，顺着衣领往里擦了擦。

再往下怎么办？难不成要脱了邓北的上衣？胡璇犯了难。

邓北的眼神立刻变得炯炯有神，肆无忌惮地盯着胡璇："怎么不擦了？"

"你自己擦。"

邓北强调："我发烧了，我是病人。"

胡璇没办法，只好小心翼翼地撩起他的T恤下摆，囫囵地擦了一遍。匆匆一瞥间……嗯，八块腹肌。

邓北兴许是烧得狠了，即使胡璇的害羞显而易见，他也没有再戏弄她。

大约擦了半个小时左右，酒精用掉了半瓶，整个房间里都弥漫着酒精的味道，胡璇又用手去探了探，邓北的额头似乎没那么烫了。

胡璇的眼睛偷偷瞥向了床头桌上的点心，那是早晨室友出门训练前怕他们的"寝霸"饿死而留下的，她的肚子适时地发出了咕咕的叫声。

"邓北。"

"……嗯。"

"你饿不饿？"

"不饿。"

胡璇撇撇嘴不吱声了，邓北撩起眼皮看了看无精打采却依旧勤勤恳恳给他换毛巾的胡璇，忍不住抬手敲上她的脑袋："拿过来……我喂你。"

胡璇手中一顿，勉强勾了起来："谢邀，不必了。

下一秒，点心被一只颀长的手捏住，塞进她嘴里。

受到惊吓的胡璇原地跳了起来，"扑通"一声，撞在上铺的栏杆上，当下眼泪就飚了出来。

邓北赶紧坐了起来把她揽过来，大手揉上被撞的地方，嘴里念叨着："你怎么那么容易受惊，这样下去你会不会有一天被我吓死啊。"

邓北低头，就看见被圈在狭小的空间里的胡璇，莫名有些可怜巴巴的。突然间，一直压抑的渴望就再也抑制不住——

他俯下身，吻住她还带着泪的唇。

胡璇忍不住哼出声，想要说些什么，结果邓北作势加深了这个吻。

卧室里的窗户没有关严，一丝冷风吹了进来，立即拉回了胡璇仅剩的理智。她推了推男生："差不多就得啦，传染给我事小，万一被你的队友们看见可就麻烦了。"

邓北含糊着："他们都还在训练呢，不会这么巧。"

有些事情，还真就这么巧。

一阵隔着房门板子都能听得到的喧嚣声由远及近传了出来，伴随着"走啊，看看北哥去""也不知道还活着没有"等乱糟糟的声音，和一声"滴"的门卡刷开门的声音，游泳队一众"小鲜肉"的身影将房门围得水泄不通。

吉大利一马当先："北哥，你好点了没——"

大眼瞪小眼。

瞬间，卧室外变得鸦雀无声。然后，门被轻柔地关了起来，就好像它从未被莽撞地打开。

看着脸色呆滞的胡璇，邓北揉了揉太阳穴，翻身下床："走吧。"

胡璇还没有从这场变故中缓过神来，只是看着男生利落地穿着外套，讪讪地问："去哪儿？"

"你不是饿了吗？去食堂吃饭。"

"就这么走出去？"外面可是还有一堆撞破了他们……亲吻的人呢。

"不然呢？我抱你出去？"

"……你闭嘴吧。"

胡璇虽然对自己的美貌有自知之明，可是这还是第一次回头率这么高。每个人都似乎有话要说，可对上邓北警告似的目光，只好用一副憋狠了的表情，神经质地动了动嘴唇。

胡璇似乎听到八卦乘着风急速向她吹来。

"事业爱情双丰收"这个形容词并不能套在胡璇的身上。

男生八卦起来，就连春秋时吹得最猛烈的风也自愧弗如。顷刻间，就能将仅有几个目击证人的现场，像播种一样撒向东南西北的大地……

胡璇可以确定，最起码高妍就知道了这件事，她对自己冷嘲热讽了一通："我很期待锦标赛，这一届的赛场一定很'精彩'。"

胡璇也回之以微笑："我也很好奇，谁可以拿到金牌。"

在"夸下海口"的第二天，训练时，胡璇的腿伤毫无征兆地复发了。

她就像是繁夏盛开得最鲜艳的那一朵花，迅速地被剪断了根茎，跌倒在地上。一旁的高妍只看了她的脚腕一眼，瞬间就变了脸色，在她身边蹲了下来，高呼着："打120！快点！"

胡璇的脑海中翻来覆去只有一个"疼"字，骨头仿佛都错开了，痛到极致，胡璇无意识地狠狠地抓住高妍的手腕，在对方的连声呼喊中，她眼前一黑，昏了过去。

不知道过了多久，胡璇迷迷糊糊地醒过来。脚上什么感觉都没有，甚至连平日里隐隐的酸痛感都消失不见了。她没有感到欣喜，反而心中一凛，骤然起身看向自己的腿。

还没等她看清什么，眼前的光线被一个身影遮得严严实实，随即，一只手伸过来将她按回了床上。

"瞎想什么，快躺好。"

她躺回去，才看清她面前的邓北。

男生的面色有点憔悴，一晚上没睡的缘故，胡子碴都已经细细密密地长了出来。

"你怎么在这儿？"

邓北倾身按下呼唤铃，一边淡淡地说道："你忽然昏倒，你教练和队员们都吓了一跳。把你送到医院之后，高妍就给我打了电话。"

胡璇微怔，过后还真要谢谢高妍。

这时，护士走了进来，跟在她身后的，还有许久未见的舒清。

舒清一进来先是不着痕迹地瞥了一眼邓北，而后急急地冲过去握住胡璇的手："璇璇，你感觉怎么样？我已经告诉你妈妈了，她最迟明天就能赶过来。"

胡璇心头一顿，面上忍不住露出惊惶："舒阿姨……我的脚……"

舒清没有回答，只是拍了拍她的手："你先配合护士做检查，我去找医生问问下一步该怎么办。"

说完，她急匆匆地离开了，像是生怕被胡璇拦下来问些什么。

一直充当隐形人的邓北，在护士帮她的脚腕换好药、测完体温离开之后才又走过来："你自己应该清楚，这是旧伤复发。很严重，我让白白看过你的片子了，他说，这是不可恢复的。"

他没有向舒清一样逃避她，也没有像护士一样只做好自己应尽的义务就离开，而是简单又真实地将她的情况说了出来，因为他相信，胡璇应该知道自己的情况，并且也有足够强大的心理来接受它。

果不其然，胡璇仅仅是轻微地点了点头，"我猜到了。"

邓北站在她的病床前，看着安静地倚在枕头上的姑娘。她低垂着眉眼，今日的阳光猛烈却并不柔和，应着她的脸有些苍白。

他想要安慰她，可是话出口却变成了：

"不要参加了，那个体操锦标赛。"

见胡璇没有立即回应，邓北蹙起了眉头，脸色冰凉得可怕："你不会还妄想着在锦标赛夺金，然后立刻参加世运会吧……就以你现在这个脚？"

他的语气咄咄逼人，说出的话也不动听，胡璇抬起头来，晶亮的目光满是控诉，威胁一般地叫他的名字：

"邓北。"

邓北立刻闭了嘴。

整整两分钟的时间，没有任何一个人开口说话，邓北的脸上逐渐浮现出几分懊恼。

忽然，女孩儿伸出手，轻轻握住了他的手腕……又摇了摇。

"别自责，我知道你担心我。"

邓北抿了抿唇，喉结上下滚动了一下，就着这个姿势在胡璇的床前蹲了下来。他将头埋在她的身侧，任由女孩儿伸出手，轻轻地理顺着他的头发，声音闷闷的。

"我觉得自己很没用。我想让你的脸上只有笑容，可是我做不到。"

胡璇的手停顿了一瞬，又转而揪揪他的耳朵，凑到他耳旁。

"你陪着我，就是给我勇气了。"

"我会一直陪着你。"

邓北说一直，那就是一直。这天下午，前来探病的人络绎不绝，来了又走，只有邓北一直都陪在她身边，一直到夜幕下垂。

护士又过来给胡璇换了一遍消炎药，嘱咐她晚上起夜一定要小心，然后便离开了。

胡璇看着安然坐在旁边的椅子上吃苹果的男生，忍不住问："这么晚了，你不回去吗？今天耽误你训练了吧。"

"没关系，你现在不能移动，今天我想陪着你。"

说完，邓北将苹果核扔进垃圾桶里，擦了擦手，忽然翻身上了病床，侧躺在胡璇身边。

胡璇愣住了，继而瞪大了眼睛："你疯了，这是在病房！"

"往里窜一下。"邓北小心翼翼地避开她的双腿，满不在乎地说："我陪夜这么辛苦，总得有个能睡觉的地方吧。"

人生中第一次跟异性"同床共枕"，胡璇的身体僵硬了许久，终于抵不过困意，小小地打了个哈欠。

男生的手臂穿过她的脖子，轻轻环住她。

半睡半醒间，胡璇听见邓北在她耳旁说："璇璇，好好休息，你可以趁着这个时候好好想一想，那个你一直以来都在逃避的问题。"

"璇璇，再多一点儿勇气，好不好？"

这一觉睡得太舒服，以至于听到熟悉的声音在耳旁叫了她好几声，胡璇才迷迷糊糊地睁开眼睛。

看着面前的人影，她反射性扬起一抹甜甜的笑意——"妈妈。"

裴青淡淡地"嗯"了一声。

胡璇忽然意识到有什么地方不太对劲儿……她倒吸一口凉气，视线移向裴青的旁边——邓北双手拢在一起，规规矩矩地放在身前，垂着头靠墙站着。

邓北从未如此乖巧过，乖顺，且怂。

选择爱情还是选择生命……胡璇觉得自己遭遇了人生中最大的危机。

她半躺在病床上，却有一种如坐针毡的感觉。安静的空气中只有水注入杯子里细碎的声音。

邓北端着水杯走到裴青眼前："阿姨，您喝水。"

裴青接过来，没喝，只是放到了床头柜上，冲邓北礼貌地笑了笑："谢谢你，训练这么忙，你还能过来看璇璇，我很感激。"

"您不必如此，我和胡璇——"

邓北还未说完，裴青就截住了他的话："小邓，我想跟璇璇单独聊一会儿可以吗？"

邓北紧抿起唇，脸上的表情没什么变化，略微点了一下头，余光扫了一眼不敢抬头的胡璇，转身出去了。

病房内只剩下裴青跟胡璇两个人。

胡璇绞尽脑汁地想怎么跟裴青解释两个人之间的关系，却不料裴青仅仅是轻描淡写地问了一句："我已问过你的医生了，他说你这是旧伤复发外加新伤，情况特别严重，应该立即停止一切活动——你自己觉得呢？"

胡璇动了动自己的脚腕，麻药的效力过去，她一动弹，就有一阵疼痛感，顺着她的神经一直窜到脑海中。

胡璇咬咬唇，缓缓地摇了摇头："类似的话，我也不是第一次听到了。"

裴青听到这话，略微点了点头，转而又问："那锦标赛有没有问题？"

胡璇又摇了摇头。

裴青笑了一下，摸了摸胡璇的头。

"你做得很好，从小到大训练的事情一直都不用妈妈操心。立志要为之奋斗的事情，就要一直做下去，不要像妈妈一样，留有遗憾。"

看着裴青像是在怀念，又像是在惆怅的脸，胡璇压下了心尖儿的话，露出了一个笑容："妈妈，我知道应该怎么做的。"

她的确知道该怎么做，但不是现在。

"我找了英国最有名的医疗团队给你治疗，璇璇，你的脚一定会好起来的。"

裴青安慰了胡璇一通之后，由于还有急事便离开了。离开之前，裴青告诉胡璇，半个月之后的锦标赛，她会来到现场观看。

裴青走后的一周，胡璇也出院了。她没有告诉任何人，出院的第一件事情就是找到了自己的主教练周淼。没有人知道这师徒两人在办公室都聊了些什么，胡璇从办公室出来之后，面色如常照常参加了训练。只不过比起其他队员，她自己的运动量较以往减轻了许多。

高妍跳完了两套动作，拿着毛巾一边擦着头上的汗，一边走过来漫不经心地问："怎么你的脚伤都这么严重了，还没放弃世锦赛？"

如果是以往，胡璇听到这句话，肯定会端出架子来，用虚伪的微笑掩饰所有情绪，可是现在——"高妍姐，那天多谢你帮我打了救护电话。"

高妍也是一愣，随即调整了情绪，不自在地咳嗽了一声："不必谢我，电话也不是我打的……你也别转移话题，就你这个脚伤，早就该退役了，何必在这里非要争冠军呢。"

"我有我自己的打算，高妍姐不用替我担心。"

高妍显然还想说什么，可是胡璇说完这句话便离开了，高妍只能看着她的背影皱着眉头，不知道在想什么。

随着盛夏走过，万众瞩目的体操世锦赛终于拉开帷幕。

胡璇穿着浅蓝色的体操服，妆容明艳，宛如一条身姿轻盈的人鱼。邓北在她的额头上落下轻轻一吻，目送女孩窈窕的身影消失在选手通道口。

万众瞩目。

音乐响起，她宛如一只蝴蝶纷飞在赛场上。她手上的彩带随着挥动飞舞出曼妙的弧度，场上的女孩美丽得惊人，观众都忍不住发出赞叹。

外行看热闹，内行看门道。解说一边赞叹，一边惋惜。赛前所有的媒体都一致认为胡璇是最有希望冲金的运动员，可是此时再看——那是一套难度系数不高的动作，胡璇完成得近乎完美，可是也由于难度系数不高，在经历过激烈的角逐之后，她以零点二分之差，和冠军失之交臂。

在银牌得主宣布的时候，裴青从座位上站了起来，挺直着脊背面无表情地离开了观众席。

鲜花、掌声、欢呼声过后，胡璇坐在更衣室的长凳上，双腿一晃一晃的，耷拉着脑袋，表情有些神思不属。

邓北双手插着兜，靠在门边的墙上。

两个人互相没有说话，仿佛都在等待着什么。

终于，更衣室的门开了。最先探头进来的是主教练周淼，她向里面看了一圈又退回去，冲着外面的人说了一句："她在里面。"而后又说："比赛动作是我同意的，你应该知道，胡璇的选择是正确的。"

另一个人没有说话。

又过了一会儿，裴青独自走了进来，随后带上了门，门内门外瞬间被分割成两个世界。

裴青看了一眼企图将自己站成一面墙的邓北，皱皱眉头没说话，她走到胡璇面前，居高临下地看着低头默不作声的女孩儿：

"我在等你给我一个解释。"

胡璇嘴唇嚅动，声音细小："妈妈……"

"这个时候你知道叫我妈妈了？这么大的事，你竟然没有事先告诉我！你和你的教练合起伙来糊弄我？"裴青显然是气得不轻，只是她受到的教养令她还在忍耐，只有剧烈起伏的胸膛昭示着她的气愤。

"我只是怕您——"

"怕我什么！怕我逼你比赛？你是我肚子里生出来的，你要是说你坚持不下去了，我会为了一块金牌要逼我的女儿？"

"您是不会逼迫她。"忽然，一道冷冽的声音插入了两人的谈话，对裴青冷漠的眼神视而不见，他继续说：

"但是您会失望。您可能不知道，胡璇最不想看见的，就是您的失望。如果提前告诉您，看到您的反应，她或许会再次犹豫，下不了决心。那她之后会有什么后果？夺得冠军，一路披荆斩棘，登上您梦寐以求的最高领奖台？然后呢，后半生在轮椅上度过，再也不能正常行走？！"

难得的，从邓北惯常波澜不惊的语气中听出了怒极，如果不是时机不对，胡璇真的想惊奇地望他一眼。

裴青攥起了手，僵硬地扯了扯唇，伸手指向门口。

"邓北，你们的事情我还没有工夫管，但是现在我在跟我的女儿说话，可以麻烦你暂时出去一下吗？"

"妈。"胡璇拉住了裴青的衣摆。

裴青又转过脸来，怒其不争地用食指使劲儿点了点胡璇的额头："刚才你说几个字都吞吞吐吐的，我现在一说你的小男朋友，你就有反应了？我看有句俗语说的不假，女大不由娘。"

"妈，我不是这个意思，我只是想说……"胡璇犹豫了一下，才小心翼翼地踮着脚站起来："我——"

"坐下。"

"你先坐下说。"

两个声音不约而同地响起，一个冰冷的女声，一个清冽的男声，却是如出一辙的严肃。

胡璇刚站直的身子不由立刻矮了下来。

气势也随之弱了下来——"我只是想说——妈，这枚银牌其实是这么多年来得到的，最好的奖牌。因为它不再代表我必须要一步一步拾级而上，而是代表了我放下的决心和解脱。"

裴青直到此时，脸色才难看起来："解脱？"

胡璇仰着小脸看她，点了点头，重重地又点了点头："妈，对不起，我骗了你，我不热爱它。"

裴青却像是迷惑了，她缓慢地，一字一顿地试图理解自己女儿话里面真正的含义："所以你是说，你不喜欢艺术体操，一直以来你将它视作职业目标，只是因为我的要求。"

胡璇没有回答，可是她坚定中略带愧疚的神色已经说明了一切。

裴青后退了一步，喃喃地说道："可是你从来也没有说过不喜欢。我以为你是喜欢的，像我一样。"

裴青最终推门走了。

她走得太急，心绪又太不稳定，竟然没有留意到外头门边上站着的两个人——前来看比赛的秦佑白和孟馨然。

他们是来支持胡璇的，却没有想到在看到胡璇痛惜金牌之后，又看到了这骇人的一幕。

孟馨然的表情也像是游离于震惊与恍惚之间。秦佑白沉默片刻，没有选择推门而进，而是拉着孟馨然的手悄悄离开了。

外头的阳光猛烈异常，刺得人的眼睛都睁不开，秦佑白停住了脚步，就着这道刺眼的光。

"馨然，有时候我在想，我们太累了。如果你和我其中的一方能有璇璇这个勇气就好了。这样下去，你不会幸福。所以我欠你的，我永远也还不清了。"

孟馨然这一次什么也没有说。

素有"艺体女神"之称的体操运动员胡璇宣布退役了。

这个消息犹如旋风般席卷了京都的运动圈，毕竟二十多岁正是一个运动员最好的年纪，何况是对于正处于上升期的胡璇来说。而胡璇跟别的艺术体操运动员还不太一样，她的母亲，裴青，当年就是著名的艺术体操运动员，只是拼搏多年不能登顶，最后只能抱憾退役。"女承母业"也算是胡璇身上一直以来贴着的一个标签。

所有认识的，不认识的人都企图从她口中得到她退役的原因，这令胡璇不胜烦扰，脸上一贯乖巧舒心的笑容都快挂不住了。

但是好处也肉眼可见，最起码邓北的队友们的好奇心从关注这段博人眼球的恋情，挪到了探究胡璇为什么退役上面。等到媒体再爆出她是因伤退役之后，这点探究也随之灰飞烟灭了，只剩惋惜。

毕竟八卦没有错，但不能戳人伤疤。以己度人，比起日复一日的拼搏，他们都知道被迫退役的无奈，胡璇这时候一定忍不住在被子里哭吧。

胡璇当然没有哭，手续走完尘埃落定之后，她甚至体会到了记事以来从未有过的轻松。秦氏集团为她制定了转型的方案——艺术体操赛事解说员。她有技术，形象好，口齿清晰，再加上性格讨喜，即便当不了运动员，自身也有很大的商业价值。只是毕竟是跨圈，胡璇要学的还有很多。

每一日都有不同的新鲜事物，占据了大部分人的注意力，没过几天，胡璇因伤退役的事情，哪怕在体育圈里，也吹不起什么风波了。

秋日的风率先吹过了京都的枫叶，香山的红叶一大片一大片地红，接踵而至的，就是国内游泳界的盛世——冠军赛。而对于业内人士来说，这次冠军赛的意义非凡，因为马上就是四年一届的世运会了，国家游泳队派遣出战的小将们，基本都会从冠军赛的前几名中决出。

不知道是不是受到了胡璇的影响，邓北在和主教练深谈了一次之后，放弃了1500米自由泳的项目，转而专攻短道和接力这几项相对来说对心肺友好一些的项目。而胡璇一边复健一边考解说员证，也忙得不亦乐乎。只是心头的大石头放下，整个人的气色都变得甜美可爱起来。

尤其是做足了女朋友的姿态，经常主动上门勾他约会，令邓北受宠若惊。

"哟，来找小邓啊。"——这是某位人到中年仍不改八卦本心的工作人员。

"嫂子好。"——这是某个脸熟的跟邓北一批进入国家队的小萌新。

"胡璇妹子来啦。"——这是已经转行做了助教的吉大利。

吉大利转岗做了助教后，仿佛焕发了人生的第二春，充分地彰显了一个合格的助理的自我修养。

"胡璇妹子，你来找北哥的吧，他刚才被教练叫走了，我带你去找他。"

胡璇急忙挥手——她上周跟邓北约会的时候无意之间撞到了游泳队主教练，他看她的眼神就好像是教导主任抓到了早恋的小情侣，不过或许是邓北的表情太过自然，主教练最终没有说什么，只是阴沉着脸离开了。

"不用不用，我就在这儿等他吧。"

吉大利了然一笑，神色诡秘地说道："放心吧，主教练现在顾不上你们之间的恋情。"

胡璇似懂非懂，跟着吉大利一路穿过游泳馆，到了办公区。走廊尽头有一扇半开的门，还没走到门口，胡璇就听见里面传来了激烈的争执声，准确地说，是主教练单方面的怒吼声。

"如果不是我平时关注游泳论坛，第一时间发现这个帖子，你们是不是准备等到媒体曝光了这件事才给我一个惊喜？！"

胡璇皱着眉头，刚迈开脚步，就被吉大利拉住了。他做了一个封口的动作，带着胡璇两个人蹑手蹑脚地贴在门两边的墙壁上……明目张胆地偷听。

隔了十几秒，才听见邓北冷冰冰的声音响起："提起陈博涛教练，明显是有人不想让许赫好过。"

主教练一拍桌子："会是谁这么闲？不管他爆料真假，这件事已经过了很多年了。"

"他行事那么狂妄，看不惯他的比比皆是，不过这些都不重要了。"

陈博涛、许赫、很多年。这几个词立刻让胡璇想起了吉大利曾经跟她说过的一件往事。她再扭头看吉大利，果然，吉大利的神色不悦起来，紧抿着唇，仿佛下一秒就要冲进去揪住许赫的衣领。

办公室里，许赫烦躁地抓了抓头发，没吭声。

主教练看看许赫，又看看邓北，挫败地叹了口气："你们俩到底怎么回事儿？"

许赫头都没抬，一派清者自清："没什么可说的，他们愿意说什么就说什么，我才不在——啊，教练，您打我干什么！"

主教练毫不留情地一掌拍上许赫的天灵盖，差点让他气绝身亡。

"你还真是清者自清啊，如果事情继续发酵，你还想不想参加比赛了？就算你不想参加比赛了，你们俩考虑过陈教练的名声吗？他当了一辈子游泳教练了，快退休的时候栽在这个坑里，你们俩好意思吗？！"

说完，主教练又一人一掌打在脑袋上。

邓北："？"

邓北："我又没说话，打我干吗？"

主教练冷笑一声："打的就是你不说话，谁让你不说话的？"

邓北颇为无语地盯着主教练看了几秒……行吧。

他三言两语地就说完了三人的关系，只说他和许赫曾是同一个队的，听完之后……主教练更生气了。

这说与没说有什么差别吗？

胡璇在外面也是莫名其妙，邓北和许赫之间……似乎没有吉大利说的那么简单啊。

正在胡思乱想着，里面又传来重重的拍桌声："行，现在的男孩子我是搞不懂了，不说是吧，等陈博涛来了我看你们说不说！"

主教练说完话，怒气冲冲地冲了出来，看见门边上的胡璇，一口气没喘匀，差点憋过去和这美丽的世界诀别。

胡璇摸了摸鼻子，将自己站成了一幅壁画，余光看见主教练远去，方才松了一口气。不多时，邓北也跟着出来了。

"你来了？"

"嗯……饭点了，来找你吃饭。你们刚才……"

"放心，没什么事。"

从胡璇的表情上来看，她显然没有被说服，邓北只好叹息一声，伸手摸了摸她毛茸茸的脑袋顶："有个游泳论坛上爆出，许赫是跟陈教练进行了金钱交易，他才顶替了我进入省队——也不知道这些空穴来风的消息怎么就有人信。不过你别担心，我真的没什么事，倒霉也是许赫倒霉。"

刚在里面整理好心情，拖着沉重的步伐准备不受外界干扰去训练的许赫："……"

这队伍没法待了。

不得不说，邓北的猜测是有道理的。那人继爆出陈博涛受贿安排许赫进省队之后，又将这件事匿名举报到了体育总局。上面立刻组织了人手前来调查，就在许赫丧着一张脸就要跟调查组走时，陈博涛来了。

他见到主教练的第一句话就是：

"这件事，跟许赫无关。当初阻止邓北进入省队，都是我的主意。"

这一句话说得，立刻就让吉大利变了脸色。

听听，什么叫"跟许赫无关"，什么叫"都是我的主意"，为了自己的得意门生，不惜将一切罪过揽到自己身上？那他和邓北呢？一个是没天赋，一个是挡了许赫的道？

吉大利登时委屈得眼眶红了。

邓北却没有这么大的波澜，最起码表面上没有。

"陈教练，现在并不是我想追问你什么，只是网上的谣言已经影响到了许赫的训练，如果不能澄清，您和许赫只怕都要吃个处分，那他便不能参加冠军赛。不能参加冠军赛意味着什么，想必不用我来提醒您。"

看着邓北冷峻的表情，陈博涛的神色放空了片刻，依稀还能从这样棱角分明的脸上，窥得他年少时期的风貌。

"的确，省队的名额应该是你的，是被我拿下来了。"

"为什么。"

这三个字，埋在心里许多年。哪怕冷漠如邓北，此刻也不由得从话音里泄露了几分波澜。他其实，不是不在意的。

年少轻狂，世界于我无疆，却在窥见一阶高台之时，被亲近之人全盘否定。

陈博涛不想面对这样的邓北，他低下头去："你母亲曾经给我看过你的片子，心肺功能受损，这病可大可小。"

"可是我一直以来都在调理，身体状况也保持得很好。"

"你的师母——如果你还肯叫我一声老师的话。她原先就是游泳运动员，和你一样，有天分、肯吃苦，心肺功能不佳。她倒在游泳池里了，毫无征兆，再也没有醒过来。"

陈博涛不知想到了什么，苦笑了一声："许赫那孩子知道了你的身体情况被吓到了，他听到了我们之间的争执，也怕你有个三长两短。在我提出让他去竞争这个名额的时候，他最终还是同意了。可能是觉得有愧于你吧，他也什么都不肯说。你倔，也不问。这件事就这么埋到了现在。"

邓北垂在身侧的手指，拢了拢，又松开。

陈博涛离开了，他自己去找了调查小组，将那段往事全盘托出。不管是出于什么原因，他当年出手干预省队选人是真，恐怕从今以后，他也再不能执教了。

他用自己今后的教练生涯，换了自己曾经的学生，干干净净地继续向前。

他走了，可是留下的人却陷入了一种古怪的尴尬气氛。

被"扒了皮"的许赫，仿佛一个白白嫩嫩的小婴儿再无攻击力，顶着吉大利等人复杂的目光，恨不得爬着夺路而逃。

他故作深沉地轻咳一声：

"咳，邓北，当年的事我们不提了，其实，我们不是敌人。"

"只要你不作，你会发现，你从来都不是我的敌人。"

你是我的朋友。

这句话邓北没有说，许赫也没问。

两个人长久地注视着对方，似乎有什么终于在此刻像烟云般飘散，显露出山那边的风景。

就在胡璇以为两个人即将化干戈为玉帛，共同冲刺冠军赛的时候，主教练的一纸"诏书"成功让许赫再一次炸毛：游泳队原来的队长年纪渐大，在泳池里逐渐力不从心，思考过后终是提出了退役申请。主教练报体育总局批复，并且将队长的事务移交给了邓北。

许赫当然就"暴动起义"，但转瞬便被主教练"武力镇压"。

许赫的悲惨世界还没有演完。

又隔了一天，在一个游泳馆阴暗的角落，他撞到了邓北和胡璇……在接吻。

事业爱情双失意，就连胡璇都觉得许赫有点惨。

某一日，关于晚餐吃什么这个问题，两人一路从游泳馆两旁的餐厅讨论到了三站地外的商业街里，直到街道两边的路灯由远处一片一片地亮了过来，看见站在忽然亮起的路灯下的那个人，胡璇说了一半的话戛然而止。

许赫木着脸站在路灯下，像一只即将被惹怒的小狼崽，周身一圈仿佛加了黑气的效果，惊得胡璇忍不住后退了几步，挪到了邓北的身后。

邓北皱起了眉，站在原地，看着许赫一步一步走出来，站在了他的对面。

"恭喜你，邓、队、长。"

邓北："谢谢，听说你有一张比赛时的照片入选《国家运动员年度风采》了，恭喜你。"

许赫："谢谢。"

胡璇："……"故事的发展和她想的不太一样。

许赫躁郁地挠挠头，看着邓北："我想单独跟胡璇说几句话，行不行？"

邓北挑了挑眉，高深莫测地看着他，只把许赫盯得毛骨悚然，这才慢悠悠地开口："如你所见，我虽然是璇璇的男朋友，可是这种事情，还是应该问她本人。"

话是说得很客气，可是为什么听起来反而更扎心呢？

许赫暗自咽下一口闷气，看向胡璇，邓北也同时看了回来。

胡璇不自在地摸了摸鼻尖，躲避着尤其是许赫的视线，长如蝶翼的睫毛颤动了几下："我……还是……"

邓北的声音突然响起："没关系，我在刚才看的那家蛋糕店等你。"

那家蛋糕店是刚才他们争论的重点，胡璇想吃蛋糕，邓北说晚饭不能吃蛋糕，胡璇生气并反驳了邓北提出的所有晚餐建议，邓北不妥协地依旧拒绝吃蛋糕，两人为此吵来吵去.——都是情侣之间"腻歪"的套路。

邓北话落，胡璇虽然诧异地抬头，但不得不说，有了他这句"没关系"，她刚才的顾虑便都烟消云散了——她其实，也有话想跟许赫说。

许赫的目光令她无所适从，突然中就记起小时候曾经见过的一条小奶狗，品种名贵，毛发被主人打理得很好，却在大雨滂沱的日子里仓皇地从她身前跑过，胡璇甚至不知道它最后有没有找到主人，回到它温暖的小窝。

许赫嗤笑："假好心。"

"朋友之间，这点器量还是应该有的。"

"谁跟你是朋友！"

邓北没回话，耸了耸肩，双手插兜优哉游哉地转身走了。

马路上只剩胡璇和许赫。考虑到两个人还算在小范围有点知名度，胡璇做贼似的看看周围的人来人往。

"你跟我过来一下好吗？"

许赫一双眼睛几乎黏在她身上，答应得痛快，屁颠屁颠地就跟了上去，转身之际，总觉得后背刺痛，就像是被寒冰射手一箭生生射中了脊梁骨的感觉。

他的感情要峰回路转了？

并不是。

胡璇虽然没什么感情经验，但遇事时也是一个利落的小姑娘，既然下定了决心，说起话来就有那么几分简单粗暴的意味。

"那天没说清楚就走了是我不好，你别喜欢我了，我有喜欢的人了。"

"我知道。"

"那你还找我做什么？"

许赫理直气壮地说："我这个人性格直，我总能因为清楚你不喜欢我就隐藏自己的心意，就像我明知道我在泳池里赢过邓北的可能性不大，却仍然要为超越他不停奋斗一样。"

这番话说得胡璇有点想怜爱他。

"谢谢你的喜欢。"

"你能抱抱我吗？"

"您不觉得您有点过分吗——"话音未落，许赫忽然上前，小心翼翼地拥住了胡璇。他的声音闷闷的，带了点鼻音："就这一次，你能给我加加油吗？哪怕你不属于我，你的加油也会让我有夺冠的动力。"

胡璇面无表情地推开他："别了，冠军是邓北的，你还是别肖想了，其实亚军也不错。"

送走身心皆受重创的许赫，胡璇推开了蛋糕店的门。

邓北已经买好了几款小蛋糕，就摆在胡璇面前："依依惜别完了？"

"我刚才和许赫是……"

"我当然是选择相信你，他现在心态实际上离崩溃不远了，总要找个人说出来的，如果我多心就不会让你单独跟他说话。"

依旧是一副目空一切的面瘫脸，胡璇却忍不住头顶飘出爱心，心想：有点酷了，我的男朋友。

邓北又一脸不屑地笑了一声："反正名分已定，我这个墙角看起来还算坚实，他再眼馋，也只有拈酸的分儿。"

"总归肉包子打狗这种事情我是不可能做的。"

邓北一句总结把两个人都绕了进去，包括他一脸懵的女朋友胡璇，总觉得不是什么好话呢。

男生慢条斯理地挖了一勺奶油，嫌弃地送进了一脸懵懂的少女的口中："吃吧，奶油都是你的，肉也是你的。"

深秋的天，适合忧郁的天。

许赫吸吸鼻子，觉得自己此刻的背影一定像极了从偶像剧里走出来的忧郁王子，而往往，此刻都要有一个女孩子出现拯救他。

"许赫。"——忽然，身后传来了清脆的呼喊。

许赫瞪大了眼睛回头看去，还真有？！

一个穿着呢子外套的女生疾步走了过来，他上下打量着这个叫住他的女孩子，有点面熟，但又想不起来在哪里见过："你认识我？"

那个女孩子冲他绽开了笑意："我是肖妩。"

见许赫不解，肖妩的眼中飞快地划过一丝黯淡，但转而又恢复了笑靥如花的模样："我是胡璇的室友，之前你们来滨江大学联合训练的时候，我们遇见过几次。"

"哦。"许赫恍然大悟，挠着头："那还真是巧啊哈哈。"

肖妩目光灼灼："不巧，实际上我早就见过你了。"

"你高中的时候，有一次在公园的湖边，看到一个落水的小男孩儿，你毫不犹豫地跳下去救人了。"

许赫瞠目结舌："你怎么——"

"你救上来的那个小男孩儿，是我弟弟。"

肖妩看着眼前呆滞得不知道该说什么好的男生，只是微笑。她满心的话想说，可是却不想一股脑地倾诉，她想慢慢地告诉他：

我是为了你来的京都。

那个自身难保又有点蠢的少年，就在一个仲夏夜，将身影烙在了她的心上。

人来人往的街角，每天都在上演着相遇和离别。在这一寸日光照耀的地方，还播撒着另一种等待开花的种子。

主教练将一叠报纸摔在桌子上，空气霎时间安静了下来，转瞬又恢复了躁动，大家都该干什么干什么。

邓北刚从泳池里出来，头发梢还滴着水。他慢悠悠地走过来，扫了一眼桌面上的报纸封面。

"就一个尹相给您气成这样？太不淡定了吧。"

"尹相提前拿到了世运会的门票，这次要跟你来个正面对决了。你看看他采访说的这叫什么话，什么叫'延续辉煌轻而易举'？太狂妄了！"

邓北将报纸随手放回桌面上，睨着眼睛看他："我还要游冠军赛，赢了才有资格能跟他对阵，教练您这话才叫真得狂妄。"

"你也知道。"主教练忍不住瞪他一眼："收收心思，别成天想着谈恋爱谈恋爱的，脑袋都谈傻了。"

"有这工夫，您不如去看看接力赛的训练。"邓北评价得毫不留情："辣眼睛。"

"我有什么办法啊，你和许赫的个人项目都排满了，根本兼顾不了几个接力赛了。"

"有办法啊。"

主教练狐疑地抬头："什么办法？"

邓北漫不经心地说："如果这次冠军赛我发挥稳定，能参加世运会。那么我可以参加接力赛，单人项目的名额让给这次冠军赛成绩优异的其他队友。"

主教练有些惊奇："你要知道，单人项目金牌才是运动员的高光时刻。"

"您不是让我当了队长吗？一个人捧杯也没多大意思。"

主教练这时才真正地不知道该说些什么了，他站起身，走到邓北的身边，伸出手，拍了拍他的肩膀。

不知从什么时候起，这些年轻人已经变成肩膀宽阔，脊背挺拔，能撑起一方天的运动员了。

冠军赛倒计时一周。

邓北结束一天的训练，在看台上找到了一边等他一边复习辨认多音字资料的胡璇。

他随手拎起女孩儿的包："走吧。"

"哦。"胡璇捧着书本跟上。

"你要跟我一起去看冠军赛吗？"

胡璇仰着脸，还沉浸在"娉婷"不是"聘婷"的辨音中，听见邓北的话迷茫地问："可是你不是要参赛吗？也没时间顾我吧。"

"你去当观众，给我加油。队里给出机票，你看我拿了冠军之后我就带你出去玩。"邓北言简意赅地解释，丝毫不觉得薅公家羊毛是多么不光彩的事。

胡璇很心动，然后拒绝了邓北："可是我答应了我妈妈，过两天要回一趟滨江，体育赛事解说员的资质要滨江的一个机构给我认证。"

提起家长，邓北只好熄了火。裴青到现在还不认可两个人之间的关系，一直想着法子把胡璇叫回自己的身边。他总不能当着她父母的面把人家的小姑娘只身带到外地，万一被误会了自己的品质怎么办？虽然他的品质的确不值得相信……

邓北脸上的表情很郁闷，胡璇以为他是舍不得和自己分开那么久，也扁了扁嘴，忽然，她脸上又笑开了花儿。

邓北莫名其妙地看着她，揉了揉胡璇的脑袋："你笑什么？"

"我现在感觉我什么都不怕了，我喜欢你，你也喜欢我，我就要告诉所有人都不能肖想你。考下了解说员证之后，我也不是你的拖累了，我能证明，离开了赛场，我也是很优秀的。"

女孩儿的眼睛睁得大大的，宣誓一般地说道。

"瞧你那点出息。"

邓北轻嗤，忽然停住了脚，胡璇依旧向前走着，被身后的男生一拉，因着惯性踉跄地撞回邓北的怀里，眼前一暗，又被重重吻住。

"那好吧，既然你这么努力配得上我了，那我只能陪你回滨江了。"

"嗯？"

"我训练刻苦，教练放了两天假，正好送你回去。"

胡璇心底一热，轻轻"嗯"了一声。

滨江大学校园内，随着国庆小长假将至，年轻的男孩子女孩子们心里就像是长了草一样，三三两两在校园里谈论的话题都是假期要怎么玩。忽然，文体楼旁边的林荫路上驶来了一辆自行车。男孩子骑着车，女孩子坐在后座，手搂着男孩子的腰，一看就是一对热恋的小情侣。

只不过……怎么看都觉得有点眼熟？

自行车远去，留下校园里并非本意地撞破了惊天秘密的"吃瓜群众"——不怪他们惊讶，两个人交往的事情，还只在体育圈子里来了一场小型地震，对于滨江大学的学生们来说，远不及当面目睹的震撼。

一阵寒风吹过，有人忍不住打了个喷嚏，惊讶地开口。

"那是邓北？后座坐了个姑娘？"

"不但是个姑娘，还是一个叫胡璇的姑娘。"

几名"吃瓜群众"互相对视一眼，不约而同被塞了一嘴的"狗粮"。

邓北骑车载着她到了寝室楼下，这次回来胡璇谁也没告诉，想给寝室的几个人一个惊喜，谁料胡璇才下车——

"璇璇！"刘圆圆的声音从天而降。

胡璇惊喜交加，上前抱住了她："圆圆？陈词？你们怎么知道我在这儿？"

陈词揶揄地笑了笑："众人的视线汇聚成了一条河，我们顺着方向就找过来了。"

胡璇不好意思地低头捋了捋头发。

刘圆圆八卦的小眼神儿在胡璇和邓北两个人中间反复横跳："刚才还碰到学生会的朋友跟我们打听，邓北的女朋友是不是我们寝室的。邓大神，不请我们娘家人吃个饭吗？"

国庆节放假前夕，滨江大学论坛爆出了爆炸性的绯闻。

据可靠消息称，校泳队男神邓北，被曾经的艺体女神胡璇终结了。一夜之间，学校论坛里的迷妹们哀鸿遍野。

陈词和刘圆圆双双盘腿坐在床上津津有味地刷着论坛。

"你看你看，这个标题'从禁欲系男神的沦陷浅谈你为什么还是单身狗'，写得好有深度啊。"

"这算什么，你看我这个'来自一个目击证人的一波现场图暴击'，底下回帖400多了。"

"我看看——哎哟，这抓拍的角度还挺专业，邓北这侧颜简直逆天。"

胡璇充耳不闻，行李箱铺在地上，一件一件往里塞着衣服。

刘圆圆看了一眼叠着衣服、经过一上午调侃已经一脸麻木的胡璇，得意地说道，"这帮愚蠢的人类啊，自以为爆了一个大新闻，殊不知我们璇璇已经跟邓男神眉来眼去许久了，这简直就是水到渠成。"

陈词放下手机，被刘圆圆感染，也八卦起来："前些日子还准备瞒得死死地，怎么一眨眼间就大白于天下了，又不怕了？"

胡璇一脸耿直："我是想保密来着，可是邓北他不高兴了。"

说完，胡璇将箱子合上，拍拍手站了起来，轻轻舒了一口气。

刘圆圆啧啧出声，"看你这么轻松，那些八卦分子难得搞了个大新闻，真是便宜你了。"

看着胡璇已经收拾好了行李，陈词轻轻皱了皱眉："以后都不回来了？"

这个话题有些伤感，刘圆圆也蔫儿了下来。

"嗯，我妈妈在外面找了公寓。原本就是准备休学一年的，现在职业目标变了，可该学的东西更多了，所以只能明年再看了。"

刘圆圆不知想到什么，又转瞬高兴起来："也好，说不定到时候你还要叫我们学姐呢。"

这时，胡璇的手机响了起来，她一看时间，匆忙接起了电话。电话那端，男生的声音一如既往的好听，含着笑意。

"不是说要送我去机场吗？你看看这都几点了，诚心不想让我走吧。"

"我忙着收拾行李呢，而且我还给你准备了一些营养品，你训练太累了，应该好好补一补。"

"既然是给我的营养品，我上去拿吧。"

胡璇拒绝了："不用了，袋子很轻的，我自己拎下去就好。"

对面似乎发出了一声轻笑，没再说什么，只有隐约的脚步声传来，胡璇试探着"喂"了一声，没有回应，几秒钟后，寝室的房门被敲响。

电话里也紧接着传出"砰砰砰"的声音。

"？"

胡璇疑惑地拿下手机看了看。

"谁啊？"

刘圆圆一边扬声问道一边下地开了门，然后瞬间愣在门口，受惊吓地嘴巴长大，鼻孔朝天，结结巴巴地开口。

"邓……邓北？"

邓北冲着刘圆圆淡淡一点头，闲庭信步似的绕过她进了寝室，意味深长的目光掠过一个挂着淡粉色床帘的床位，落在一脸惊讶的胡璇身上。

后者撂下手机，秀气地皱了皱鼻子："你怎么上来啦？我都说了我自己可以的。"

话虽如此，面上却是满满的娇羞，看得寝室里的人一阵牙疼。

邓北伸手摸了摸她毛茸茸的脑袋，弯下腰轻而易举地提起了装得满满的手提袋："我费尽心思公开，不就是为了现在正大光明地跟宿管老师说，'老师，我女朋友的袋子太重了，我要上楼帮她拎吗？'"

陈词和刘圆圆双双露出了吞了苍蝇的表情，面部肌肉的抽动仿佛在说：够了，你们快走！

在走廊无数少女艳羡的目光和宿管老师慈祥的微笑中，邓北一手拉着女朋友，一手拉着女朋友给自己准备的袋子，走出了女生宿舍。

机场依依惜别的人很多，所以他们这一对儿毫不突兀。

"我送你回来，你又送我离开，听起来很美好，但好像我更舍不得你了。"

胡璇不解风情地催促他："说什么傻话，快点回去准备比赛。"

邓北俯下身子，从远处看起来就像是男生伏在女孩儿耳旁说了什么悄悄话。

邓北也确实说了，他说："等我为你夺冠。"

胡璇红了脸，后退一步，脑中像有烟花炸裂，她忍不住捏住自己的耳朵，热辣辣的。她又瞪他一眼："知道了，还不快走，该上飞机了。"

此时已经广播了好几遍登机通知，邓北深深地看了一眼胡璇，告了别，拖着箱子走了。

进了检票口，忽然，身后传来一个清脆的女声，仿佛用尽了力气喊了出来：

"邓北，你会夺得冠军的！"

邓北绷不住，笑得露出了整齐的八颗牙齿，宛如吃了一颗这世界上最甜的糖。

她太甜，以至于接下来整个紧张的冠军赛的赛程，都是苦的。

许赫很惊奇地发现，那个对他爱答不理的邓北格式回到了从前那个有一句怼一句的"队霸"，还有点……怀念。

一场打了鸡血般的400米自由泳预赛下来，参与同一个项目角逐的许赫忍不住叫住他：

"邓北，不过就是一个预赛，你随便游游就能出线，这么拼干什么，不知道节省一点儿体力？"

"我要拿冠军，不能有一丝的意外。"

他额前的碎发濡湿而凌乱，端的是意气风发，少年郎。

"许赫，馆内下午有别的项目要清场了，你还愣在这儿干啥呢？"

许赫看着邓北潇洒远去的背影，深沉地起了个头，"说出来你可能不信。"

"哈？"

"我感觉邓北现在真的很有魅力。"

砰！回应他的是吉大利毫不留情的一脚，泳池顿时水花四溅，吉大利端得义正词严："赶紧回酒店歇着备战下一场比赛，早看出你对我们北哥图谋不轨了。"

许赫露出了脑袋甩了甩头上的水面无表情地看向吉大利，这是个智障吧。

赛程的最后一日，便是备受瞩目的自由泳400米决赛。

偌大的游泳馆座无虚席，灯光闪烁，人群沸腾，万众瞩目。邓北的手机里还躺着几个小时前女孩发来的信息："我刚考完试，买到票了，现在就去现场。"

邓北抬起头看向乌压压的观众席，场上千千万万的观众，会有一个是她吗？

邓北顾不及细想，就已经站在了泳道前。

他深深地呼吸，听着心脏在胸腔里有规律跳动的声音，那声音不断扩大，盖过了周遭一切喧嚣。

发令员举起枪——

这一刻还是到了，他的梦想近在咫尺，只要伸手就能摘下。

预备——

那些走马观花般掠过的往事浮光，那些分道扬镳或者一路同行的伙伴，那一个他在追梦路上终于遇见的人。

"砰——"

都在今日，画上了一个休止符。又将在今日，开启一个新的故事篇章。

胡璇的眼中只能看得到那一个犹如利剑般跃进水中的身影，她看着他当先、齐肩、又追赶、折返、及至触线！

她急急地看向电子屏确认，他是冠军吗？

他是冠军！他真的是冠军！

之后的每一秒都仿佛被按下了快进键，她呆呆地看着，看着他冲观众席望过来像在寻找着什么；看着他离开；看着他又从选手通道走出来，着装整齐；看着他站上领奖台。

即便过了许久，她也不会忘记。

这一日，她的少年眼角微红，却依旧笑着将脖子上的奖牌高高举起，举过胸口，举过眉间，举到万众瞩目之下，举到闪烁不停的聚光灯前——

举到——心中理想与信念的等高之处。

而后，在无数个激动地注视着他的目光中，捕捉到了她这一瞬。目之所及，一切星光皆因他黯淡无光。

他取得了去到那个梦想之巅的资格。

而她会一直陪在他的身边。

图书在版编目（CIP）数据

北风知我意 / 北流著. --天津：天津人民出版社，
2021.2

ISBN 978-7-201-17173-9

Ⅰ.①北… Ⅱ.①北… Ⅲ.①言情小说—中国—当代
Ⅳ.①I247.5

中国版本图书馆CIP数据核字(2020)第272325号

北风知我意

BEIFENG ZHI WO YI

北流　著

出　　　版	天津人民出版社	
出 版 人	刘　庆	
地　　　址	天津市和平区西康路 35 号康岳大厦	
邮　　　编	300051	
邮购电话	（022）23332469	
电子信箱	reader@tjrmcbs.com	

责任编辑	谢仁林
特约编辑	赵芊卉
封面插图	张小乔
装帧设计	凡人_sandy

制版印刷	河北华商印刷有限公司
经　　　销	新华书店
开　　　本	880毫米×1230毫米　1/32
印　　　张	10.5
字　　　数	177千字
版次印次	2021 年 2 月第 1 版　2021 年 2 月第 1 次印刷
定　　　价	49.80元